함 정 임 소 설

문학동네

차례

네 마음의 푸른 눈　　7

문어(文魚)에게 물어봐　　29

부다페스트에서 순이는　　53

벼락 치는 4월 오후 세시　　75

엷은 안개 사이로　　91

꽃 피는 봄이 오면　　119

소금 한 줌　　139

성(城)이 의미하는 것 또는 아무것도 아닌 것　　169

버드나무 아래 고요히　　231

호퍼의 주유소　　255

푸른 모래　　277

작가의 말　　299

••• 네 마음의 푸른 눈

새 벽지에 곰팡이가 피었다. 이사 사흘째 되는 날부터 벽은 벽 바깥으로 벽지를 밀어냈다. 강추위가 물러간 다음이면 벽에 물방울이 맺혔다. 벽에 기대어놓은 기타가 조금씩 젖기 시작했다. 나는 내 몸의 습기를 느꼈다.

*

강 어귀에서 낙엽을 태웠다. 한 그루 나무에서 낙엽이 많이도 떨어져 있었다. 낙엽에 불이 붙기 시작하자 일산 아이가 희미하게 웃었다. 두 달 만에 처음 보는 생소한 표정이었다. 일산 아이가 입 밖에 내놓는 말은 오직 하나. 낫씽. 그것도 벙어리가 아님을 보여주는 수준에서 아주 뜸하게만 소리를 낼 뿐이었다. 스러지는 겨울 해가 낙엽을 태우는 불

위에서 빛을 잃었다. 손바닥을 불꽃 위에 펴고 할 일 없이 강 쪽과 번갈아 바라보았다. 일산 아이의 이모를 기다리고 있었다. 조금 전 절 입구에서 벌어진 돌발적인 일이 떠올랐다. 산 중턱 주차장에 차를 세우고 솔길을 걸어 절로 들어서려던 찰나였다. 일산 아이가 갑자기 뒤로 돌아서더니 돌격하듯 산 아래로 뛰어내려갔다. 바람을 훑고 목탁 소리가 귓전에 와 부딪혔다. 일산 아이의 이모가 화급히 쫓아가 잡아끌었다. 일산 아이는 괴력에 사로잡힌 어린 들짐승처럼 제자리에서 꿈쩍도 하지 않았다. 일산 아이와 이모가 치열하게 실랑이를 벌이는 뒤쪽 저 아래로 강물이 흘러가는 전경이 한 장의 사진 속 배경처럼 까마득히 펼쳐지고 있었다. 산 아래 일대가 한눈에 들어왔다. 강은 하나가 아니고 두 줄기 또는 세 줄기로 보였다. 강줄기가 만나는 지점에 한 그루 나무가 서 있었다. 나는 절을 뒤에 두고 강을 향해 걸어내려가기 시작했다. 일산 아이가 이모의 손을 뿌리치고 따라왔다. 일산 아이의 이모는 절로 가고 일산 아이와 나는 나무 옆으로 가서 추위를 쫓기 위해 불을 놓았다. 고요하게 흐르는 강물 때문인지 불꽃 때문인지 일산 아이는 유순해졌다. 아무것도 말하고 싶지 않으면 말하지 않아도 돼. 네가 벙어리가 아니면 된 거야. 말을 하고 싶어도 소리가 나오지 않아서 못 하는 사람들도 있거든. 일산 아이는 내 말에 긍정도 부정도 하지 않고 물끄러미 나를 바라보았다. 젖은 플라타너스 낙엽에서 매캐한 연기가 솟아올랐다. 불쏘시개로 낙엽을 쳐들고 바람 길을 터주자 불길이 낙엽 전체로 번졌다. 두 볼이 후끈하도록 열기가 올랐다. 일산 아이가 불 쪽으로 조금씩 아주 조금씩 얼굴을 가져갔다. 불에 가까워질수록 일산 아이의 얼굴이 믿을 수 없이 온화해졌다. 언뜻 아홉 살짜리 사내아이의 얼굴이 아닌 듯도 보였다. 입술이 벌어지고 흰 이가 가지런히 드러났다. 일산 아이가 불을 좋아할 줄 몰랐다. 일산 아이의 얼굴이 불에 기울어지는 동작이 아슬아슬하게 나를 긴장시켰다. 나는 얼른 일산 아이의 얼굴을 스치고 내 얼굴을 불 가까이 디밀었다. 낙엽이 타면서 살아나는 불은 살갗을 태울 만큼 거세지는 않았다. 일산 아이의 두 눈에 불빛이 가득했다. 이틀 전 7회째 진단 평가를 하면서 일산 아이가 결정적으로 무엇을 좋아하는지, 무슨 음의 악기를 선호하는지 알아내지 못했다. 한번 더 진단 평가를 한 후 원장과 치료 계획을 잡아야 했다. 지금까지 틱 장애라든지 반응성 애착 장애를 겪은 네 명의 아동들을 진단 평가를 거쳐 순조롭게 임상치료를 해왔다. 일산 아이의 경우도 그 아이들처럼 유아기 외국생활에 따른 이중 언어습득과정에서 오는 유사자폐증에 사로잡혀 있었지만 일산 아이는 다른 아이들이 보이는 공격성 대신 극심한 심리적 공백 상태를 내보였다. 그러한 대책 없는 무기력증은 걷잡을 수 없는 폭력성을 다루는 것보다 더한 노력과 인내를 필요로 했다. 그리고 무엇보다 통찰력과 그 적절한 적용이 필요했다. 일산 아이처럼 언어 장애가 생기면 대부분 모국으로 아이를 보내면 해결될 것으로 기대하지만 사실은 더 부정적인 결과를 초래할 수 있었다. 음악치료를 하더라도 언어 장애가 발생한 바로 그곳에서 이루어지는 것이 바람직했다. 그렇다면 일산 아이에게 가장 이상적인 처방은 그 아이의 어머니가 있는 미국으로 돌아가 음악치료를 시작하는 것이었다. 마지막 진단 평가 시간을 갖기 전에 일산 아이에 대한 생각을 정리해야 했다. 그에 대한 부담이 없었다면 일산 아이의 이모가 아무리 간절하게 동행을 요청해와도 거절했을 것이었다. 플라타너스 낙엽이 다 타갈 즈음 일산 아이와 강을 따라 꽤 멀리까지 걸어가 버드나무 나뭇가지와 주변의 낙엽을 그러모아 왔다. 낙엽을 꺼져가는 불씨 위에 놓으면 마른 종잇장 타오르듯이 삽시간에 불길이 지나갔다. 재가 너울처럼 허공으로 솟구치다가 아래로 부서져내렸다. 일산 아이가 검불을 쫓아 어설프게 이리 뛰고 저리 뛰었다. 강 저쪽에서 까마귀떼가 새카맣게 날아올라 공중 가득 장난질쳤다. 일산 아이의 이모가 강 어귀로 들어섰다. 멀리 걸어오는 그녀의 모습이 노파의 그것처럼 처량해 보였다. 방금 전까지 까마귀와 강변을 따라 뛰어다니던 일산 아이가 어느 틈에 불가에 쪼그리고 앉아 언 땅에 말라붙은 잡풀을 하릴없이 뜯고 있었다. 불씨가 사그라지자 금세 한기가 들었다. 오후 해가 쨍쨍해도 아직 겨울이었다.

*

밤늦게 문을 열고 들어오는데 현관 바닥에 흥건히 물이 고여 있었다. 벽에 기대어놓은 기타가 몸이 불어 퉁퉁해 보였다. 아침에 구두를 신으려는데 안이 축축했다. 습기 문제를 더이상 방치해서는 안 되었다.

*

하루가 지나도 강에서 불을 쬐던 느낌이 살아 있었다. 출근을 하다가 복도에서 이 건물의 관계자인 듯한 남자와 마주쳤다. 열쇠로 문을 잠그려고 할 때 남자는 건물 중앙 문으로 들어와서는 나를 스치고 오른쪽으로 난 계단을 밟고 위층으로 올라갈 태세였다. 문을 잠그고 돌아섰을 때 남자는 벌써 계단을 밟고 올라가느라 몸이 나를 향해 있었다. 남자가 유쾌하게 인사말을 건넸고, 나는 인사 대신 습기 문제를 제기했다. 남자는 단숨에 계단을 올라가던 발걸음을 멈추고는 담당자가 올 거라고 관계자인 듯한 말투로 말했다. 그때서야 나는 그가 이 건물과 관계없는 사람인지도 모른다는 생각이 들었다. 밖으로 나오려다가 다시 들어가서 남자가 올라간 위쪽을 향해 소리쳤다. 그런데 이 복도 등도 문제예요! 관계자인 듯한 남자는 이층에서 삼층으로 올라가고 있는지 조금 멀어진 목소리로 대답했다. 그럴 리가요. 나는 내가 공연히 트집잡는 것이 아니라는 걸 증명이라도 해야 할 듯 더 큰 소리로 외쳤다. 그럼, 밤에 한번 와보세요! 목소리가 계단을 따라 위로 메아리쳐올라가자 어젯밤의 공포가 되살아나면서 화가 나려고 했다. 위에서는 아무 소리도 내려오지 않았다. 그리고 보일러도 문제예요! 다시 소리치자, 침묵을 깨고 남자의 소리가 조용히 내려왔다. 도무지 뭐 하나 제대로 된 게 없군요. 나는 순간 머쓱해졌다. 말하자면 손봐야 할 게 한두 가지가 아니었다. 건물 밖으로 나오자 시늉으로 비좁게 그어놓은 여섯 칸의 주차장 선이 눈에 들어왔다. 찌를 듯이 눈을 파고들어오는 백색 경계선이 일방적인 조롱처럼 기분을 언짢게 했다. 건물을 둘러싼 모든 것이 새것임을 시위하고 있었으나 어느 것 하나 믿을 수 없는 불안정한 상태였다. 골목 입구까지 새로 깔아놓은 보도블록이 모래 위로 들쑥날쑥 비어져나와 잘못 짚었다간 모래 구덩이 속으로 발이 빠져버릴 것 같았다. 골목을 나오다가 겉으로는 북유럽풍으로 번듯하게 보이는 신축건물을 어이없는 표정으로 새삼 확인하듯 다시 올려다보았다.

*

　강지숙이 1991년형 흰색 엑셀 자동차를 끌고 왔다. 강지숙은 일 년
전 눈깜박임증으로 육 개월가량 고생했다. 그때 내담자로 강지숙이 내
앞에 앉기까지 서로 대학 동창지간이라는 사실을 몰랐다. 강지숙은 눈
깜박임 횟수가 보통 사람보다 다섯 배 많았다. 틱 장애였다. 눈깜박임도
병이라고? 강지숙은 내 진단을 진지하게 듣지 않았다. 음, 그러니까 여
기에 왔겠지? 사실 나는 강지숙이 어떤 경로로 나에게 오게 되었는지
궁금하지 않은 것이 아니었다. 걍, 요 앞을 지나가다가 여기에서 뭐 하
나 해서…… 강지숙은 별로 심각하지 않은 투였다. 본인 말마따나 '뮤
직 테라피'라는 간판에 끌려 한번 들어와본 것이었다. 그래도 직접적인
요인으로는 충분치 않았다. 강지숙은 눈깜박임이 시작될 무렵 은행 대
기의자에 앉아서 여성지를 들춰보다가 거기에 소개된 뮤직 테라피스트
(음악치료사)라는 신종 직업을 보게 되었고, 조금 흥미를 느껴서 내용
을 대충 훑어봤다. 어떤 사람인가 했는데, 네가 테라피스트라니 정말
재밌다. 말은 그렇게 해도 강지숙은 그다지 우습지는 않지만 재밌기는
하다는 듯이 턱짓까지 하며 눈을 깜박였다. 예전에 너, 독일 갔다는 말
은 들었는데. 응. 거기에서 테라피스트 된 거니? 응. 언제 들어왔니? 삼
개월 됐어. 결혼은? 안 했어. 왜? …… 그 사람과 헤어졌니? …… 이이
교. 이름이 특이해서 가끔 생각났어. …… 그 이교는 기타를 잘 쳤지.

14

너는 노래를 잘 불렀고. …… 뭐였더라. 비틀스 노래. …… 그래, 내 기타가 조용히 울 때. …… 그때 우리들 중에 널 부러워하지 않은 애는 없었을 거야. …… 나는 강지숙의 말이 끝나기를 기다렸다가 눈에 힘을 주고 동공을 확대시키며 강지숙의 얼굴을 정시했다. 보통 틱 장애는 아동들에게 흔히 일어나는 증세인데, 그러니까 넌, 일시적인 현상 장애인 것 같다. 내 시선이 전문적으로 느껴졌는지 강지숙이 몸을 뒤로 빼며 남일 말하듯 틱 장애? 하고 되물으며 킥킥거렸다. 응. 강지숙은 장애라는 말에 더욱 눈을 깜박이며 십 분 동안 투덜거렸다. 진단 평가 기간을 거쳐서 치료에 들어가는데, 한번 받아볼래? 강지숙은 생각해보겠다고 일 분간 고개를 숙이고 있다가 일어나서 삼 초간 손을 흔들어 보이고는 문을 열고 나갔다. 다음날 아침 출근해보니 강지숙이 먼저 와서 나를 기다리고 있었다. 강지숙은 음악치료실 지척에 있는 메아리 소극장 소속 연극배우였다. 배우이기는 했는데 만년 대기 배우로 극장 뒤치다꺼리에 신물이 나 있었다. 음악치료실을 찾은 날 강지숙은 신춘 정기공연 캐스팅에서 제외되었던 것이었다. 강지숙은 그 이유가 삼 개월 전부터 시작된 눈깜박임 때문이라고 믿었다. 강지숙의 표정을 정상으로 바로잡는 데 삼 개월이 걸렸다. 그리고 일 년 동안은 그야말로 소식이 감감했다.

*

강지숙은 내 새 거처로 들어오는 골목이 너무 비좁다고 팔 분 동안 투덜거렸다. 그리고 오 초 만에 '어제 이혼했다'고 말해버렸다. 그리고는 비좁은 골목에 전신주까지 있어야 하겠냐고 삼 분 동안 사납게 화를 냈다. 나는 강지숙이 할말을 다 하는 동안 핸드폰 액정화면으로 시간을 체크했다. 십오 분 후에는 치매 노인 진료를 위해 삼청동으로 출발해야 했고, 이후 음악치료실로 돌아와 일산 아이의 8회 진단 평가에 들어가야 했다. 전신주가 문제라는 것인지 골목이 문제라는 것인지 강지숙의 비난이 두서가 없었다. 내 거처는 강지숙이 말하는 골목에서 꺾어진 더 작은 골목 가운데에 있었고, 전신주는 바로 그 입구에 있었다. 혹 자동차라도 긁혔다면 흥분하며 화를 낼 만도 했다. 책상이라든지 침대 같은 것을 나르려면 골목과 전신주 때문에 십 분 이상 고도로 애를 먹어야 했다. 아니면 자동차에 자랑스런 상처를 매달고 나가기 일쑤였다. 나는 강지숙이 차를 가지고 오리라고는 전혀 생각하지 못했다. 내가 알던 강지숙은 운전을 할 줄 몰랐다. 골목과 이혼과 전신주 얘기가 끝나자 강지숙은 조금 뜸을 들이더니 보름 정도 내 거처에 머물게 해달라고 부탁했다. 총 삼십삼 분 동안 관찰한 결과 강지숙의 눈깜박임은 정상인과 다르지 않았다. 강지숙과 다섯 시간 이상 단둘이 있어본 적은 없지만 크게 불편할 것은 없었다. 나는 열쇠고리에 매달린 스페어 키를 강지숙에게 내주었다.

*

어렵게 집주인과 연결이 되었다. 방을 중개했던 부동산뱅크 실장은 마치 국가기밀기관 요인과의 면담을 성사시키기라도 하는 듯한 여운을 띠었다. 나는 정색을 하고 주인이 직접 문제의 벽을 보아야 한다고 주장했다. 주인은 내가 아주 힘든 일을 요구하는 것처럼 난감해했다. 나는 주인을 이해하려 하지 않았다. 연일 예년 평균기온보다 오 도 이상 올라가 건조했던 날씨는 오후부터 기온이 뚝 떨어져 당분간 영하 십 도에 머물 거라는 예보가 있었다.

*

출장 진료에서 삼십 분이 지체되었다. 일산 아이와의 마지막 진단에 차질이 생겼다. 삼청동 치매 노인이 보호자가 없는 상태에서 분뇨를 내싸는 바람에 혼자 곤혹을 치렀다. 돌아오는 길에 제약회사 간판이 돌풍에 도로를 덮어 또 삼십 분 이상 차 안에서 발이 묶였다. 오늘도 성스러운 날이군. 옆 차선에 대기중인 차 운전석에 대치동 소년의 엄마가 앉아 있었다. 대치동 소년은 보이지 않았다. 프라더윌리 증후군이라는 저신장 비만증에 걸린 13세 소년이었다. 염색체 이상에 따른 거대 비만증으로 음악만으로 치료할 수 있는 병은 아니었다. 전문 의료원을 추천해주고 원한다면 음악치료를 병행하는 방법을 제안했었는데 그뒤 아무 소식이 없었다. 대치동 소년의 엄마는 연신 입술에 붉은 루주를 바르고 거울을 들여다봤다. 십 분 이상 대치동 소년의 엄마 차 옆에 있으면서도 유리창을 내리고 인사를 하지 않았다. 거리에서 우연히 치료했던 사람이나 그 보호자를 만나면 한결같이 좋지 않은 과거를 들추어내는 것처럼 인사하기를 꺼려했다. 중간에 치료를 그만둔 사람일수록 만남을 회피하는 정도가 심했다. 간판이 제거되고 서서히 소통이 되어갈 즈음 대치동 소년의 엄마가 몸을 뒤틀다가 내 쪽으로 고개를 돌렸다. 나는 태연히 핸드폰으로 전화를 걸며 못 본 척했다. 일산 아이와의 약속을 부득이 다음날로 연기했다. 곧이어 상계동 소녀와의 자유 면담이 예약되어 있었다. 일산 아이의 이모가 상계동 소녀와 함께 대기의자에 앉아 나를 기다리고 있었다. 약속이 연기되자 일산 아이가 극도로 불안정해져서 방 안 벽의 모서리에서 모서리로 빙빙 돌고만 있다고 했다. 테라피스트에게는 약속을 정확히 지키는 것이 가장 기본적인 임무였다. 특히 일산 아이처럼 자폐아의 경우는 정해진 시간 외로 무작정 기다리게 해서는 안 되었다. 그것은 음악치료를 위해 강하고 자극적인 헤비메탈을 처방하는 것과 같았다. 무작정 기다리게 한다거나, 강력한 금속성 사운드를 들려주거나 하게 되면 어떤 행동을 유발할지 예측할 수 없었다. 세 시간째 그러고 있어요. 사무실로 들어오자 내 방에서 기다리고 있던 일산 아이의 이모는 당장 나를 납치라도 해갈 기세였다. 상계동 소녀와의 면담을 되도록 빨리 끝내기로 했다. 입이 닫히지 않아요. 상계동 소녀는 주기적으로 하품하듯 입을 있는 대로 크게 벌려서는 일 분 이상 그러고 있었다. 일 분 이상 지속되는 긴 하품이 최초로 발생한 시점과 그 상황에 대해 들어야 했는데 상계동 소녀는 선뜻 말하려 하지 않았다. 기본적인 신변 사항을 듣고 기록하는 데도 끊임없이 입을 벌려서는 지속되는 긴 하품 때문에 예정했던 시간보다 삼십 분이 더 지연되었다. 상계동 소녀는 하품중에도 사방에 놓인 다종다양한 악기들을 무슨 꺼림칙한 의료기구들을 건너다보듯 사갈시했다. 진단 평가는 일단 예약이 되면 1회 삼십 분씩 주 2회 한 달 동안 진행될 거예요. 나는 감정을 배제한 채 사무적으로, 그러나 차갑지는 않게 말했다. 상계동 소녀가 진단 평가에 참여할지의 여부는 반반이었다. 일산 아이의 이모는 밖에서 핸드폰을 귀에 댄 채 계속 조바심을 쳤다. 하품중인 상계동 소녀와 조바심치는 일산 아이의 이모 사이에 끼어 엘리베이터를 탔다.

*

　포구에서 나뭇가지에 불을 붙였다. 해를 따라 한강을 지나고 김포 들을 지나 서해 쪽으로 포구를 찾아 달려왔는데 정작 포구에 닿자 해가 흔적 없이 사라져버렸다. 모래 섞인 바람이 몰아쳐 얼굴을 들 수가 없었다. 불을 피우기에 적당하지 않은 날씨였다. 그럼에도 일산 아이와 나는 불을 피우기 위해 갖은 애를 다 썼다. 번번이 연기가 피어오를 새도 없이 불꽃이 사그라들었다. 일산 아이는 불어오는 바람과 맞서서 포구 여기저기에 널브러진 나뭇잎과 가지를 주워 날랐다. 온몸으로 바람을 막고 가까스로 불을 붙이는 데 성공했다. 그러나 고만고만한 숲과 들과 강과 포구를 질주해온 시베리아 바람을 오래 견디지는 못했다. 밤이 되자 포구는 어둠에 잠기고 포구 진입로가 활기를 띠었다. 지나가는 사람마다 끈질기게 따라붙어 식당 이름을 알려주는 한 아줌마에게 이끌려 공터 옆 포장마차 식당에 들어갔다. 일산 아이는 막 튀겨내온 새우튀김을 먹고 나는 뜨거운 오뎅 국물을 마셨다. 포구를 향해서 달려올 때나 개펄가에서 불을 붙일 때나 나는 일산 아이에게 아무 말도 붙이지 않았다. 돌아오는 길에 배철수의 음악캠프라는 에프엠 라디오 프로에서 1970년대에서 1990년대에 이르는 헤비메탈과 하드코어 록 특집이 진행되었다. 격렬한 메탈 록 사운드가 차 안의 고요를 단번에 폭파시켰다. 빠른 동작으로 채널을 돌리려고 하자 일산 아이가 몸을 움직여 리듬을 타고 있는 것이 보였다. 일산 아이는 서서히 몸을 앞으로 뒤로 흔들면서 지금까지 그애가 발설했던 유일한 말을 되풀이했다. 낫씽. 낫씽. 다음은 1970년대 전설적인 록 그룹 딥 퍼플의 〈하이웨이 스타〉와 1990년대 대표적인 하드코어 그룹 림프 비즈킷의 〈테이크 어 룩 어라운드〉를 연이어 감상하시겠습니다. 딥 퍼플의 〈하이웨이 스타〉가 없었다면 록은 한낱 시끄러운 소음에 불과했을 겁니다. 〈하이웨이 스타〉의 무한 질주와 림프 비즈킷의 악마적이고도 사이키델릭한 반복음이 일산 아이의 뇌파에 어떻게 작용할 것인지 염려스러우면서도 나는 채널을 바꾸지 않았다. 낫씽. 두두두두두두— 낫씽. 속도는 경계를 넘었다. 전신을 휘감는 메탈 사운드에 몸을 흔들다 못해 거칠게 숨을 뒤채던 일산 아이가 마침내 소리를 내질렀다. 낫씽 이즈 리얼. 뭐, 뭐라고? 나는 핸들을 놓치지 않으려고 움켜쥐면서 일산 아이의 입 가까이 귀를 가져갔다. 낫씽 이즈 리얼!

*

주인의 일방적인 통보로 습기 문제를 상의하려던 약속은 사흘 뒤로 미뤄졌다. 아침 뉴스는 지난밤 시베리아에서 형성된 고기압과 강풍의 영향으로 영하 십삼 도를 기록했다고 전했다. 부동산뱅크 실장은 약속 연기를 알리면서 그 일대 대학가와 예술계를 주름잡고 있는 건물주의 임대사업 내역에 대해 필요 이상으로 소상히 설명했다. 나는 실장의 장광설을 한 귀로 듣고 한 귀로 흘러버렸다. 그건 그렇고, 습기 문제를 어떻게 해결할 것인지, 나는 주인이 직접 와서 문제의 습기를 확인해봐야 한다고 변함없이 주장했다. 부동산뱅크 실장은 지금까지 자신이 늘어놓은 말이 공염불이었다는 듯이, 그러죠, 대답을 하고는 조용히 전화를 끊었다.

*

강지숙은 습기 문제에 대해 무감각했다. 영하 십 도권에서는 벽에 습기가 비치지 않았다. 지난해 정기적으로 만났을 때와는 달리 강지숙은 고민을 털어놓거나 하다못해 형식적인 수다조차 떨지 않았다. 대신 강지숙은 뭔가 말이 필요할 때면 예전에 유일하게 주연을 맡았던 사뮈엘 베케트의 부조리 연극 〈오, 행복한 나날들〉의 대사를 읊조렸다. 오늘도 성스러운 날이군. 어떤 음에도 전혀 반응을 보이지 않는 아동과 물끄러미 마주 앉아 있거나 벗겨지지 않는 냄비의 묵은 때를 벗기려고 애를 쓰거나 차가 막혀 꼼짝달싹 못 할 때면 나도 모르게 강지숙의 대사를 중얼거렸다. 오늘도 성스러운 날이군. 강지숙이 맡았었다는 주인공이라는 게 사실은 목소리였다. 〈오, 행복한 나날들〉은 오십 세가량의 여자와 남자가 흙더미 위에 주질러앉아 끝도 없이 옛날을 회상하는 연극이었던 것이다. 강지숙은 동료 배우들과 호흡을 맞춰 연습이라고 할 것도 없이 가진 그대로 목소리만 내주면 되었다. 그래도 강지숙은 무대의 커튼이 올라가고 언제까지나 자신에게 조명이 집중되던 그날의 황홀경을 잊지 못하고 하루에도 수십 번 그 순간으로 돌아갔다. 연극 대사를 연기하지 않으면 강지숙은 주욱 입을 다문 채 인터넷에 접속하고 있었다. 모니터 앞에 쭈그리고 앉아서 방송 삼사 드라마 홈페이지를 섭렵하며 의견을 적고 참견을 했다. 심지어 잠도 요기도 컴퓨터 의자에서 해결하는 것 같았다. 그러다가 한 번씩 외출을 해서는 들쥐처럼 어디에서 구했는지 알 수 없는 요상한 물건들을 방에 물어다놓았다. 강지숙이 있거나 없거나 천장 가까이 바짝 올려붙은 창문은 늘 열려 있었고 커튼은 옆으로 아무렇게나 젖혀져 있었다.

*

　오늘도 성스러운 날이군. 이상하게 강지숙의 대사를 듣다보면 꼭 소리내어 앵무새처럼 따라 말하게 되었다. 그리고 더 이상한 것은 소리내어 중얼거릴수록 오늘은 전혀 성스러운 날이 아니라는 것을 깨우칠 뿐이라는 것이었다. 시작해요, 위니, 당신의 하루를 시작해요. 강지숙은 상대 목소리는 연기하지 않았다. 오직 자신의 대사에만 열중할 뿐이었다. 정식 결혼이 아니었으니 정식 이혼도 아니었겠지만 강지숙이 나를 찾아온 진짜 이유가 있을 것이었다. 그런데 강지숙은 태연하게 그 점을 방기했고 다만 내 방에 잠시 머물겠다는 의지를 철저히 지켰다. 소통 장애나 불안증에 시달리다가 벗어날 때면 흔히 침묵의 과정을 거쳐 발설 욕망에 사로잡히기 마련이었다. 누군가 자신의 상처를 치료해줄 사람, 누군가 자신의 비밀을 공유할 사람이 절대적으로 필요한 것이다. 마치 죽으러 가는 사람이 자신의 흔적을 지상의 단 한 사람에게는 남겨야 한다는 강박에 걸려드는 것처럼. 지난해 강지숙이 고생한 눈깜박임증은 현상적으로는 틱 장애였으나 사실적으로는 반응성 애착 장애였던 것이다. 시베리아에 갈 거야. 자작나무숲으로. 올 때와 같은 모습으로 방을 나가면서 강지숙이 말했다. 나는 강지숙이 내뱉는 대사와 나에게하는 말을 구분할 수 있었다. 그러고는 답례의 뜻을 표하듯 덧붙였다. 네가 가고 싶은 곳을 말해봐! 강지숙이 아무렇게나 젖혀진 커튼 자락을 움켜쥐고 창 밖으로 고개를 쑥 내밀었다. 나는 강지숙에게 어디를 가고 싶다는 마음을 내비친 적이 없었다. 강지숙이 창 밖으로 손을 내어 흔들었다. 골목 전신주 옆에 강지숙이 보름 전에 이혼했다던 남자가 낯익은 고목처럼 서 있었다. 법적으로 그 남자는 강지숙과 결혼할 수없는 사람이었다. 우연이었다고 말했지만, 그리고 캐스팅에서 제외라는 표면적인 이유를 둘러댔지만 강지숙이 음악치료실을 찾을 수밖에없었던 사정은 따로 말하지 않아도 되었다. 과도한 집착과 분열이 되풀이되면 성인에게도 신체적인 이상 현상으로 틱 장애가 발생할 수도 있었다. 그런데 너, 지도나 볼 줄 아니? 나는 강지숙의 말을 가볍게 무시했다. 그건 걱정 말라고, 어디를 가고 싶은지 생각이나 해둬! 강지숙은그 동안 수집해온 괴상한 물건들을 부탁한다는 듯이 넌지시 눈길을 그쪽으로 던지고는 스페어 키를 벽에 걸었다. 포구는 어떨까? 나는 더이상 강지숙의 눈깜박임 횟수와 말의 속도를 재지 않았다. 그리고 강지숙의 대사와 말에 대해서도 구분할 필요가 없었다. 강지숙은 1991년 산

흰색 엑셀을 끌고 천천히 골목을 빠져나갔다. 십 분 후 일산 아이에게 전화를 걸기로 되어 있었다.

*

 손잡이가 길고 허리춤이 잘록하게 들어간 청동제 터키 커피포트. 길 죽한 부리에 끝이 사납게 뾰족한 빨간 공단 슬리퍼. 여덟 가지 고혹적인 향기를 뿜어내는 인도 향초와 그 촛대. 강지숙이 남겨두고 간 물건들은 어느 한 가지에 집중적으로 소용되는 것들은 아니었으나 전부 끝이 길고 날카롭게 휘었다는 공통점을 가지고 있었다. 강지숙이 떠나고 사흘도 되지 않아 벽에 습기가 도졌다. 습기 문제를 더이상 방치해서는 안 되었다.

*

 집주인은 끝내 나타나지 않았다. 날은 예상보다 빨리 풀렸다. 어두워지면 현관 바닥에 한 움큼 물이 고였고 기타는 소리없이 몸이 젖었다. 이른 아침 주인 대신 대리인이 와서 벽과 문틈을 정밀하게 검토하고 갔다. 한 시간 후 전화로 외벽의 두께와 환기 문제를 지적했다. 건축 규정에 명시된 주차장의 면적을 확보하기 위해 원래의 벽 두께에서 반을 잘라내는 게 불가피했는데 등기 허가만 나오면 원래 벽의 두께를 갖추게

24

될 것이라고 솔직하게 알렸다. 그런데 그렇다고 해서 습기 문제가 외벽의 두께에만 하자가 있어서 그런 것은 아니고 어쩌면 더 직접적인 요인은 환기 부족에 따른 결과로 봐야 할 것 같다고 조심스럽게 그러니 매우 이기적으로 피력했다. 결론적으로 습기 문제가 이렇게 첨예하게 제기된 것은 집의 하자 문제라기보다 세입자의 관리 문제에 초점을 두어야 한다는 요지였다. 사실 강지숙이 오기 전, 그리고 강지숙이 떠난 후 창문은 늘 잠겨 있었고 커튼은 그 이중 창문을 철저히 뒤덮고 있었다. 대리인이 마술사처럼 셋을 센 다음 커튼을 젖히자 문틀을 따라 맺혀 있던 물방울들이 기다렸다는 듯이 벽을 타고 주르륵 흘러내렸다.

*

  기타 소리를 들었다. 소리는 우물 저 깊은 속에서 올라오는 듯 몸통을 울리며 둥둥거렸다. 일산 아이가 침대에서 홀연히 일어나 기타를 만지고 있었다. 일산 아이를 집에 데리고 온 것이 잘 한 것인지 여전히 확신이 없었다. 결과는 내일 생각하기로 했다. 이교의 기타를 일산 아이가 만지고 있는 장면이 꿈은 아닌가 비현실적으로 느껴졌다. 이교는 기타에 '네 마음의 푸른 눈'이라는 이름을 붙였었다. 그리고 다음날 시베리아로 떠났다. 백야의 자작나무를 찍어올 거라고 했다. 바이칼 호에 종이배를 띄울 거라고 했다. 그리고 오 년째 이교는 돌아오지 않았다. 자작나무 아래에 누워, 바이칼 호수에 누워 푸른 하늘을 보고 있을지도 몰랐다. 거기에서 영원히 사는 길을 선택했을지도 몰랐다. 독일로 떠나기 전

가을 나는 시베리아로 갔었다. 바이칼 호수에 비친 하늘도 유심히 보았다. 그러나 이교는 어디에도 보이지 않았다. 일산 아이에게 다가가 아이의 등뒤로 기타를 함께 껴안았다. 내 손가락 끝에서 비틀스의 노래 〈내 기타가 조용히 울 때〉의 서두음이 튕겨나왔다. 소리는 두 사람의 숨을 타듯 느리게 되풀이되었다. 그 소리는 오래 망각했던 내 몸의 기억을 두드렸다. 기온이 뚝 떨어지고 벽에 습기 대신 아스라이 눈꽃이 피었다. 성에 끝에서 바늘처럼 날카로운 빛이 나왔다. 일산 아이가 드디어 말했다. 거실 소파에서 잠을 자고 있었어. 눈을 뜨니 어둠 속에 걸어가는 두 사람이 있었어. 두 사람이 손을 잡고 내 앞을 지나가는 것을 보았어. (아빠구나.) 엄마 방으로 가는구나 생각했어. 반가워서 일어나려는데 엄마가 어떻게 내 소리를 듣고 방에서 얼른 와서 어둠 속에 눈을 뜨고 있는 나에게 물었어. 꿈을 꾸었니? (아빠가 아니었구나.) 아빠는 없지, 이 집엔 엄마와 나 둘뿐이지, 생각했어. 나는 놀라지 않은 목소리로 말했어. 누군가 우리집에 있어요. 엄마도 놀라지 않은 목소리로 말했어. 누가 우리집에 있겠니? 나는 엄마와 똑같이 놀라지 않은 목소리로 말했어. 누군가 있는 느낌이 들어요. 엄마도 나와 똑같이 놀라지 않은 목소리로 되물었어. 누가? 나는 엄마와 똑같이 놀라지 않은 목소리로 말하기가 힘들었어. 누군가…… 아니면 무엇인가…… 내 목소리가 조금 떨렸어. 엄마도 나와 똑같이 놀라지 않은 목소리로 대답하기가 힘들었는지 목소리를 조금 떨었어. 아무것도 아니란다. 엄마는 내 귀를 만졌어. 나는 엄마 손에서 얼굴을 흔들어 빼냈어. 하지만 보였어요. 그러자 엄마는 손으로 내 눈을 가렸어. 네가 본 것은 진짜가 아니야. 정말 내가 꿈을 꾸었나 생각이 들었어. 그러나 방금 꾼 꿈을 나는 기억하고 있었어. 그 꿈 때문에 깨어났거든. 자거라 내 아기. 엄마가 널 지켜줄게. 엄마는 나를 꼭 껴안고 잠들게 했어. 네가 본 것은 사실이 아니야. 아무것도 아니야. 눈을 꼭 삼으면 잠이 나시 올 거야. 엄마는 숨이 막히도록 나를 꼬옥 껴안 았어. 나도 엄마처럼 숨이 막히게 눈을 꼬옥 감았어. 잠이 들려고 했어. 얼마간 어둠의 시간이 흘렀어. 현관 쪽에서 문소리가 딸각 나면서 나는 다시 잠에서 깨었어. 엄마는 그제서야 내 몸을 슬그머니 놓으며 잠이 들었어. (아무것도 사실이 아니야, 아무것도.) 다음날 밤 엄마는 나를 앞에 앉혀놓고 걱정을 하셨어. 왜 말을 하지 않는 거냐? 나는 아무것도 할 말이 없었어. 정말 아무것도. 엄마는 매일 매일 나를 앞에 앉혀놓고 울었어. 왜 소리를 내지 않는 거냐? 나는 아무 소리도 낼 수 없었어. 정말 아무 소리도. 비행기를 타는 것은 좋았지만 한국은 너무 멀었어. 이모는 엄마와 닮은 데가 하나도 없어. 그런데 말은 엄마랑 똑같이 해. 미국말 이 아니고 한국말이지만 나에겐 똑같이 들려. 왜 말을 하지 않는 거냐? 그렇게 말하는 것을 보면 이모가 정말 엄마 언니라는 것은 확실해. 엄마 랑 정말 똑같이 물어. 왜 한국말을 하지 않는 거냐? 엄마는 나를 잊어버 렸을지도 몰라. 미국은 너무 멀어…… 아무런 움직임도 없이 살을 뚫고 밀려들어오는 통증이 눈에서 눈물을 밀어냈다. 지금쯤 시베리아엔 자 작나무숲 위로 눈이 내리고 있을지도 몰랐다. 바이칼 호수 위로 내리는 눈은 또 얼마나 아름다울 것인가. 일산 아이가 기타를 만졌다. 내가 말 했다. 낫씽 이즈 리얼. 밤이 깊었다.

* 이 작품을 쓰는 데 한국임상음악치료사협회와 하은경 음악치료임상연구소, 권혜경 음악 치료센터의 간접적이지만 귀중한 참고가 있었음을 밝힌다.

••• 문어(文魚)에게 물어봐

나는 한 시간째 문어를 어떻게 요리할까 생각중이었다. 지붕에서 탱크 지나가는 소리가 났다. 다시 귀 기울여보니 이번엔 우박 떨어지는 소리가 났다. 나는 삼 년 오 개월째 십층 아파트의 십층에 살고 있었다. 십층 아파트는 지은 지 십 년이 넘어가고 있었다. 탱크 지나가는 소리가 정말로 지붕에서 나는 것인지는 확실하지 않았다. 그러나 십층 아파트의 십층에 살고 있는 나로서는 지붕에서 나는 소리로밖에 달리 생각할 수 없었다. 냄새는 그렇다 쳐도 탱크 지나가는 소리나 우박 떨어지는 소리가 아래층에서 올라올 수는 없는 노릇이었다. 그러고 보니 탱크 지나가는 소리 속에 우박 떨어지는 소리는 어제도 났었다. 아니, 내가 트렁크를 끌고 집에 들어온 그제 오후에도 무슨 소리가 들렸었다. 트렁크 바퀴 소린가? 나는 트렁크 손잡이를 놓고 잠시 트렁크 옆에 멈춰 서 있기까지 했었다. 트렁크 바퀴가 구르고 있지 않은데도 소리는 계속 났다. 여덟 개의 문어다리 중 두 가닥이 도마 위에 올려져 있었다. 나는 문어가 어떻게 통째로 내 집 냉장고에 들어와 있는지 이유를 알아내려 했지만 당장은 알 수 없었다. 탱크 지나가는 소리인지 트렁크 바퀴 굴러가는 소리인지 분간하고 난 뒤 부엌으로 가 냉장고 문을 열었을 때 텅 빈 선반 위에 거대한 문어 덩어리가 놓여 있었다. 냄새를 맡아보니 신선도는 그리 떨어지지 않았다. 내가 집을 비운 이 주일 사이, 그것도 최근 며칠 사이 누군가 이곳에서 문어 요리를 하려고 한 것이 틀림없었다. 문어 요리에 골똘하고 있는데 환이 내 옆에 와 서 있었다. 방금 전까지 우박 떨어지는 소리에 섞여 코고는 소리를 들었던 것 같았다. 환의 희고 투명한 살빛이 베란다 창으로 비쳐든 직사광선에 반사되어 내 눈가에 닿았다. 환은 언제나처럼 벌거벗고 있었다. 문어 몸에서 다량의 점액질이 비어져나와 있었다. 내가 문어다리를 오른쪽 둘째손가락으로 꾹 눌렀다. 감촉이 차갑고 미끌하고 끈적했다. 괜찮아? 환이 어깨동무하듯 오른팔로 내 몸을 감싸며 물었다. 나는 대답 대신 피식 콧소리를 내며 한번 더 손가락으로 문어다리를 꾹 눌렀다. 환은 언제나처럼 겁먹은 듯한 눈으로 방금 내 손가락이 찔렀던 부위를 내려다보았다. 괜찮아? 나도 환이 내려다보고 있는 부위에서 눈을 떼지 않고 싱겁게 되물었다. 괜찮은 거지, 응응? 환은 내가 멀리 떠났다가 돌아올 때면 완전히 다른 사람이 되어 돌아온 것은 아닌가 확인하곤 했다. 내 골반에 맞닿은 환의 골반뼈가 쇠처럼 딱딱했다. 환이 나를 안은 팔에 힘을 와락 주었다. 환의 남성에 힘이 들어가 창처럼 날카롭게 앞으로 죽 뻗쳤다. 문어를 내려다보고 있던 환과 나는 동시에 그 물건으로 눈을 돌렸다. 그것은 환의 몸의 일부이면서도 그와 전혀 상관없는 독립된 개체처럼 보였다. 환이 그런 괴상한 물건을 지니고 있다고 생각하니 갑자기 존경스러운 마음이 샘솟았다. 환은 자신의 독립된 개체로부터 눈을 떼지 못한 채 즐겁고도 난처한 표정을 지었다. 나를 의식해서인지 환의 독립된 개체는 성장 말기의 애벌레처럼 주름을 최대한 늘이며 꿈틀거렸다. 나는 즉시 칼을 찾았다. 문어를 더이상 그대로 놓아둘 수 없었다. 내가 칼을 놓는 곳은 대략 두 군데, 식기건조대 아니면 싱크대 칼꽂이였다. 식기건조대에 없는 걸로 봐서 칼은 싱크대 칼꽂이에 꽂혀 있는 게 분명했다. 아프지 않은 거지, 응응? 환이 나에게 묻기 전까지 나는 오래 전부터 내가 아프다는 사실을 깜박 잊고 있었다. 그리고 보니 내가 몹시 아프겠군! 내가 당신이 되어보면 나를 더 잘 이해할 수도 있을 거야, 응응. 환은 자신의 독립된 개체가 싱크대에 닿지 않도록 조심하며 다소곳이 내 말에 귀를 기울였다. 싱크대 문을 열고 칼꽂이에서 칼을 뽑으려면 내 팔에 감긴 환의 손을 풀고 환을 뒤로 약간 물러나게 해야 했다. 환은 아주 조금 두 발을 뒤로 떼었다. 환은 아주 조금 떨고 있는 듯했다. 칼꽂이에도 칼은 보이지 않았다. 나는 할 수 없이 살 밖으로 점액질을 밀어내고 있는 문어를 바라보며 어떻게 요리할까 조금 더 생각하려고 했다. 그때 현관 벨이 울렸다. 아이는 벨을 누르고 정확히 오 초가 되면 현관문을 발로 쾅쾅 찼다. 나는 문을 열면 아이에게 발로 문을 차지 말라고 단단히 주의를 주려고 했다. 그러나 아이는 번번이 터질 듯이 차오른 오줌보를 움켜쥐고 뜨거운 철판 위에 올려놓은 물개 새끼처럼 폴짝폴짝 뛰어오르고 있었다. 아이가 오줌누는 소리를 들으며 환을 생각해냈으나 그는 벌써 소라게처럼 자신을 감쪽같이 숨기고 없었다. 나는 볼일을 보고 으스스를 치며 화장실에서 나오는 아이에게 따지듯이 문어를 아느냐고 물었다. 아이는 내 입에서 나온 문어라는 단어가

근래 한 번도 들어보지 못한 것이라는 듯 생뚱한 표정을 지었다. 웬 문어? 나는 아이의 그 표정을 잘 알았다. 아니 아이의 표정은 얼마 전에 내가 아이에게 지어 보였던 것과 완벽하게 일치했다. 그때 아이는 나에게 부산에 언제 가느냐고 뜬금없이 물었다. 나는 아이의 입에서 나온 부산이란 데가 근래 한 번도 들어보지 못한 것이라는 듯 생뚱한 표정을 지었었다. 웬 부산?

그의 이름은 무라카미였다. 아이는 곧잘 무라카미의 이름을 까먹었다. 무라카미가 생각날 때면 부산ㅡ! 하고 불렀다. 그를 만난 것은 일 년 전, 로마의 시스티나 예배당에서였다. 미켈란젤로의 천장화 〈천지창조〉를 보기 위한 관람객이 바티칸 박물관의 높은 벽을 따라 백여 미터 이상 늘어서 있었다. 오전 열시경의 로마는 벌써부터 용광로로 치닫고 있었다. 조금이라도 그늘이 보이면 사람들은 애어른 할 것 없이 자석처럼 그리로 주르륵 달라붙었다. 무라카미가 언제부터 내 옆에 서 있게 되었는지 알 수 없었다. 아이가 무라카미의 존재를 알아보았을 때 우리는 백여 미터 줄의 삼분의 일 지점에 서 있었다. 처음 어영부영 모여든 사람들이 거기에서부터 세 명씩 정돈이 되고 있었다. 무라카미는 벽 쪽으로 조금 떨어져 있었지만 남이 보면 우리는 영락없이 가족의 모양이었다. 게다가 주변에 동양인이라고는 우리ㅡ무라카미와 나와 아이ㅡ밖에 없었다. 아이는 무라카미를 만난 이후 '우리'라는 말을 몹시 좋아했다. 무라카미는 우리가 그를 발견하기 전부터 책을 들여다보고 있었던 듯했다. 슬쩍 곁눈질해보니 일본어로 빽빽이 인쇄된 로마 여행 가이드였다. 그는 스페인 광장 부근을 읽고 있었다. 나와 이 주째 로마에 머물고 있던 아이는 스페인 광장이라면 로마의 어느 구역보다 빠삭했다. 힐끔힐끔 무라카미의 책자를 훔쳐보던 아이가 스페인 광장의 분수 사진을 알아보고는 그와 나 사이를 비집고 들어와 정색을 하고 그를 올려다보았다. 나는 눈으로 열심히 환전소를 찾으면서 손으로는 아이를 그에게서 떼어놓으려고 짐짓 모르게 애를 썼다. 그럴수록 아이는 점점 더 내 손을 뿌리치고 아예 그쪽으로 바짝 다가가 섰다. 나는 내심 현금 걱정을 하고 있었다. 단체 여행자들이 떼로 몰려들기 전에 입장하려고 아침 일찍 숙소를 빠져나오느라 지갑에 현금을 채워넣는 것을 깜박 잊었다. 이탈리아에서는 미술관이나 유적지에 갈 때마다 아이의 입장료가 문제였다. 일곱 살에서 여덟 살 사이인 아이를 놓고 폼페이에서는 무료 입장을 시키는가 하면 콜로세움에서는 유료 입장을 명령했다. 이번 시스티나 예배당에서는 아이의 입장이 어떻게 판정이 될지 전혀 예측할 수 없었다. 지갑에 현금이 넉넉하다면 문제될 것이 없었지만 만약 유료 입장이 선고되면 나는 다음에 다시 오든가 돈을 바꾸어 와 처음부터 다시 줄을 서야 할 판이었다. 나는 줄이 줄어들수록 거위처럼 고개를 쑥 뺀 채 한 번씩 발을 구르고 있었다. 아이는 내 사정도 모르고 한사코 내 옆구리를 쿡쿡 찔러댔다. 어느덧 아이는 무라카미와 대화를 트고 있었고, 통역을 구실로 나를 참여시키려 하고 있었다. 나이는 몇살입니까? 나는 아이가 시키는 대로 일본인에게 영어로 물었다. 물론 내 표정은 아이의 무료 입장 여부에 시달리고 있는 만큼이나 난처한 기색을 띠고 있었다. 서른네 살입니다. 그도 영어로 대답했다. 서른네 살. 아이는 내가 통역해줄 때마다 확인하듯 복창했다. 우리 엄마는…… 나는 머릿속으로 열심히 셈을 하고 있는 아이를 제치고 그에게 사과하는 한편 아이에게 처음 만나는 사람한테 나이를 묻는 것은 아주 큰 실례라고 주의를 주었다. 그러자 이번엔 그가 아이의 나이를 물었다. 여덟 살, 아니 일곱 살. 이번에는 아이가 그의 질문을 알아듣고 직접 대답했다. 그는 대견하다는 듯이 아이에게 미소를 듬뿍 지어주었다. 아이는 그 기세로 그에게 강한 친밀감을 느꼈는지 어디에서 누구랑 함께 살고 있는지 물어달라고 나에게 정식으로 요구했다. 나는 애는—? 하고 난색을 보이다가 끝내 물러서지 않는 아이의 말을 전달했다. 요코하마, 혼자. 그는 재밌다는 듯이 더욱 다정하게 웃으며 아이의 머리를 손으로 쓰다듬었다. 아이도 나도 그의 말을 듣고는 한동안 어리둥절했다. 분명 그가 한 말은 한국말이었다. 혼자? 아이의 얼굴 표정이 봄꽃처럼 활짝 피었다. 나는 얼굴을 붉혔다. 그는 처음부터 나와 아이의 말을 알아듣고 있었다는 말인가! 조금, 한국말, 합니다. 아이와 그는 나 없이도 띄엄띄엄 대화를 이어갔다. 잠시 후 그는 아예 여행 책자를 접어 겨드랑이에 끼고 있었다. 나는 여전히 눈으로 환전소를 찾았다. 그러나 환전소가 없다는 것은 벌써 파악하고 있었다. 나는 무라카미. 그의 말이 끝나기가 무섭게 아이가 받았다. 나는 컴퓨터 엔지니어. 아이는 마치 놓쳐서는 안 되는 중요한 암호문처럼 그가 말할 때마다 내 손을 잡아끌었다. 아이는 그가 한국말을 한다는 것이 신기하다 못해 자기가 그렇게도 찾아 헤매던 단 한 사람을 만난 듯이 행복에 겨운 눈치였다. 우리 엄마는—아이가 하마터면 나를 말할 뻔했다. 나는 엉겁결에 아이의 입을 꽉 막았다—자그가. 나는 누가 들을세라 얼른 뒤를 돌아보았다. 들어봤자 아무도 못 알아들을 테지만 나는 마치 꼬리를 들킨 구미호처럼 낯빛이 새파래졌다. 저, 아이 입장료를 혹시 그 책에서 알 수 있을까요?

화제를 바꾸기 위해 겨드랑이에 긴 책자를 가리키며 내가 서둘러 그에게 물었다. 그는 잠시 아이와 어리둥절한 표정을 주고받더니 이내 성실히 책지를 뒤적였다. 내 사정을 대충 눈치챈 그는 만약 아이가 입장료를 내야 하면 자기가 낼 수 있다고 호의를 보였다. 나는 현금이 안 되면 달러로 통용을 해보겠다고 정중히 사양했다. 아이는 자기의 입장료를 내주겠다는 그의 말에 더욱 고무되어 나보다도 오히려 그와 가족처럼 바짝 달라붙었다. 아이의 표정을 보니 그의 마음씀에 보답하기 위해 무언가 흥미로운 것을 알려주려고 안달하고 있었다. 우리 아빠는 하늘에…… 나는 입술을 달싹하는 아이를 뒤로 밀치고 영어와 몇 마디 아는 일본어로 그에게 연달아 질문을 퍼부었다. 일본어라 해봤자 무라카미라는 이름을 가진 일본 작가 몇과 일본 뮤지션 몇 그리고 내가 가봤던 도시들의 이름 나열에 불과했다. 그러면서 브릴리언트 그린이라는 모던 록 그룹의 〈데어 윌 비 러브 데어There will be love there〉를 아느냐고 물었다. 그는, 물론 일본 사람이면 그 노래를 모르는 사람은 없을 거라고 말했다. 나는 그럼 엑스 재팬의 〈세이 애니싱Say anything〉을 아느냐고 물었다. 그는, 물론 자기 또래의 삼십대 일본인이라면 누구나 엑스 재팬을 잘 알 것이고 그 노래는 자기도 정말 좋아한다고 말했다. 나는 그럼 그 두 곡의 제목을 일본어로 말해줄 수 있느냐고 물었고, 그는 말할 것도 없이, 물론입니다, 라고 이번엔 한국말로 자신 있게 말했다. 그러고는 노래 제목을 일본어로 발음한 다음 나에게 따라 해보라고 했다. 나는 내 귀에 닿은 그의 발음을 똑같이 따라 하려고 했다. 그는 소리는 내지 않았지만 입을 벌려 크게 웃었다. 도모 아리가토 고자이마스. 나는 짐짓 익숙하게 일본어로 인사를 했다. 일본어를 입에

올리는 일은 극히 드물었지만 이상하게도 일본어를 몇 마디 할 때면 내 몸에 혹시 일본인의 피가 흐르는 것은 아닐까 잠시 혼란스럽기도 했다. 관람객의 줄은 현저히 줄어들어서 우리는 어느덧 매표 창구 가까이 와 있었다. 그와 대화가 오갈 때마다 아이의 눈이 소리를 따라 이쪽저쪽으로 바쁘게 오갔다. 아이는 종종 활짝 웃는 그와 나를 보고 매우 만족스러운 듯 이번엔 내 팔에 꼭 매달렸다. 마침내 요금표가 보였다. 내가 아이의 요금을 확인하려고 키를 쭈욱 늘여서 까치발을 떼는 순간 그가 아이 키에 맞춰 몸을 숙였다. 음, 그런데 '자그가' 가 무엇입니까? 아이가 힐끗 나를 올려다봤다. 동시에 그가 아이의 입 가까이 자기의 귀를 가져다댔다. 나는 움찔 놀라며 손으로 더듬더듬 아이의 입을 찾았다. 아이는 내 손아귀에서 벗어나려고 심하게 얼굴을 찡그렸다. '자까!' 아이는 깨물듯이 내 손 틈으로 발설하고야 말았다. 찌그러진 입에서 말이 찌그러져 나왔으나 '자까!' 라는 소리가 터져나오자 나는 불에 덴 듯 아이의 입에서 손을 확 떼어버렸다. 꼬리를 들킨 구미호는 내가 아니라 아이였던 것처럼 방금 손에 닿았던 작고 여린 존재가 징그럽기만 했다. 내 눈에는 아이가 치맛자락으로 겨우 감추고 있던 어미의 꼬리를 철없이 까발린 새끼 여우로 보였다. 부산에, 세 번, 간 적, 있습니다. 그가 몸을 일으켜세우고는 나에게 말했다. 저 작은 종자가 과연 내 뱃속에서 나온 것인지 낯선 눈으로 아이를 관찰하느라 그의 말을 놓쳤다. 뭐라고 하셨습니까? 아이가 애석해하는 눈으로 나를 올려다봤다. 부산ㅡ, 이번엔 내가 아이를 따라 복창했다. 아, 부산ㅡ! 아이의 눈동자에 개구리 알처럼 작고 흐물흐물한 형체가 맺혔다. 아이는 부산에 간 적이 없었다. 부산을 끝으로 세 사람은 더 할말이 없는 사람들처럼 지극히 덤덤해져서 순서에 따라 조금씩 발걸음을 떼었다. 마침내 매표 창구에 이르렀다. 아이는 결국 입장료를 내야 했다. 그는 부득부득 아이의 입장료를 내려고 했다. 나는 입장료를 내주는 대신 아이와 잠시 그 자리에서 기다려달라고 부탁했다. 창구 옆 환전소에서 현금을 바꾸어 올 때까지 무라카미와 아이는 서로 영원히 떨어지지 않을 것처럼 손을 꼭 붙잡고 있었다. 시스티나 예배당으로 올라가는 계단에서 나는 정중하게 그를 먼저 올려보냈다. 일본인답게 그는 예의 바르게 그 즉시 내 뜻을 존중했다. 그러고는 아이와 인사를 나누고 계단을 밟고 올라갔다. 아이는 그와 함께 가겠다고, 왜 그가 우리와 함께 가면 안 되느냐고 항의했다. 나는 화가 난 듯 아이와 조금 떨어져서 계단을 밟았다. 그는 계단 끝에서 주저 없이 오른쪽 문으로 들어갔다. 미켈란젤로의 〈천지창조〉를 보려면 나와 아이는 계단 끝 왼쪽으로 들어가야 했다. 계단 끝까지 올라왔을 때 오른쪽으로 들어갔던 그가 다시 나와 노트를 내밀었다. 괜찮다면 이름과 연락처를 적어달라고 했다. 출장차 부산에 또 갈지도 모른다고 했다. 나는 순순히 내 이름 석 자를 적어주었다. 도모 아리가토 고자이마스. 그가 고개를 푹 숙였다. 순진하게 웃는 그의 얼굴을 보자 아이의 표정이 밝아졌다. 나와 아이는 정식으로 그와 작별인사를 했다. 무라카미, 본 조르노! 아이는 로마에 머무는 동안 틈이 날 때마다 스페인광장에 가자고 졸랐다. 그곳엔 맥도날드와 분수가 있어 아이가 좋아했지만 무라카미를 만나고 난 뒤에는 사정이 조금 달라졌다. 귀국하고 한동안 아이는 무라카미를 잊어버린 듯했다. 그런데 어느 날 새벽 잠에서 깨어난 아이가 컴퓨터 앞에 우두커니 앉아 있는 나에게 다가와 안겼다. 부산에 언제 가요, 우리? 그때까지 나는 부산을 까맣게 잊어버리고 있었다. 나는 생뚱한 목소리로 웬 부산─? 하고 물었다. 부산은 나와 아무 연고가 없었고 앞으로도 당분간 볼일이 없을 것이었다. 아이는 자기가 무얼 물었는지 잊어버리고는 멀뚱히 내 얼굴을 바라보다가 그대로 내 품에서 잠이 들었다. 언젠가 부산에 가긴 가야 할 것이었다. 요즘도 아이는 가끔 잠을 자다가 꿈을 꾸듯 부산─! 하고 불렀다.

내가 지금의 내 아이만할 때 내 엄마에게서는 언제나 일본 냄새가 났다. 그것은 매일 쓰는 다이알 비누 냄새보다, 얼굴에 바르는 분냄새보다 강하고 야릇한 냄새였다. 엄마는 오 년 전 6월 일본에 갔다. 그해 봄 나는 어이없이 암으로 남편 환을 잃었고, 엄마는 꿈에 그리던 도쿄 행 비행기를 탔다. 그전에 나도 환과 일본에 갈 생각을 했었다. 당시 도쿄에는 친정 큰오빠네가 살고 있었다. 남편은 도쿄 물가가 좀 비싸냐고, 우리가 가면 큰형님 내외분에게 폐를 끼친다고 내 생각을 돌려세웠었다. 나는 더이상 환에게 일본 얘기를 꺼내지 않았다. 그런데 무슨 마음이 들었는지 환이 자발적으로 나에게 일본에 가자고 했다. 그때 환은 다니던 신문사를 그만두고 소설쓰기에만 전념한 지 일 년이 되어가고 있었다. 머지않아, 언제? 소설쓰기도 직장생활도 살림, 육아도 어느 것 한 가지 변변히 해내지 못하고 허둥대며 사는 내가 안쓰러워 마음에서 저절로 우러나온 말이라는 것을 나는 모르지 않았다. 머지않아, 6월쯤. 그 말을 할 때 우리는 병원 응급실 침대에 나란히 앉아 있었다. 새도시 외곽에 자리잡은 교통사고처리 전문 병원의 응급실은 모든 시스템이 마비되어버린 것처럼 한산했다. 그래서인지 휴가차 응급실을 찾은 사람들처럼 우리의 마음도 덩달아 한산했다. 환이 밖에 무엇을 두고 온 사람처럼 창 밖을 오래 응시했다. 그러면서 간절히 내뱉은 말이 '머지않아'였다. 환은 그날로부터 머지않아 거짓말처럼 숨을 거두었다. 봄이 되어 수를 생각할 때면 나는 가끔 그날의 그 눈길을 떠올렸다. 그때 환은 창 밖의 무엇을 보고 있었을까. 환의 사십구재를 치르고 나서 나는 제일 먼저 도쿄행 왕복 비행기표를 끊었다. 엄마는 슬픔을 모르는 어린아이처럼 한껏 들떠서 도쿄 행 비행기에 올라탔다. 한 달 후 도쿄에서 돌아온 엄마는 예전처럼 일본 얘기를 하지 않았다. 내가 기억하는 한 엄마는 내가 출가하기 전까지 단 하루도 일본 얘기를 하지 않은 날이 없었다. 엄마의 일본 얘기만 나오면 내 머릿속은 자동으로 기억장치가 돌아갔다. 한 분뿐인 외삼촌이 도쿄 유학생이었다는 얘기, 귀국해서 신여성과 대전에서 새살림을 차렸다는 얘기, 일본인 선생이 엄마를 하도 탐내서 하마터면 일본에 가 살 뻔했다는 얘기, 큰오빠가 외삼촌을 쏙 빼닮았다는 얘기. 내가 내 아이만할 때 엄마는 이광수의 연애소설들을 애독했다. 밤이면 나와 두 살 터울의 막내오라비를 당신 겨드랑이에 하나씩 끼고 고단한 목소리로 이광수의 『흙』을 흥얼흥얼 읽다가 잠에 곯아떨어지곤 했다. 친족들이나 이웃 사람들은 중요한 일이 있을 때면 엄마를 찾아왔다. 내가 아주 어릴 때부터 보아온 풍경이라 이상하고 말 것도 없었다. 그러나 나이가 들수록 엄마라는 존재가 의문이었다. 서른아홉에 다섯 새끼를 거느린 한 집안의 가장이 된 여자가 영화를 본다거나 조간신문을 탐독한다거나 이광수의 소설을 읽는다거나 한다는 것은 거의 불가능한 일이었다. 그런데 엄마는 영화도 보고 조간신문도 빠짐없이 읽고 이광수 소설도 외다시피 즐겨 읽었다. 엄마는 누구일까, 아니, 나는 누구일까. 그런 생각이 얼핏 들었을 때 내 콧속으로 훅 끼쳐들어온 것이 일본 냄새였다. 엄마가 글을 읽고 표현한다는 것, 그것은 일종의 일본을 느끼는 것이었다. 엄마에게는 문희 남정임의 영화도 이광수의 『흙』도 일본 없이는 존재하지 않았다. 엄마의 자의식은, 엄마의 현실은, 그러니 살면 살수록 이 세상 것이 아니었다. 내가 엄마의 인생을 말할 나이가 되었을 때 엄마는 누구의 소설도 읽지 않았다. 차라리 다행이었다. 도쿄로 떠나는 엄마를 배웅하고 돌아오면서 내가 처음 비행기를 타고 간 나라가 일본이었음을 새삼 깨달았다. 엄마만큼은 아니어도 나 역시 일본을 무척 동경했던 모양이었다. 환이 그렇게 속절없이 내 곁을 떠나지만 않았어도 나는 엄마의 진짜 일본에 대해 물어봐줄 수 있었다. 그러나 나는 아무 말도 할 수 없었다. 더욱이 아무 말도 들을 수 없었다. 엄마는 일본 얘기를 가슴에 묻었고 나도 머지않아 비행기를 탔다.

떠나고 돌아오는 일이 잦아졌다. 세상에서 가장 싫은 것 한두 가지를 대라면 나는 병원에 가는 것과 비행기를 타는 것이라고 서슴없이 말할 것이다. 공항 탑승 대기의자에 앉아서 끔찍이 싫어하는 것을 왜 해마다 몇 차례씩 감행하는지 자문하곤 했다. 그것은 나에게 사랑이 무엇이냐, 그리하여 현실은 무엇이냐고 묻는 것처럼 도무지 해답을 찾을 수 없는 일이었다. 묵묵부답으로 탑승 대기의자에 앉아 있는 것처럼 언제부터인가 비행하는 동안 습관처럼 찾아오는 자각증세가 있었다. 그것은 차마 말하기 민망하지만, 울음행위였다. 울었다, 라고 하지 않고 '울음행위'라고 말할 수밖에 없는 이유가 따로 있었다. 몽고에서 시베리아를 지나갈 때였다. 나는 내가 울고 있다는 것을, 내 눈에서 눈물이 흐르고 있다는 것을 뒤늦게 깨달았다. 높이 만이천 미터, 창 밖은 영하 오십도, 기내 유리에 성에가 끼어 있었다. 기내 스크린도 꺼지고, 사람들은 저마다 눈가리개를 착용하고 모포를 목 끝까지 끌어올린 뒤 잠을 청하기니 잠들어 있었다. 어두운 허공에 나 혼자 깨어 있다는 고립감이 태초의 공포처럼 엄습했다. 지금 이곳은 어디인가. 왜 나만이 깨어 있는가. 나는 왜 울고 있는가. 나는 누구인가. 몽고에서 시베리아를 지나가는 하늘길. 하나의 영상이 호리병 속에서 빠져나온 연기처럼 어둠 속에서 돌아갔다. 영상은 손거울보다 작았지만 주위의 깊은 어둠 탓인지, 현실인가, 분간이 안 갈 정도로 생생했다. 하얀 소복을 입은 여자가 흙구덩이 속으로 들어가려고 몸부림치고 있었다. 소복을 입은 여자가 흙구덩이 속으로 들어가지 못하게 붙잡고 있는 가족들 외에 다른 사람들은 모두 흙구덩이를 둘러싸고 주욱 서 있었다. 여자의 몸부림에 흙구덩이 속에서 퍼낸 붉은 흙이 건너편까지 튀었다. 소복을 입은 여자의 얼굴이 무척 낯이 익었다. 흙구덩이를 둘러싼 사람들의 얼굴도 얼핏 눈에 익었다. 그들은 하나같이 죄지은 사람들처럼 착잡한 표정으로 흙구덩이 속으로 고개를 푹 떨구고 있었다. 그들 중 유독 한 사람이 소복을 입은 여자를 정면으로 바라보고 있었다. 그 사람은 어떤 표정도 짓지 않고 있었다. 차마 돌 같았다. 소복 입은 여자는 누구의 얼굴도 바라보지 않았다. 오직 우는 것에 미쳐 있었다. 영상은 거기에서 멈추어지곤 했다. 우느라 미쳐 날뛰는 소복 입은 여자와 그녀를 바라보고 있는 돌 같은 남자. 그들은 누구인가. 나는 그들을 오래 전부터 잘 알고 있는 듯했으나 도무지 그들의 이름이 생각나지 않았다. 혈족처럼 가까운 듯하면서도 외계인처럼 생소하기만 했다. 그들은 몽고에서 시베리아, 시베리아에서 몽고에 이르는 광활한 하늘길에서 살고 있었다. 언제나 그 모습으로 차가운 시베리아 벌판과 어두운 몽고 초원에서 나를 기다리고 있었다. 나는 어둠 속에서 오직 나만이 볼 수 있는 손거울을 보듯 선명하게 그들을 보았다. 탑승객들이 눈가리개를 거두고 모포를 개키며 기지개를 켤 때 나는 손거울을 접듯 흥건히 젖은 손바닥을 오므리며 내가 아주 오래도록 울고 있었다는 것을 깨달았다. 어쩌면 그렇게 한번 소리 죽여 울기 위해 매년 나는 비행기를 탄 것인가. 지난 여름 동유럽 노선의 마지막 도시인 부다페스트를 떠나며 두 가지 상반된 감정에 사로잡혔다. 더이상 손거울 같은 것은 들여다보지 말자. 아니, 손거울에서 다른 모습을 볼 수도 있지 않을까.

우박 떨어지는 소리는 길게 가지 않았다. 대신 빙판에서 스케이트 지치는 소리가 계속됐다. 나는 여전히 문어를 어떻게 요리할까 생각중이었다. 그 동안 아이는 두 번 더 발로 문을 찼고 그때마다 나는 이번에는 아이를 붙잡고 단단히 주의를 주려고 이마에 잔뜩 힘을 주고 현관문을 열었다. 아이는 터질 듯이 차오른 오줌보를 한 손에 움켜쥔 채 단단히 야단치려는 나를 밀치고 후닥닥 화장실로 뛰어들어갔다. 너 정말 문어를 모른단 말이야? 볼일을 다 보고 으스스를 치며 나오며 아이는 웬 문어─?냐는 생뚱한 표정을 짓고는 들어올 때와 같은 속도로 문 밖으로 뛰쳐나갔다. 도대체 누가 문어를 가져다놓았단 말인가. 내가 집을 비운 사이 아이의 외조모와 외숙모와 친조모가 번갈아 냉장고를 관리했다. 나는 태어나서 한 번도 그들이 만든 문어 요리를 먹어본 적이 없었다. 그러면 누가? 눈을 있는 대로 치떠서 이리 돌리고 저리 돌려보아도 떠오르는 얼굴이 없었다. 환의 얼굴만 떠오를 뿐이었다. 그런데 환은 어떻게 되었지? 놀랍게도 환은 어찌나 숨기를 잘하는지 한번 숨으면 소라게보다 오래 모습을 드러내지 않았다. 그러고 보니 소라게도 통 눈에 띄지 않았다. 아이는 곤충 전문 사이트인 쥐라기 농장의 회원이 된 이후 장수풍뎅이 기르기에 열중했다. 내가 어쩌다 억지로 관심을 보이기라도 하면 벌레 중에 가장 힘이 센 놈이 장수풍뎅이라며 마치 제 팔뚝 굵기 자랑하듯 의기양양해하면서도 정작 그 옆에서는 턱없이 심심해했다. 아이의 자랑스런 투구벌레는 아직 애벌레 상태라 한 달에 한 번 똥을 갈아주는 일 외에 도무지 해줄 게 없었다. 소라게를 기를 때는 평소보다 밤귀가 세 배쯤 밝아졌었다. 아무리 셀룰로이드테이프로 단단히 붙여놓아도 날카로운 집게손으로 테이프를 자르고 나와 침대 밑이나 항아리 뒤로 숨어들었다가 밤이면 여기저기서 활동을 개시했다. 소라게의 성장보다는 그것의 피나는 탈출기에 관심이 컸던 아이에게는 그것이 날마다 흥미진진한 술래잡기였지만 밤귀가 무뎌본 적이 없는 나에게는 신경증을 도발하는 매우 달갑지 않은 생명체였다. 동유럽으로 떠나기전 집 안의 소라게를 모두 소탕하기로 했다. 아이는 대신 나에게 이십사 시간 안에 장수풍뎅이 애벌레를 분양해준다는 약조를 받아냈다. 소라게를 소탕한다고는 했지만 눈에 보이는 것을 잡는 것에 그쳤다. 이전에 사라진 것까지 합치면 족히 스무 마리는 넘었는데 내가 잡아낸 것은 고작 예닐곱 마리에 불과했다. 나머지 소라게의 행방이 잠자리를 사납게 했지만 수가 불어나지 않는 한 두고두고 잡는다 생각하고 눈을 질끈 감았다. 이슥한 새벽녘에 마실 가는 녀석의 꽁무니를 쫓을 때는 일말의 쾌감마저 솟구치지 않던가. 소라게는 두고두고 잡는다 치고 비질비질 점액질을 뿜어내는 문어가 문제였다. 다리 두 가닥은 당장 요리해 먹는다

쳐도 냉장고 안에 남은 거대한 문어 덩어리는 어떻게 할 것인가.

부산에 한번 다녀오긴 해야 했다. 에비는 결국 한국을 떠났다. 나는 하루하루 그녀에게 연락을 미루고 있었다. 동남아시아의 작은 섬으로 이루어진 그녀의 나라는 이곳보다 겨울이 늦게 찾아올 것이었다. 내가 부산에 가려고 하는 것은 아이 때문도 무라카미 때문도 아니었다. 에비, 아니 그녀의 남편, 그 이전 나의 친구 목마를 위해서였다. 목마가 내 친구였나? 목마의 사십구재를 치르던 날 에비는 확인하듯이 나에게 넌지시 속삭였다. 옛날, 좋은 친구였죠? 나는 한 번도 목마를 친구라 생각해본 적이 없었지만 그렇다고 친구가 아니었다고도 할 수 없어서 고개를 끄덕여주었다. 섬나라 태생의 에비는 그녀의 아름다운 눈처럼 마음도 맑고 깊었다. 에비와 함께 있으니 마치 목마도 그녀 옆에 있는 것처럼 가깝게 느껴졌다. 내 친구 목마는 바다를 사랑했다. 목마를 알고 얼마 안 되어서 그에게 멋진 말을 들었다. *태양과 함께 바다는 떠나가고.* 그것이 랭보 시의 한 구절이라는 것을 알았을 때 나는 심하게 부끄러움을 느꼈다. 명색이 불문학도이며 랭보 애독자였으면서 그처럼 멋진 시구는 들어본 적이 없었던 듯했다. 목마는 곧잘 랭보뿐만이 아니라 그즈음 자기가 읽는 책을 나에게 권해주곤 했다. 그러면서 자연스럽게 자기가 좋아하는 음악도 추천했는데 애석하게도 나를 열광시킨 것은 거의, 아니 단 한 곡도 없었다. 목마와 나는 묘하게 동질적이면서도 현저히 이질적인 데가 있었는데 그것이 무엇인지 정확히는 알 수 없었지만 그가 추천한 음악과 책이 어느 정도 실마리를 쥐고 있었다. 그는 특유의 느리고 여린 부산 사투리로 베리 메닐로와 이상은과 솔 벨로의

46

『죽음보다 더한 실연(失戀)』과 조르주 바타유의 『에로티즘』을 권해주었다. 나도 그즈음 열중하고 있던 록 아티스트들과 책들을 그에게 권했을 텐데 그것이 무엇인지 정확히 떠오르는 게 없었다. 나는 그보다 주는 데 인색했거나 받는 데 정신이 없었거나 둘 중의 하나였나보았다. 베리 메닐로는 한두 번 듣고 다시 찾지 않았고 이상은은 그가 종종 기타를 치며 그녀의 노래를 불렀기 때문에 굳이 그럴 필요도 없었다. 나는 그들을 좋아하는 목마에 대해 조금 골몰했지만 오래 가지 않았다. 나에게는 1988년 8쇄본의 솔 벨로의 『죽음보다 더한 실연』과 1989년 초판본의 조르주 바타유의 『에로티즘』이면 충분했다. 목마가 아니었으면 나는 솔 벨로를 읽지 않았을 것이고 반대로 목마가 아니었어도 조르주 바타유는 읽었을 것이었다. 1988년에서 1989년 사이 목마는 믿음직스럽게 소설가가 되었고, 나는 그 이듬해 얼떨결에 소설가가 되었다. 1993년 초여름 목마와 나는 약속이나 한 듯이 거의 동시에 결혼을 했다. 소설 쓰는 일이 삶이 되면서 우리는 우주의 행성처럼 아득해졌는가 하면 창공의 별처럼 문득 뚜렷이 빛나기도 했다. 목마의 어이없는 부음 기사를 접하고 내가 제일 먼저 한 것은 책장으로 달려가 그가 서명해준 책들을 찾아내는 것이었다. 베리 메닐로나 이상은의 앨범은 그때나 지금이나 가진 적이 없었지만 솔 벨로와 조르주 바타유의 책은 그때나 지금이나 위치가 조금 바뀌었을 뿐 내 집의 다른 오래된 책들과 함께 한 식구처럼 살고 있었다. 한사코 흙구덩이 속으로 뛰어들려는 여자는 언뜻 한 사람을 보았을지도 몰랐다. 흙구덩이 저편에서 거울처럼 여자를 비추고 서 있던 단 한 사람을. 비행기를 타고 만 미터 이상의 허공을 날아갈 때면 그 얼굴이 보이곤 했다. 월드컵이 한창이던 2002년 6월 어느 날 아침 부음란에 엄지손톱만하게 인쇄되어 나온 그의 흑백 얼굴사진은 분명 내가 아는 사람이었으나 동시에 내가 도무지 모르는 사람이었다. 내가 목마를 알아보는 순간 그의 존재는 하얀 가루가 되어 부산 앞바다에 뿌려졌고 더이상 이 세상에 없었다. *그 사람은 더이상 이 세상에 없다.* 나는 목마의 사십구재에 가서 끊임없이 절을 하면서 주술처럼 그 말을 되풀이했다. 그 말은 그때가 처음이 아니었다. 오 년 전 환의 사십구재를 치르면서 그 말뜻을 돌이킬 수 없는 자연의 섭리로 받아들였다. 에비는 그녀의 나라로 돌아가기 전날 나에게 전화를 해왔다. 오 년 전 내가 했던 일들을 고스란히 치르고 어린 딸과 함께 모국으로 돌아간다고 했다. 에비는 목마를 떠나보내고 나서 더욱 목마에 대한 사랑이 크고 넓어졌다고 했다. 그래서 후생에도 꼭 목마를 만나 이생에서 못다 한 사랑을 하겠다고 했다. 나는 목이 메지 않으려고 안간힘을 쓰느라 헛기침을 자주 했다. 에비가 떠나는 날 나는 만 미터 허공이 아닌 내 집 어두운 방구석에 앉아 오래도록 울었다. 환도 목마도 나도 아닌 에비가 나를 울렸다.

밤이 되자 탱크 지나가는 소리는 잠잠해졌다. 우박 떨어지는 소리도 뚝 멎었지만 마른하늘에 날벼락 치듯이 느닷없이 머리 위를 두드려댈 것이었다. 탱크 지나가는 소리도 우박 떨어지는 소리도 들리지 않자 바람 소리가 대로변에 서 있는 십층 아파트의 십층 집 창문을 간간이 흔들었다. 바람을 잡으려고 창문을 열고 고개를 내밀었다가 아파트 외벽에 눈에 띄게 진행된 균열만 확인했다. 그렇지 않아도 해가 바뀌면 이사를 갈 생각이었다. 균열 문제 때문만은 아니었다. 일 년째 끌어오던 매매가 내가 집을 비운 사이 이루어진 것이었다. 그 많은 날들을 놔두고 하필 내가 동유럽에서 돌아오던 날 숨 돌릴 틈도 주지 않고 불청객이 들이닥쳤다. 지붕에서 나는 시끄러운 소리가 탱크 지나가는 소리인가 우박 떨어지는 소리인가 분간하려고 트렁크 옆에서 가만히 귀 기울이고 있을 때였다. 문을 열자 사십대 중년 사내와 그보다 약간 연하로 보이는 중년 여성과 예닐곱 살의 꼬마가 액자 속 가족의 초상화처럼 오종종 모여 서 있었다. 그들이 누구인지 파악하는 데 조금도 시간이 걸리지 않았다. 그들은 내 아이의 외조모이거나 친조모 둘 중 한 사람의 강력한 반대에 의해 집 구경도 못 한 채 거액의 아파트를 구입한 대범한 사람들이었다. 아직 잔금을 치르지 않았으니 완전한 소유자는 아니었으나 나는 예의를 다해 그들의 용기 있는 매입에 일단 경의를 표하고 이 방 저 방 격식을 갖춰 그들을 안내했다. 제일 먼저 부엌. 여자는 부엌 창으로 건너다보이는 나지막한 동산과 그 아래 펼쳐진 그림 같은 집들을 보고 하아, 하고 입을 벌리더니 다물 줄을 몰랐다. 하아, 전망 하나 끝내줍니다. 남자도 여자 발뒤꿈치에 붙어서서 여자와 똑같은 형태로 입을 벌리더니 다물지 않았다. 나는 그들이 다 감탄할 때까지 그들 뒤에서 뒷짐을 지고 왔다갔다하면서 어떻게 하면 저 행복한 가족에게 집 구경을 잘 시켜줄까 고심했다. 그 다음은 화장실. 거실 화장실을 거쳐 침실 화장실로 가 내가 손끝으로 천장을 가리키자 남자는 헛침을 삼켰는지 헛기침을 하느라 제대로 눈을 뜨지 못했다. 나는 남자가 아니라면 여자라도 검게 착색된 천장의 실태를 정확하게 파악하도록 오랫동안 욕실을 보여주었다. 다음은 바닥이 검버섯처럼 시커멓게 좀먹은 세 개의 방들과 베란다 벽. 내가 베란다 창문을 활짝 열자 남자와 여자와 아이가 눈이 부신 듯 얼굴을 찡그리며 뒤로 주춤 물러섰다. 왜 밖을 보라고 하는지 어리둥절해하는 여자에게 나는 느긋하게 팔짱을 끼고 머리를 밖으로 쑥 빼보라고 권고했다. 여자는 약간 두려운 듯한 표정을 남자에게 짓더니 지금껏 격식을 갖춰서 성심성의껏 집을 안내한 나를 생각해서 시행한다는 듯이 소극적으로 머리를 살짝 창 밖으로 내밀었다. 나는 성큼 여자에게 다가가 여자가 머리를 밖으로 잘 빼내도록 뒤통수를 힘껏 받쳐주었다. 여자가 기겁을 하며 머리를 안으로 거둬들였다. 나는 벌벌 떨고 있는 여자를 제치고는 시험해 보이듯이 창 밖으로 머리를 쑥 빼내서는 이쪽저쪽 휙휙 돌려 보았다. 그러고 나서 여자에게 다시 해보라고 권유했다. 여자는 세 번 그러고 나서야 외벽의 균열 상태를 확인했다. 그들은 처음 들어올 때 약간 상기되었던 표정을 완전히 바꿔서 조용히 내 집에서 나갔다. 나는 한 편의 가족 초상화가 엘리베이터에 실려내려가는 광경을 끝까지 지켜본 후 문을 닫았다.

내가 집이라고 기억하는 집은 거의 다 바람으로부터 자유롭지 못했다. 그래서인지 바람 소리가 조금도 들려오지 않으면 오히려 쉽게 잠들지 못했다. 삼 년 오 개월 전 대로변 십층 아파트의 십층인 이 집으로 이사 오게 된 것은 어쩌면 바람 소리에 이끌려서였는지도 몰랐다. 나는 이 년 육 개월간 바람 소리라고는 창문을 열고 한 십 분 빛을 쐬며 귀를 기울여야 겨우 들리는 아주 고요하고 고요한 아파트에 살았었다. 환과 육 개월, 그 없이 이 년, 그 집에서 살았다. 바람 소리 없는 죽음처럼 고요한 그 집에 엎드려 이 년을 보낸 것은 곳곳에 밴 환의 숨결 때문이었다. 그 집에서 고작 한 블록 떨어진 대로변 십층 아파트의 십층으로 이

사 오면서 나는 환에게 일말의 죄책감을 느꼈다. 삼 년 오 개월이 어떻게 지나갔는지 몰랐다. 습기와 곰팡이와 균열이 심했지만 나는 새 집에 정을 붙였다. 대로변 십층 아파트의 십층은 죽음처럼 고요할 새가 없었다. 신촌과 광화문과 서울역과 영등포를 오가는 온갖 종류의 버스 소리와 근처 암센터를 들고 나는 다급한 앰뷸런스 소리, 거칠 것 없이 북쪽에서 불어닥치는 바람 소리, 거기다 햇빛 부서지는 소리까지. 나는 이 집에서 처음으로 창문으로 쏟아져들어오는 빛이 얼마나 시끄러운지 알게 되었다. 불청객이 다녀간 이후 나는 자주 이 도시를 떠나는 꿈을 꾸곤 했다. 내가 집을 떠나지 않으면 집이 나를 떠나는 황당한 꿈도 꾸었다. 어찌나 집에 매달려 떨어지지 않으려고 했는지 꿈에서 깨어나보면 내 몸은 침대 끝에 겨우 걸쳐져 있었고 침대 위는 싸움판처럼 온통 사납게 헝클어져 있었다. 나는 새벽의 어스름 속에서 꿈의 현실을 직시하려고 두 눈을 부릅떴다. 만 미터 허공의 어둠 속에서 펼쳐지던 영상이, 꿈인가, 분간할 수 없을 정도로 몽롱하게 돌아갔다. 아이는 장수풍뎅이를 기르고, 어쩌다 빛 속에 모습을 보인 환이 소라게처럼 손살같이 사라졌던 집은 이 세상 어디에도 없었다.

문어는 나흘째 냉장고 선반에 그대로 놓여 있었다. 거죽이 적자색에서 약간 흑자색으로 변했을 뿐 신선도는 크게 떨어지지 않았다. 탱크 지나가는 소리, 혹은 우박 떨어지는 소리의 정체는 사흘 만에 밝혀졌다. 내가 집을 비운 사이 아파트 입주 십 주년 기념으로 대대적인 페인트칠 공사가 단행되고 있었다. 초벌칠로 외벽의 균열 부위가 허옇게 표시되었다. 어떻게 하면 문어 요리를 잘할까 생각하고 서 있다보면 이 창 저

창에 페인트공의 신체 일부가 보였다 안 보였다 했다. 그들이 훑고 지나간 아파트 외벽은 온통 흰 애벌레들로 꿈틀거렸다. 일 주일 후 우리 동을 끝으로 페인트 작업이 모두 끝나면 더욱 살기 좋고 아름다운 단지가 될 것이라는 안내방송이 나왔다. 세월이 조금 더 흘러 내가 이 집, 이 도시를 떠나게 되면 처음 환의 집을 떠났던 삼 년 오 개월 전보다 더 깊이 죄책감을 느끼게 될지도 몰랐다. 바람 소리뿐 아니라 아파트의 습기와 곰팡이와 균열 상태를 누구보다 잘 살펴보고 있을 사람은 환일 것이었다. 어쩌다 바람 소리에 홀려 거실에 나와 서 있으면 소라게도 물정 없이 따라 기어나오다 나에게 들켰다. 소라게는 소라 속에 숨어서도 내가 자기를 발견한 즉시 아닌 척 돌멩이 행세를 했다. 소라게를 집어 바람 부는 창 밖으로 던지면 집에 남은 소라게는 이제 한두 마리뿐. 나는 소라게를 똑똑히 바라보고 있으면서도 짐짓 아무것도 보지 못한 척 시치미를 뗐다. 소라게는 잘도 속아서 발가락을 비죽 내밀고는 바쁜 볼일이라도 있는 것처럼 빠르게 장수풍뎅이가 잠들어 있는 아이의 침대 밑 바닥으로 기어들어갔다. 아이는 소라게를 잊은 지 오래였다. 그것은 무라카미의 존재를 잊고 지낸 기간과 맞먹었다. 장수풍뎅이는 성충이 되려면 아직도 백 일이나 남았다. 아이는 잠에서 깨어나는 즉시 장수풍뎅이를 찾을 것이면서도 정작 그 옆에서는 습관처럼 몹시 심심해할 것이었다. 나는 내일도 틈만 나면 문어를 어떻게 요리할 것인가 생각할 것이었다. 문어가 자리를 차지하고 있는 한 나는 이 집에서 한 발짝도 움직이지 못할 것이었다. 소라게보다 빠르게 사라지는 환은 매일 밤 내가 만든 문어 요리를 꿀꺽 먹어치우고 말 것이었다. 너무 깊이 숨어 나오는 길을 잃어버렸는지 환은 밤이 깊도록 아무 소리가 없었다.

••• 부다페스트에서 순이는

그녀, 순이가 부다페스트의 K호텔에 도착한 것은 자정이 가까운 깊은 밤이었다. 택시가 그녀를 내려준 곳은 돌사자 상이 버티고 있는 다리 옆이었다. 내려서 보니 다리의 규모가 엄청나게 컸고, 그 아래로 강물이 도시를 삼켜버릴 듯 위협적으로 흘러가고 있었다. 가로등이 있었으나 군데군데 꺼져 방향을 판단할 수 없었다. 도시 전체가 어두컴컴했다. 제법 시원한 바람이 불어오고 있었다. 꽤 늦은 시각임에도 사람들이 다리 앞을 지나 강 아래쪽으로 걸어내려가고 있었다. 불어오는 바람과 바람결에 밀려내려가는 사람들을 비껴 언덕으로 들어서자 후미진 골목 안쪽에 K호텔이 눈에 띄었다.

　문 두드리는 소리가 깊은 동굴의 적막을 깨뜨리듯 아득히 울려퍼지
고 있었다. 그녀는 어둠 속에 누워 있다는 느낌 이외에 전혀 현실이 감
지되지 않았다. 밖에서는 누군가 계속 문을 두드리고 있었다. 문을 열
자 미성년으로 보이는 호텔 직원이 졸음기가 가득한 눈을 부비며 서 있
었다. 그를 따라 로비로 내려가자 보통 키의 한 동양 사내가 여행자 차
림으로 트렁크를 옆에 세워둔 채 서 있었다. 사내는 일부러 그녀에게
얼굴을 보이지 않으려는 듯 몸을 옆으로 살짝 돌려세우고 호텔 지배인
의 설명을 듣고 있었다. 사내의 모든 신경은 귀에 집중되어 있는 듯이
귀 끝이 위로 쭈뼛해 보였다. 호텔 지배인은 사내가 그러거나 말거나
사내의 얼굴을 쳐다보며, 정확히는 사내의 눈을 똑바로 바라보며 절도
있게 말을 이어나갔다. 그녀는 사내가 그다지 궁금하지 않았으나 사내
가 그렇게 얼굴을 모로 세우고 있으니 조금 궁금증이 나기도 했다. 사
내에게 말을 마치고 난 호텔 지배인이 이번에는 그녀의 눈을 직시하며
방금 사내에게 하듯이 장황하게 말을 했다. 그녀가 말을 잘 못 알아듣
자 사내가 비스듬히 돌아서서 간단히 통역을 해주었다. 사내를 본 순간
한국인이라는 생각이 들었는데 틀리지 않았다. 요는, 그녀가 투숙하게
된 방은 사내가 이 주 전에 예약한 것이었고, 자정 가까운 시각에 그녀
가 호텔에 들어와 방을 구하자 그 방을 그녀에게 내준 것이었는데 어찌
된 일인지 새벽 두시가 가까운 시각에 예약자가 당도한 것이었다. 난처
한 것은 그녀나 사내나 호텔측이나 매한가지였다. 사내는 그녀에게 굳
이 지금 방을 비워달라는 것이 아니라고, 홍수 때문에 여정에 차질이

생기는 바람에 이제야 겨우 도착했노라고 여전히 약간 비긴 자세로 말했다. 긴 여행에 시달린 추레한 행색이었다. 호텔 지배인은 지금 홍수로 도시 전체가 비상사태라며 딱히 대안이 없다는 표정을 지었다. 번번이 그가 그녀에게 간단히 통역을 해주었다. 홍수 비상사태라. 그녀 역시 홍수 피해자였다. 홍수가 아니었으면 그녀는 K호텔에 들지 않았을 것이었다. 그녀는 망연히 서 있다가 한 가지 제안을 했는데 그녀로서도 매우 엉뚱한 것이었다.

합숙이라고요? 사내와 호텔 지배인이 그녀의 제안에 놀라 그녀의 얼굴을 정면으로 바라보았다. 그녀는 망연한 표정 그대로 고개만 끄덕였다. 그녀가 방금 잠들었다 불려나온 505호실은 싱글 룸인데도 실내가 꽤 넓었다. 예상 외로 그의 얼굴이 젊고 꽤 준수한 편이어서 그녀는 조금 놀랐다. 그도 그녀가 눈에 띄는 미인이지만 예상 외로 젊지 않은 것에 약간 놀라는 표정이었다. 그러면서 동시에 안심하는 듯도 보였다. 그녀는 대답 대신 매트리스와 침대 간격을 최대한으로 떼어달라고 덧붙였다. 호텔 지배인은 즉각 그녀의 뜻을 수용하고 숙박부에 나타난 그녀의 신상을 잽싸게 훑어봤다. 그러고는 앞에 놓인 사내의 여권을 확인한 후 사내와 그녀에게 차례로 동의를 구했다. 호텔 지배인은 신속하게 숙박부에 V자를 그린 뒤 자신의 손을 맞잡으며 일이 잘 처리되었음을 시사했다. 좋습니다, 그러면 오늘밤 두 분―부인, 그리고 신사분―의 505호 합숙 계약은 이루어졌습니다. 일의 순서가 몸에 밴 호텔 지배인은 다음 순서로 서류를 내밀었다. 호텔 지배인의 손가락이 지시하는 곳에 그녀가 먼저 사인을 하고, 사내가 그녀를 따라 했다. 모든 것이 순식간에 이루어졌다. 호텔 지배인이 카운터에서 걸어나와 가볍게 목례를 한 뒤 지휘자처럼 리드미컬하게 한 손을 쭉 뻗어 엘리베이터를 가리켰다. 사내는 짐을 들었고, 그녀는 방금 내려왔던 엘리베이터 쪽으로 한 발 먼저 걸어갔다.

시간은 새벽 한시 사십분, 그녀가 처음 엘리베이터 문 앞에 선 시각으로부터 두 시간이 흐른 뒤였다. 그녀는 두 시간 동안 자신에게 무슨 일이 일어났는지 전혀 감을 잡을 수가 없었다. 마치 망각의 문을 열고 들어간 것처럼, 열쇠로 문을 열고 안으로 들어간 순간 완전히 정신을 놓았었다. 엘리베이터 문이 닫히자 사내가 정식으로 인사를 했다. 홍수가 대단했지요. 여기까지 오는 데 열흘이 걸렸답니다. 그녀도 이내 그를 본떠서 정식으로 아까 호텔 지배인이 하던 대로 가볍게 목례를 했다. 역에 가나 공항에 가나, 신문이고 티브이고 홍수 속보로 넘쳐나고 있었다. 사내는 빗방울을 털어내듯 흠칫 으스스를 쳤고, 그녀는 엘리베이터 층 번호가 4에서 5로 바뀌는 것을 참을성 있게 올려다보며 발가락 끝에 온 힘을 모았다. 발가락이 야금야금 쑤시기 시작했다.

*

육 개월 전부터, 정확히 이월 십칠일 열다섯시 삼십분부터 그녀의 발가락이 발병했다. 수십 개의 바늘이 일제히 발가락을 찔러대는 참혹한 고통이 시작된 것이었다. 그녀는 통증 발발 십 분 후 딸에게 전화를 걸었다. 외국 항공사 승무원인 딸은 모처럼 시간을 내어 입시학원 강사인 남편과 세 살 난 딸아이를 데리고 북한산에 가 있었다. 거의 대부분의 시간을 비행기 속에서 보내는 딸에게 그러한 가족 나들이는 일 년에 한 번 있을까 말까 한 일이었는데 공교롭게도 그날 그녀의 발가락 병이 닥쳤다. 딸은 승가사 뒤편 백팔 계단 중 서른아홉 계단에 멈춰 서서 전화를 받고 있다고 했다. 계단 끝 위에서 마애불이 내려다보고 있을 것이었다. 그녀는 신년 아침 혼자 백팔 계단을 밟던 기억을 잠시 떠올렸다가 또다시 바늘 촉들이 발가락을 찔러대는 통에 백팔 계단이고 마애불이고 마음속에서 싹 달아나버렸다.

딸이 무슨 일이냐고 물을 새도 없이 그녀는 대뜸 '나, 죽는다!' 고 말했다. 발가락 때문에. 딸은 암벽이 가로막아 잘 안 들린다고 다시 말해보라고 했다. 나, 죽는다! 그녀는 오른발의 다섯 발가락을 있는 힘껏 손으로 움켜쥐었다. 발가락 때문에 죽을 수도 있다는 것을 아는 사람은 알고 모르는 사람은 모른다. 나 죽는다, 고 외치는 사람치고 금방 죽는 사람은 없다. 정말 죽을 사람은 나 죽는다, 는 말을 끝까지 피한다. 그녀는 그렇게 생각하면서도 딸을 부르지 않을 수 없었고, 딸은 야속하게도 암벽 때문에 그녀 말을 두 번이나 못 알아들었다. 세번째, 나 죽는다, 고 말하다가 그녀는 전화기를 내려놓았다. 아무리 소리를 쳐도 딸에게 전달되지 않았다.

암벽 때문이 아니라도 딸의 핸드폰은 자주 불통이었다. 검불이 살짝 이마를 스치고 지나가듯 아들 생각이 났다. 아들, 잊느라고 십수 년을 살았는데, 난생처음 도발한 발가락 통증 앞에서는 속수무책이었다. 살았는지 죽었는지 십수 년 소식이 끊긴 아들이 어느 날 , 어머니 저예요, 하고 낯선 얼굴로 들이닥친들 이렇듯 허망하게 무너질 수 있을까. 잊느라고 십수 년을 살았어도 그녀는 어느 날, 아들아, 나다, 하고 낯익은 얼굴로 아들 앞에 서는 꿈을 꾸어보기도 했다. 아들이 러시아에 갔을 거라는 풍문이 돌기 시작한 이후로 그녀는 누가 러시아 소리만 해도 귀가 번쩍 띄었었다. 풍문은 그야말로 풍문이어서 아들은 십 년 새에 러시아에서 헝가리로 헝가리에서 폴란드로 움직였다. 사오 년 전엔 잠시 현지에 진출중인 국내 자동차 업체에 관여하고 있다는 비교적 확실한 소문도 들려왔다. 마지막 풍문에 의하면 아들은 지금 러시아 내륙에 있었다. 딸은 풍문을 믿지 않았다. 그러나 그녀는 풍문이 아니라면 도대체 어디에 마음을 걸어두어야 할지 몰랐다. 소심한 성격 탓에 그녀의 아들은 사춘기 때조차 그녀에게 맞서거나 친구들과 싸움을 벌인 적이 없었다. 바보처럼 온순하기 짝이 없는 그런 아들이 체제에 반하는 행동을 할 리 없었다. 그녀는 아들이 잘 다니던 대학을 휴학하고, 애비 없이도 오순도순 살던 집을 나가고, 가출이 길어지고, 끝내는 소식이 끊기도록 그렇게 믿었다. 그러면 아들은 무엇이었단 말인가. 평소 딸은 인류를 구하고도 남을 만큼 마음이 깊고도 따뜻했으나 오빠 이야기만큼은 벌레만도 못하게 여겼다. 그것은 딸이 어쩌다 제 애비 얘기를 꺼내는 것을 그녀가 뱀 허물 보듯 몸서리치는 것과 같았다. 직업군인이던 그녀의 남편이 마작질에 진 빚을 감당하지 못해 자살을 시도했을 때 딸의 나이 겨우 일곱 살이었다. 남편은 일 년을 더 마작질에 끌려다니다가 결국 심장마비로 급사했다. 그녀는 남편을 가슴에 묻지 않았다. 딸은 애비의 멍에를 알지 못한 채 오빠의 방랑벽을 비난했다. 오빠가 역사의 방향을 바꾸기 위해 가족을 저버리고 바람처럼 떠돌아다녀야 했다면, 그래서 좀더 나은 세상을 위해 자기 한 몸 풍운에 맡겼다면 그처럼 오빠를 경멸하지는 않을 거라고 했다. 아니, 돈을 벌러,

돈을 벌어와 어린 누이와 홀어머니를 행복하게 해주기 위해 전쟁이든 사막이든 뛰어들었다면 그래서 돌아오지 못할 인연을 만났다면 평생 다시 못 만나더라도 그리워나 하며 살 거라고 했다. 그녀의 아들은 딸의 말마따나 아무것도 아니었다. 사상이냐 사랑이냐, 무엇으로도 명분을 찾을 수 없는 정체 불명의 떠돌이 인간이었다. 시간이 흐를수록 그녀는 딸 앞에서 아들 이야기를 할 수 없었다. 딸은 오빠 이야기를 하지 않는다는 조건으로 그녀를 받아들였다. 닭장만큼이나 작고 낡은 아파트였으나 그녀는 재개발이 닥치지 않았다면 십 년이고 이십 년이고 아들이 올 때까지 꾹 눌러살 것이었다. 딸네 신혼집 방 한 칸을 지상의 마지막 방 한 칸 삼아 기어들어가면서 삼십 년간 밥벌이 삼았던 미용실도 문을 닫았다. 그녀는 딸과 함께 살려면 아들 이야기를 피해야 했고, 딸은 그녀와 어긋나지 않으려면 아버지 이야기를 버려야 했다. 그것만 잘 지키면 그녀도 딸도 그럭저럭 살 만했다. 해가 바뀌자 딸이 딸까지 낳아 그녀가 거저 얻어먹는 염치를 모면했다. 삼 년 전, 그녀 나이 쉰일곱 살 때였다.

오 분 후에 딸이 전화를 걸어오자 그녀는 입 안에 갇혀 있던 메아리가 풀려나가듯 오 분 전에 시도했던 말을 전하는 데 성공했다. 나, 죽는다! 발가락 때문에. 이번에도 딸은 아무 소리가 없었다. 암벽 때문은 아니었고, 아마, 그처럼 쉽게 죽는다, 는 말이, 그것도 발가락 때문이라는 것이 믿어지지 않아서 말문이 막혀버린 것 같았다. 그녀는 다시 한번, 토해내듯 있는 힘껏, 말했다. 나, 죽는다이! 딸은 증상이 어떠냐고도, 당장 오겠다고도 하지 않고, 헐, 하고 짧게 헛소리를 내더니 혼잣말하듯 되물었다. 발가락 때문에!

　새벽에 비명을 지르며 깨어났다. 일어나 앉고 보니 옆 매트에서 거친 숨소리가 연속적으로 들려왔다. 사내는 그녀가 처음 505호실 문을 열고 들어왔을 때처럼 옷을 입은 상태 그대로 매트에 쓰러지더니 실례한다는 말을 신음처럼 내뱉고는 잠잠해졌고, 그녀는 그런 사내를 조금 이해할 것 같았다. 정말이지 홍수가 대단했다. 그녀는 뒤돌아앉아 조심조심 발가락을 애무했다. 사내가 비명소리를 듣지 않은 것은 다행이었다. 발가락을 움켜잡고 한 시간이고 두 시간이고 보내다보면 엉뚱한 공상에 사로잡히는가 하면 아주 오래 전 기억들이 꼬리에 꼬리를 물고 되살아났다. 루카치, 루카치, 그녀는 염불을 외듯 고개를 주억거리다가 문득 아들의 얼굴이 보고 싶은 충동이 일었다. 아들은 얼마나 변했을까. 완전히 다른 사람, 다른 얼굴이 되어 있을지도 몰랐다. 아무리 몰라보게 변했어도 그녀는 아들을 한눈에 알아볼 것이었다. 그녀는 시간이 만들어놓은 미구(彌久)의 절벽 앞에 속절없이 앉아 있다고 생각하니 돌멩이에 얻어맞은 듯 가슴팍이 아파왔다. 날이 밝는 대로 온천을 찾아갈 생각이었다. 그녀는 당장이라도 가방에 들어 있는 온천 안내서를 불빛에 읽어보고 싶었으나 옆에서 곤히 잠들어 있는 사내를 생각해서 참았다. 열차에서 첫발을 내려디뎠을 때 새 덫에 걸려든 듯 심하게 갑갑증을 느꼈던 것이 새삼 떠올랐다.

　그녀가 이 도시에 도착한 것은 K호텔에 들기 세 시간 전인 오후 아홉시경이었다. 어디를 둘러봐도 그녀가 알아볼 만한 글자가 잡히지 않았다. 이 도시에서 가장 크다는 역이었으나 플랫폼이 경계 없이 도로와 상가와 접해 있어서, 그 플랫폼과 도로와 상가에서 수많은 인파가 한꺼번에 쏟아져나왔다가 사방으로 이동하고 있어서 가만히 서 있어도 몸이 빙빙 도는 듯 몹시 혼란스러웠다. 그녀는 루카치, 루카치만을 입 속으로 되뇌이며 주변을 두리번거렸다. 그녀는 루카치 온천을 찾아갈 생각이었다. 강가, 다리 근처에 루카치 온천이 있다고 했다. 거기 말고도 이 도시에는 세계적으로 이름난 온천들이 많다고 했다. 언덕이나 공원이나 어디를 가나 온천이 수두룩하다고 했다. 그 수는 무려 백여 개가 넘는다고 했다. 루카치 온천은 이 도시의 온천 중에서도 세 손가락 안에 드는 유명한 온천이라고 했다. 딸이 건네준 온천 안내서에서 루카치라는 이름을 보았을 때 그녀는 이미 거기에 가기로 마음먹었다. 루카치 온천이 그녀의 발가락 병을 치료하는 데 최적인지는 알 수 없었으나, 웬지, 루카치, 라는 이름이 낯설지 않았다. 루카치, 루카치, 어디에서 많이 들어본 듯했다. 택시를 잡고 무조건 강 쪽으로, 다리 쪽으로, 가자고 했다. 그러면서 몇 번이나 루카치, 루카치, 라고 큰 소리로 말해주었다. 택시 운전사는 그녀가 도무지 알아들을 수 없는 이상한 말로 몇 번이나 그녀에게 되물었다. 루카치? 겔레르트? 세체니? 그런 말을 하는 것 같았다. 그녀는 택시 운전사로부터 그녀가 들어야 하는 말을 들었다고 생각하고 확실하게 고개를 끄덕여주었다. 도시는 대로나 뒷길이나 극심한 정체상태였고, 강과 가까운 길에서는 신호등을 건너는 데 이십 분이 걸렸다. 택시 운전사는 가끔 그녀에게 고개를 돌려 알아들을 수 없는 말로 열심히 설명했는데, 그녀는 그때마다, 홍수 때문이라고, 강변로가 차단되었다고, 내일은 어쩌면 이 길도 차단될지 모른다고, 그렇게 말하고 있는 것으로 들렸다. 그러고 보니 그럭저럭 택시 운전사와 소통이 되는 것도 같았다.

택시가 돌사자 상이 있는 다리 입구에 그녀를 데리고 왔을 때는 그녀가 이 도시에 도착하고 세 시간이 지난 자정이 가까운 시각이었다. 택시에서 내리고 얼마 후에 그녀는 택시 운전사의 말을 자신이 조금도 알아듣지 못했다는 것을 깨달았다. 그곳은 그녀가 그렇게도 강조했던 루카치 온천이 있다는 다리 옆이 아니었다. 루카치라는 이름을 찾아내려고 다리 부근과 언덕과 골목을 기웃거렸으나 루카치 온천은 끝내 눈에 띄지 않았다. 언덕 위에는 성인지 요새인지 암벽인지가 어둠 속에 육중하게 버티고 있었다. 낭패스런 기분으로 비탈진 골목 안으로 눈을 돌리자 K호텔이 어두운 밤하늘에 반짝이는 별처럼 그녀의 눈을 사로잡았다. K호텔이 마치 루카치라도 되는 것처럼 허겁지겁 문을 밀고 들어섰다.

K호텔을 루카치로 잘못 본 것일 수도 있었다. 그러나 그녀는 호텔에 들어선 순간 루카치를 찾아 헤매던 방금 전의 자신을 까맣게 잊어버렸다. 호텔 로비의 환한 빛이 그녀의 피로한 마음을 눈 녹이듯 풀어주고 따스하게 감싸주었다. 사내를 맞이하러 호텔 로비로 내려가면서도 그녀는 루카치를 생각하지 못했다. 그러나 사내를 태우고 엘리베이터를 올라오는데 루카치에 대한 생각이 스치듯 들었다. 동시에 처음 택시에서 내렸을 때 도시를 삼킬 듯 무섭게 흘러가던 강물이 떠올라 으스스를 쳤다. 루카치란 이름에 이끌려 이 낯선 도시까지 와서는 결국 K호텔에 들고 말았다는, 그것도 낯선 사내와 합숙하게 되었다는 사실을 알면 딸은 또 무어라고 할 것인가.

발가락 병이 시작된 날로부터 육 개월 동안 그녀는 딸을 괴롭히기 위해 존재하는 사람 같았다. 그녀가 아파서 죽겠다는 발가락 병은 뚜렷한

64

병명이 없었다. 인근 병원부터 예약 절차가 까다롭다고 하는 대형 종합 병원들까지 안 가본 데가 없었다. 그뿐인가. 한 다리 두 다리 거쳐 용하다는 한방병원을 안양이고 삼천포고 멀다 않고 찾아다녀보았다. 매번 새로운 처방에 희망을 걸지만 사흘이 지나면 소용이 없다는 것을 확인하면서도 그녀는 지치지도 않고 새로운 병원을 꿈꾸었다. 노쇠로 인한 혈액순환 불량 이외에 일시적 정신장애로 인한 신경성 류머티즘쯤으로 추정할 뿐, 치료를 위해 기록할 만한 진단은 나오지 않았다. 별다른 병명을 찾지 못한 인근 병원의 의사나 약사가 '혹시 S병원에 가보면 정확한 게 나올까……'라고 혼잣말하듯 흘리면, 그 순간 그녀는 S병원에 무섭게 집착했다. 그런 식으로 그녀는 서울의 내로라하는 병원을 다 섭렵했다. 딸은 처음부터 발가락 때문에 당장 죽겠다는 그녀를 이해하지 못했다. 그래도 삼 개월까지는 이해하려는 노력을 아끼지 않았다. 그러나 이 병원에서 저 병원으로 무모하게 삼 개월이 또 흘러가면서 딸은 그녀가 어느 병원을 들락거리든 관심을 보이지 않았다. 그런데 그녀는 딸의 무관심에 상관없이 줄기차게 이 병원과 저 병원의 차이와 달라진 처방에 대해, 그러면서 조금도 나아지지 않는 발가락 통증에 대해 호소했다. 딸이 비행중일 때는 사위에게, 사위가 출장중일 때는 심지어 세 살배기 어린것에게 발가락을 보여주며 얼마나 아픈지를 이야기했다. 그 모습을 몇 달 지켜본 딸은 집에 들어와도 그녀와 눈조차 마주치지 않으려고 했다. 심하게 병원 중독증을 보이는 그녀가 혹시 정신질환을 앓고 있는 것은 아닌가 굳게 의심하는 듯했다. 그녀는 그런 딸의 의중을 모르지 않았다. 그러나 그녀는 정말 하루에도 몇 번씩 발가락이 아파 죽을 지경이었다. 수십 개의 바늘이 일제히 발가락을 찔러댈 때는 정말 미친 사람이라고 해야 맞았다. 그리고 통증이 가라앉았다가 다시 시작되려고 할 때 역시 살짝 정신이 돈 사람처럼 자신이 이상해지는 것을 느꼈다. 가슴이 미친년 널뛰듯 쿵덕쿵덕 뛰기 시작하면 불안이 극에 달해 누구라도 붙잡고 살려달라고 매달리고 싶었다. 그러나 딸은 그녀가 아들 이야기를 꺼낼 때마다 표정이 돌처럼 굳어졌던 것처럼 발가락 소리만 나오면 얼음처럼 차가워져서 귀를 닫고 얼굴을 외로 틀어버렸다. 그녀는 딸의 마음을 풀어보려고 몇 마디 보탠다는 것이 자신이 생각하기에도 얼토당토않은 내용이 되기 일쑤였다. 이 병원에서도 대책이 없으면 나는 끝장이다. 아니지, 무당이라도 찾아가봐야지! 딸은 무당이라는 말을 참다 못해 귀를 막으며 사납게 웃음을 터뜨렸지만 그녀는 진심이었다. 진심이었으되 한없이 우습기도 했다. 딸은 차라리 소금광산을 찾아가라고, 아니 황금온천을 찾아가라고 몰아붙였다. 그러더니 다음날 진짜 소금광산과 황금온천이 어디에 있는지, 어떻게 그곳에 가며, 돈은 얼마나 필요한지, 외국 항공사 직원답게 상세하게 일러주었다. 그녀는 딸이 지금껏 자신을 바라보듯 어이없는 표정으로 딸을 바라보았다. 정말 나보고 말 한마디 통하지 않는 낯선 땅에 가란 말인가. 가서 돌아오지 말란 말인가. 영원히 그녀의 입을 막아버리려는, 아니 고려장이 따로 없다, 싶은 생각이 미치자, 딸이 야속하기 짝이 없었다. 이번엔 그녀가 참지 못하고 입을 막으며 사납게 울음을 터뜨렸다. 딸은 그녀를 조금도 위로하지 않았다. 위로하지 않는 것이 그녀를 도와주는 것이라 마음먹은 사람의 당찬 표정이었다. 딸이 그토록 매몰찬 아이인 줄은 몰랐다. 미워도 아들 생각이 났다. 죽어도 아들 얼굴을 한 번만이라도 보고 싶었다.

황금온천이 어디에 있다고? 그래, 헝가리. 헝가리로 가자. 말 한마디 할 수 없어도 거기로 데려다주면 죽어도 좋다! 죽어도 죽는다는 말을 하지 않겠다! 그녀는 방금 선(先)시 딸을 의심했던 마음을 접고 딸의 의견에 동의했다. 너처럼 날 생각해주는 사람이 이 세상에 어디 있겠니. 그녀는 오스트리아의 빈에서 헝가리의 부다페스트로 가는 열차에 오를 때까지 딸에게 수십 번도 넘게 그 말을 했다. 딸은 업무차 빈까지 동행했다가 그녀를 홀로 보내는 것이 염려되어 열차 칸까지 따라 올라왔다가 신물나게 되풀이되는 그녀의 치사에 그만 화를 버럭 냈다. 딸은, 그녀가 '한 말 또 하기'를 시작한 때가 언제부터였는지 아느냐고 귓속말로 쏘아붙이고는 열차에서 내려가버렸다. 그녀가 온천도시에서 아주 안 돌아온다고 해도 걱정하지 않을 듯이 싸늘하게 느껴졌다. 딸은 사흘 후에 바로 이곳에서 만나자는 말을 재차 당부하러 다시 그녀에게 왔다 가면서 아직도 끝나지 않은 홍수 걱정을 했다. 그러나 그녀는 홍수 따위는 걱정거리가 아니었다. 발가락 병만 고칠 수 있다면 어떤 길도 마다하지 않을 거였다. 딸에게 끝내 아들 이야기를 꺼내지 않은 것은 다행이었다. 그녀는 플랫폼에 서 있는 딸과 멀어지며 한숨을 깊게 쉬었었다.

*

사내의 잠자리가 비어 있었다. 샤워를 하나 했는데 물소리가 들리지 않았다. 사내가 끌고 온 트렁크는 입이 꽉 물린 채 그대로 있었다. 사내의 얼굴을 떠올려보려고 해도 이상하게 아무것도 떠오르지 않았다. 발가락을 부여잡고 커튼 새로 날이 밝아오는 것을 어렴풋이 느꼈었는데 언제 잠이 들었는지 깨어나보니 아침 여덟시가 훌쩍 넘어 있었다. 트렁크가 보이지 않았다면 지난 새벽의 일은 꿈이었다고 해도 믿지 않을 수 없을 것이었다. 그녀는 두 개씩 서로 다른 성분의 알약 아홉 개를 챙겨 가지고 아침식사를 하기 위해 엘리베이터를 탔다. 정해진 시각에 식사를 하지 않으면 발가락 통증이 무섭게 도졌다. 호텔 로비는 텅 비어 있었다. 식당에 들어서자 빈자리 없이 사람들이 빼곡했다. 그녀는 평소 딸이 그러듯이 다섯 가지의 시리얼을 섞고 건자두 두 알을 얹은 다음 우유를 가득 부어 반숙 달걀과 토마토 두 조각을 곁들여 천천히 배불리 먹었다. 그녀가 사과주스와 물로 입가심을 하고 알약을 정성껏 복용한 다음 자리에서 일어나도록 사내는 모습을 보이지 않았다.

언덕 위에 성이 솟아 있었다. 호텔은 언덕과 강 사이에 위치하고 있었다. 언덕으로도 강으로도 오 분이면 닿을 거리였다. 그녀는 지난밤 처음 택시에서 내렸던 돌사자 상이 있는 다리 쪽으로 걸어내려갔다. 언덕에서 내려갈수록 인도에 물기가 흥건했고, 강은 도로와의 경계가 잡히지 않았다. 그래도 밤에는 보이지 않았던 가로등 램프가 물 밖으로 비죽 고개를 내밀고 있는 것으로 보아 수위가 조금 낮아진 것은 확실했다. 강 이편에도 건너편에도 대형 유람선들이 물에 코를 박고 떠 있었다. 물이 넘치고 있는데도 멀리서 강변을 조깅하는 사람들이 뜸하게 눈에 띄었다. 그녀는 사자 다리로 들어섰다. 햇빛을 받아 사자의 얼굴에 생기가 돌았다. 다리는 사자 상 뒤로 직사각형의 석문과 그 문 전후로 길게 철제 아치가 장식되어 있어 운치를 더했다. 다리 중간에 서자 강은 바다처럼 넓었고 도시는 바다를 가운데 두고 마주하고 있는 두 개의 큰 섬 같았다. 그녀가 서 있는 사자 다리를 중심으로 강 아래쪽과 위쪽에 각각 다리 하나씩이 놓여 있었디. 루키치 온천이 있디는 디리는 그들 두 개 중 하나일 것이었다. 그녀는 여자의 음모처럼 아래쪽 강 중에 떠 있는 작고 푸른 섬을 주시했다. 이번에는 실수를 피하고 싶었다. 홍수는 더이상 진전되지 않았지만 도시는 이제부터 본격적인 수해 복구로 어수선할 것이었다. 그녀는 다리를 마저 건널 것인지 그 자리에서 돌아설 것인지 망설였다. 그때 반대편 석문 뒤에서 한 사람이 걷듯이 뛰어오는 것이 보였다. 혹시 사내가 아닐까 유심히 바라보았다. 옷을 보니 역시 사내였다. 사내는 무슨 생각에 사로잡혀 있는지 그녀가 불러세우지 않았으면 그녀를 그냥 스쳐 지나갈 태세였다. 아침 햇살 아래서 보니 사내는 그다지 젊지 않았다. 젊어야 그녀보다 한 십 년? 그녀는 방금 그쪽에서 뛰어온 사내에게 다리를 건너면 무엇이 있느냐고 물었다. 사내는 사자가 있다고 말했다. 그녀는 방금 지나온 다리 입구의 돌사자를 잠시 떠올리고 사내에게 다시 물었다. 다리를 완전히 건너면 무엇이 있어요? 혹시 온천장을 보았나요?

사내는 이 도시의 온천에 대해서 잘 알지 못했다. 그녀는 루카치 온천에 가려고 짐을 정리해놓고 호텔에서 사내를 기다렸었다. 트렁크를 풀지 않은 채 나간 것으로 보아 멀리 가지 않았을 것이라 생각하고 아침 산책 삼아 밖으로 나온 것이었다. 그대로 호텔을 나가면 사내와 영원히 헤어지고 말 것이었다. 누군지도 모르는 사내지만 그래도 이역 만리에서 하룻밤을 같이 보낸 사이 아닌가. 루카치라구요? 사내는 루카치라는 이름이 그녀의 입에서 흘러나오자 믿어지지 않는다는 듯 눈을 휘둥그렇게 뜨고 되물었다. 네, 루카치를 아세요? 그녀도 반갑게 되물었다. 그럼요, 제가 홍수로 그 먼 길을 돌고 돌아 여기까지 온 이유가 바로 그 사람 때문입니다. 그녀는 어리둥절해서 사내를 멀뚱히 쳐다보았다. 그녀는 루카치 온천은 알았지, 루카치라는 사람은 알지 못했다. 사내는 이 도시의 온천을 모르고, 그녀는 이 도시의 루카치를 모른다? 사내가 방금 뛰어온 다리 쪽을 되돌아보며 그녀에게 덧붙였다. 저 다리 건너 그가 묻혀 있는 공동묘지에 다녀오는 길입니다. 사내는 거기 말고도 가봐야 할 데가 많은데 시간이 없어서 돌아오는 길이라고 했다. 홍수 때문에 모든 게 어긋나버렸어요. 사내는 엘리베이터에서처럼 피로로 지친 표정을 지었다. 아, 그 방에 더 묵으셔도 됩니다. 전, 두 시간 후에 이 도시를 떠나야 하거든요. 그녀는 다리를 건널 마음을 접고 사내를 따라 호텔을 향해 걸었다. 루카치 온천 이외에 루카치라는 사람에 대해 아는 바가 없었으므로 그녀는 사내에게 이 도시에서 좀더 의미 있는 여행이 되기 위해 루카치 이야기를 자세하게 듣고 싶다고 말했다. 사내는 그녀의 뜻밖의 관심에 놀라는 듯하더니 첫사랑을 떠올리듯 슬쩍 얼굴을 붉혔다. 루카치 온천이 있는 줄은 몰랐습니다. 시간이 허락된다면 저도 그곳엘 가보고 싶은데 말이지요. 하루 이틀 무리를 해서라도 항공권을 연장하려고 했는데, 아침 일찍 항공사에 알아보니 이달 말까지 도통 좌석이 없다고 하는군요. 정말 운이 없죠. 여기까지 와서 말입니다. 다시 오는 수밖에 없지요. 몇 년이 걸릴지 모르지만요. 여기까지 오는 데 열흘이 걸렸다고 했는데, 사실은, 이십 년이 넘게 걸렸습니다. 뭐, 중간에 포기했던 길이라 이렇게라도 들렀다 가는 것으로 만족해야죠. 그녀는 사내의 말을 끊고, 혹시, 아들을 아느냐고 물어보고 싶었으나 아들을 어떻게 설명해야 할지 아득해져서 입을 꾹 닫고 말았다. 루카치는 젊은 시절 제 피를 들끓게 했던 사람입니다. 아, 그렇다고 저는 사회주의자는 아닙니다. 한때 보다 나은 세상은 무엇인가 고민했던 한 사람이었지요. 그러니까 벌써 이십여 년 전 이야기군요. 그때 겨우 스물대여섯이었던 저는 나이 마흔이 되면 이곳에 오리라 결심했었지요. 나이 마흔이면 세상 문리를 어느 정도 터득할 줄 알았죠. 겨우 나이 마흔에 말이지요. 마흔은 제게 너무 빨리 찾아왔고, 마흔이 되자 그 꿈은 현실에서 짊어지고 가기에는 턱없이 버거운 쇠줄과 다름없었지요. 그래도 때로 살다보면 젊은 시절의 미혹(迷惑)이 그리워지기도 해서, 현실 저 구석으로 밀쳐두었던 다짐을 슬그머니 주워들기도 하나봅니다. 사는 게 여의치 않아서, 쉰 살이 다 되어서야 이렇게 루카치를 찾아왔는데, 그만 홍수 때문에 오자마자 떠나야 하는 신세가 되었답니다. 백 년 만의 대홍수라니 어쩌겠습니까. 루카치 묘 앞에 서니, 문득 성경 구절이 생각나더군요. 그것은 홍수로 거슬러올라간다…… 아, 오해는 마십시오. 저는 기독교인이 아니랍니다. 차라리, 무정부주의자라고 해야 할까요. 하하. 그런데 부인은 루카치를 어떻게 알고 계십니까?

그녀는 루카치가 누구인지 모른다고 말하지 않았다. 다만, 치명적으로 발가락이 아파, 치료를 위해 루카치 온천을 찾아왔다고 했다. 어쩌면, 마지막 희망이라고 했다. 그녀는 자기 입에서 나온 희망이라는 말에 발걸음을 멈추었다. 사내는 그녀가 따라오고 있다고 믿고 계속 앞으로 걸어갔다. 사내의 걸음이 태풍처럼 빨랐다. 시간이 없다고 했다. 제법 간격이 벌어졌다. 사내는 어느새 돌문을 지나 사자에 가까워지고 있었다. 그녀는 언덕의 성채를 바라보았다. 사자 앞으로 쭈욱 나갔던 사내가 뒤를 획 돌아보았다. 그녀는 강물로 고개를 돌렸다. 사내는 가지 않고 기다렸다가 오라고, 어서 오라고 손짓을 했다. 그녀는 자기도 모르게 사내의 손짓에 끌려가듯이 빠르게 걷기 시작했다. 속도를 내려고 했으나 발가락 때문에 발을 조금 절었다. 더 빠르게 걸으려고 할수록 가볍기만 했던 몸이 천근만근 아픈 발가락 쪽으로 기울어지기만 했다. 이마에 땀이 맺히고 가슴팍으로 땀줄기가 주룩 흘렀다. 그녀는 기다리고 있는 사내에게 가라고, 어서 가라고 손짓을 했다. 시간이 없다고 했다. 그리고 강물로 고개를 돌렸다. 힘차게 흘러가는 강물을 내려다보며 숨을 돌리고 나니 사내는 마치 어린아이처럼 교각 높이 앉아 있는 사자에 닿으려고 손을 뻗으며 펄쩍펄쩍 뛰어오르고 있었다. 그녀는 검불 같은 것이 이마를 스치고 지나가듯 아들 생각이 났다. 어릴 적 아들은 길을 가다가 제 키보다 큰 나무만 보면 가지 끝을 잡으려고 손을 뻗으며 펄쩍펄쩍 뛰어오르곤 했다. 삭은 덤불이 후루루 내려앉았고, 철 이른 낙엽 몇 장 머리를 스치고 떨어졌었다. 아주 오래 전 일이었다. 키가 다 자라 어른이 되어서도 아들은 책장 꼭대기에 포개놓은 책을 잡으려고 손을 뻗으며 펄쩍펄쩍 뛰어오르곤 했다. 먼지가 풀풀 내려앉았고, 두께가 다른 책 몇 권 우두둑 머리를 때리고 떨어졌었다. 루카치, 루카치? 그녀는 번쩍 정신이 들었다. 아들의 방이 눈앞에 펼쳐지듯 선명하게 떠올랐다. 그녀는 아들의 방에 들어갈 때마다 방바닥에 흩어진 책들을 밟지 않으려고 주의를 했다. 딸에게 너무 주의를 준 나머지 딸은 아예 아들 방에 들어가려고 하지 않았다. 문턱에서 오빠, 밥 먹어! 오빠, 일어나! 오빠, 늦었어! 따위를 소리쳤다. 아들은 분명 루카치를 알고 있었다. 아마, 저 사내처럼, 그 사람을 몹시 좋아한 모양이었다. 루카치, 루카치? 이 매부리코 남자가 누구냐? 꼭 네 아버지 코 같구나. 그녀는 어느새 한 번도 떠올린 적 없는 기억의 삽화 속으로 깊이 늘어가 있었나.

*

　그녀, 순이가 부다페스트의 K호텔을 떠난 것은 정오가 가까운 밝은 대낮이었다. 호텔 문을 밀고 나가자 여행자 전용 미니버스가 그녀를 기다리고 있었다. 버스는 언덕을 내려와 곧바로 사자 다리로 들어섰다. 강은 그녀가 도착하고 사흘 만에 모양을 되찾았다. 가로등도 완전히 제모습을 드러냈고, 강변로는 진흙을 걷어내는 물청소가 한창이었다. 사내가 떠난 후 그녀는 아침마다 사자 다리를 건너갔다 왔다. 당연히 호텔을 옮기는 일은 없었다. 루카치 온천은 그녀의 발가락 병을 고치지 못했다. 그러나 더 악화시키지도 않았다. 처음 그녀는 루카치 온천 이외에 백여 개가 넘는 온천 중 몇 군데를 더 가볼 작정이었다. 그러나 사내를 만난 후 그녀는 온천보다는 사내가 가려고 했던 곳들을 절룩거리며 찾아다녔다. 그러나 루카치라는 사람은 평생 미용사로 살아온 그녀로서는 도무지 알 수 없는 존재였다. 과거 헝가리 공산당의 사상적 핵심 당원이자 학자라는 것이 그녀에게는 극복할 수 없는 장애로 느껴졌다. 그녀는 루카치라는 사람으로 젊어 한때 가슴병을 앓았다던 사내를 이해할 수 없었지만, 더욱이 그 루카치라는 낯선 사람을 품을 수 없었지만, 사내가 메모지에 적어준 루카치의 목소리만은 들을 수 있었다.

'별이 빛나는 창공을 보고 갈 수가 있고 또 가야만 하는 길의 지도를 읽을 수 있던 시대는 얼마나 행복했던가?' 뜻을 온전히 이해할 수는 없어도 참으로 멋진 말이었다. 그녀의 아들은 그 목소리를 쫓아 아직도 미지의 땅을 헤매다니고 있는 것일까. 버스는 그녀가 의식하지 못하는 사이에 두 개의 아치를 통과해 사자 옆을 빠르게 지나쳐버렸다. 그녀는 발가락 끝에 온 힘을 모은 채 뒤돌아보지 않았다. 한 사내가 사자를 잡으려고 손을 뻗어 펄쩍펄쩍 뛰어오르고 있었다.

••• 벼락 치는 4월 오후 세시

공터 쪽에서 걸어오던 사내가 멈추어 서서 나에게 무엇인가 물으려고 했다. 다른 행인들처럼 호수가 어디냐고 물으려나 기다리는데, 사내는, "방금 벼락 못 보았습니까?" 하고 물었다. 까무잡잡한 얼굴에 주름은 그다지 보이지 않았으나 머리가 반백이었다. 나는 나 아닌 다른 사람이 주위에 있는지 두리번거렸다. 사내와 내 그림자 이외에 아무것도 없었다. 나는 모처럼 손목에 차고 나온 시계를 보았다. 오후 세시, 벼락 같은 건, 벼락 무늬 같은 것도 없었다.

*

행인들은 온종일 호수 쪽으로 줄줄이 걸어갔다. 멀리서 그들은 사막의 대상(大商) 행렬을 연상시켰고 가까이에서 그들은 오아시스를 눈앞에 둔 낙타들을 떠올리게 했다. 호수에서는 꽃박람회가 한창이었다. 나는 박람회장 길 건너 뉴질랜드 생과일 아이스크림 전문점 파라솔 아래에 앉아 만경 오빠를 기다렸다. 이름도 얼굴도 나에게는 생소하기만 한 그는 하나뿐인 내 오빠 광희의 어릴 적 고향 친구라고 했다. 사 년 전 화재로 불귀의 몸이 된 광희 오빠의 옛친구가 수소문 끝에 연락을 해왔을 때 반갑기도 했지만 한편으로는 난감하기도 했다. 꽃박람회 구경차 와서 나를 꼭 만나고 싶다는 것이었다. 나는 키위주스를 스트로로 빨아 마시며 디지털 카메라의 모니터에 잡힌 행인들과 실제 횡단보도 앞에 서 있는 그들의 면면을 번갈아 살펴보았다. 빨간 모자에 노란 점퍼 일색의 단체 관람자들, 손을 맞잡은 커플티 차림의 연인들, 가슴에 가짜 꽃을 단 노인들, 병아리처럼 쨱쨱거리는 유치원생들. 빨간 신호등 불에 잡혀 있던 가지가지 행색의 행인들은 파란 불과 동시에 거대한 소용돌이 속으로 빨려들어가듯 횡단보도 저쪽으로 쏠려갔다. 그러면 채 일 분도 지나지 않아 그들이 있던 자리는 또다른 행인들로 메워졌다. 벼락 사내는 그들과 섞여 호수 쪽으로 밀려갔는지 아니면 오른쪽 미관 광장 쪽으로 나아갔는지 어디에서도 모습이 잡히지 않았다.

붉은 깃털을 모자에 꽂은 고적대가 북소리를 앞세우며 광장을 가로질러 육교로 올라갔다. 만경 오빠는 고적대 행렬 끝에서 광대처럼 불쑥 나타났다. 생판 처음 보는 사람이 반갑게 내 손을 덥석 잡았을 때 나는 거의 뒷걸음질을 쳤다. 나, 만경 사는 동진이여, 너그 오래비 광희 친구우. 아이구, 광희랑 쏙 빼닮았구머언. 만경 오빠의 본이름은 조동진이었다. 동진 오빠는 붙잡은 두 손을 출렁출렁 흔들며 내 눈이며 코며 입이며 귀를 샅샅이 훑어봤다. 광장의 행인들이 희한한 장면이라도 목격한 듯 동진 오빠와 나 사이를 힐끗힐끗 쳐다보았다. 나는 집으로 가자고도 어디 벤치에 가 앉자고노 하지 못한 채 동진 오빠 손에 붙잡혀 얼굴을 붉히고 있었다. "그러니께, 너가 내 동생 동순이 친구였제? 조동순이, 알쟈? 애기 땐 겁나게 싸낙배기더니만 요조숙녀가 되어부렀네 이, 힝." 들어보니 조동진이란 이름보다 조동순이라는 이름이 더 낯설었다. 가수 조동진 노래가 어쩌다 방송에 나오면 광희 오빠는 '내 친구 조동진이는 뭐 하나?' 하고 눈을 꿈벅였었다. 그러면 엄마는 부엌에 있다가도 튀어나와 '동진이는 왜, 가가 뭐 하는지 알아서 뭐 하게?' 하고 펄쩍 뛰었다. 엄마는 김제 만경 이야기만 나오면 당신의 치부를 건드린 듯 몹시 불쾌해하면서 다시는 꺼내지 못하도록 광희 오빠를 부엌으로 끌고 가서 입다짐을 받았다. 광희 오빠가 아니면 내가 김제 만경 소리를 들을 데는 없었다. "그랴, 너그 맴 다 알어, 광희 부랄친구인 이 조동진이가 모르면 누가 어쩌고롬 알 것냐아? 오매 징헌 것." 진한 전라도 사투리 때문인지, 반백에 거뭇한 얼굴 때문인지 동진 오빠는 광희 오빠보다 십 년은 연상으로 보였다. 나는 시계를 보는 시늉으로 동진 오빠의 손에서 겨우 손을 빼냈다. 오후 네시, 벼락은커녕 마른하늘에 햇빛만 따갑게 내리쬐고 있었다.

그날 밤 남편과 동진 오빠는 마주치지 않았다. 동진 오빠는 열시가 되기도 전에 이삿짐이 수북이 쌓여 있는 작은 방으로 들어가 이내 세상모르게 곯아떨어졌다. 남편은 자정 무렵 이상한 곳에서 와서는 여느 날과 같이 삼겹살을 구워달라고 해서는 남김없이 먹고 잤다. 그리고 날이 밝자마자 이상한 곳으로 출근을 했다. 이상한 곳이라고 하지만 남편은 출퇴근을 하면서 표정이 몰라보게 달라졌다. 좋아졌다기보다는 자신을 객관화시킬 수 있는 사람의 여유 같은 것이 얼굴에 퍼져 있었다. 남편은 아침이면 하루도 빠짐없이 현관문을 나서면서 '이상한 곳에 다녀올게'라고 말했지만, 나는 유머도 너스레도 아닌 비아냥일망정 남편의 그 말이 듣기 싫지 않았다. 남편이 말하는 이상한 곳이란 강남에 있는 M대학 부설 사이버 글쓰기 센터였고, 남편은 그곳의 선임연구원이었다. 계약직이긴 했지만 그곳은 남편에게 최초의 정식 직장이었고, 최초의 정식 직책이 주어졌다. 춘천으로 대전으로 심지어 울산까지 보따리 장수 십사 년 만에 정식 책상과 의자를 배정받은 것이었다. 그러나 남편은 하루 출근 도장을 찍고 와서는 난데없이 삼겹살을 구워달라고 해서는 남김없이 씹어먹으며 '이상한 곳'이 어떤 덴가를 보고하기 시작했다. 나는 농담 반 흥미 반으로 삼겹살을 노릇노릇하게 구워주며 그날그날 남편이 관찰해 들려주는 직장 얘기를 귀담아 들었는데, 첫 월급을 들여놓은 다음부터는 줄기차게 계속되는 남편의 관찰 분석이 다른 의미로 들리기 시작했다. 남편은 이상한 곳과 자신을 너무 객관화시킨 나머지 매사에 자신을 그곳과 떼어놓고 말하고 있었다. 마치 그곳에서 보내는 시간은 자신의 생에서 제외시키겠다는, 적어도 그 시간을 유보하겠다는 냉소적 의지로 비쳤다. 벌써 남편은 이직할 틈을 엿보고 있는지도 몰랐다. 그러면 나는 또다시 논술 과외 아동 수를 두 배로 늘려야 할 것이었다. 나는 자정 가까이 파김치처럼 축 늘어진 남편에게 문을 열어주면서 내일 아침에도 남편의 출근인사를 들을 수 있을까 의심했다.

고적대 행렬 속에서 벼락 사내를 발견했다. 나는 붉은 깃털을 모자에 높이 꽂은 고적대 행렬을 쫓아 육교를 넘어갔다. 고적대는 장미를 지나고 튤립을 지나고 선인장을 지나고 바이킹을 지나 호수를 빙 돌아 분수들이 요동치는 광장 한가운데에 섰다. 나는 고적대 속에 끼어들어 그들과 발을 맞춰 행진하며 벼락 사내를 찾았다. 정작 고적대 속에는 벼락 사내가 없었다. 고적대 행렬 속에서 불쑥 동진 오빠가 튀어나왔다. 꿈이었다.

다음날 아침에도 남편과 동진 오빠는 마주치지 않았다. 천분이 농사꾼인 동진 오빠는 날이 밝자마자 우리에 갇힌 호랑이처럼 거실을 어슬렁어슬렁 오가다가 밖으로 나갔고, 남편은 여섯시에 일어나 팔굽혀펴기 열 번을 거뜬히 한 뒤 여섯시 반에 이상한 곳으로 출근을 했다. 나는 입술 통증으로 다섯시부터 깨어 동진 오빠가 부스럭대는 소리를 듣고 있었다. 밤에 연고를 겹으로 바르고 누웠는데 베갯자락에 닦여나갔는지 입술이 버석 말라 있었다. 그대로 조금만 방치해도 입술은 마른 논바닥처럼 갈라지고 터져서 너덜너덜한 각질을 내밀 것이었다. 피부과에 가봐야지 한 것이 어영부영 한 달이 넘었다. 남편은 자기가 이상한 곳으로 나가 있는 사이 내가 외간 남자와 부적절한 관계라도 벌여서 얻은 병이라도 되는 듯 내 입술에 입맞추기를 꺼렸다. 서로 입술을 맞대지 않으니 몸도 전처럼 자주 섞이지 않았다. 잠든 남편을 깨우지 않도록 조심하며 각질 부스러기를 손가락으로 뜯어내면서 격하게 올라오는 한숨을 삼켰다. 동진 오빠는 잠자러 가기 전까지 나에게 요것조것 들이대면서 "기억 안 나냐? 증말 기억 안 나는겨?"를 연발했고, 나는 번번이 그렇다. 아니다 가릴 것 없이 고개만 가로저었다. 나는 광희 오빠에게서 주워들은 한두 개 이름 이외에 김제 만경에 대해, 아니 일곱 살 무렵의 내 과거를 전혀 기억하지 못했다. 나는 그것을 비정상적으로 받아들인 적은 한 번도 없었다. 남편은 세 살 적 장면까지 기억난다고 하지만, 그것은 남편이 할머니 손에 자라면서 옛날 얘기 삼아 이런저런 자잘한 일들을 너무 많이 들었기 때문일 거라고 여겼었다. 동진 오빠는 처음엔 의심쩍은 눈초리로 나를 바라보더니 나중에는 혀를 끌끌 차면서 하루살이 쫓듯 천장만 올려다봤다. "햐, 고것 요상하네이, 어데로 날라가버렸당가, 고것들이." 동진 오빠는 내가 기억할 수 없는 것들만 골라서 물어보기라도 하는 것처럼 나를 당혹스럽게 만들었다. "나는 너를 아는디, 너는 너를 모른다는 게 당최 알아먹을 수가 없네그려." 소 귀에 경 읽기가 따로 없어 한마디 한다는 것이 사과의 말이었다. "죄송해요." 그러자 동진 오빠는 펄쩍 뛰면서, "어디야, 너가 그럴 건 아니쟈. 허지만 솔찬히 댑댑헌 건 사실이구먼, 달달봉사 맴이 이럴거나, 농자(籠者) 쐭이 이럴거나." 아, 오빠, 나는 나도 모르게 입술을 껍질째 잡아당겼다. 생살을 뜯었는지 비릿한 물기가 입 속으로 스며들어왔다. 내일은 피부과에라도 정말 가봐야지 생각하는데, 자명종이 울렸다.

*

누런 하늘에 부슬부슬 비가 내렸다. 가양대교 건너 큰 사거리, 까치고개, 우장산 공원. 조동순이 일러준 지명들이 호명을 기다렸다는 듯이 좌우 전방에 나타났다가는 뒤로 물러났다. 육교 지나 두번째 골목 강서교육청 화살표를 따라 우회전. 화곡동은 십삼 년 만이었다. 화곡로 내내 가로 양편에 늘어선 메타세콰이어 나무들이 건물보다 높이 죽죽 뻗어 있었다. 십삼 년 전 두 달 동안 하루도 거르지 않고 그 길을 다녔었는데, 메타세콰이어를 본 기억은 없었다. 그사이 자랐다고 하기에는 수령이 적잖아 보였다. 그때에도 메타세콰이어는 줄기차게 그 자리에 서 있었을 것이었다. 다만 내 눈에 그것들이 들어오지 않았을 것이었다. 매번 어두운 밤길이기도 했지만 그 길을 오가는 두 달 동안 내 머릿속은 온통 태익뿐이었다. 강태익. 나는 한 살 위인 그를 선생님이라 불렀다. 그는 삼수생인 나에게 속성으로 일본어를 가르쳤다. 화곡동 주공아파트 102동 403호. 내 첫사랑이 물든 태익의 방에는 언제나 불이 꺼져 있었다. 태익이 일본으로 떠났다는 것을 안 것은 2월 28일인가 29일인가 2월의 마지막 날이었다. 무거운 하늘에 부슬부슬 비가 내리고 있었고 찢어진 팬티 조각처럼 플라타너스 이파리들이 허공에 너풀너풀 휘날리고 있었다. 속성이긴 했지만 나는 일본어 시험 결과가 좋아 대학에 갔고, 다시는 화곡동에 가지 않았다. 그리고 사랑 같은 건 믿지 않았다.

내 기억 속에 무참히 몰각된 조동순은 놀랍게도 전화기의 내 목소리만 듣고도 나를 알아봤다. 사실 나는 동진 오빠가 만경으로 내려가면서 찔러준 조동순의 전화번호를 받아들고도 연락할 마음이 없었다. 동진 오빠가 다녀간 일박 이일만으로도 내 머릿속은, 아니 내 가슴속은 잠자던 화산이 꿈틀거리듯 갈라터져 화끈거리고 있었다. 남편에게 숨기고 말고 할 사연이 있지 않음에도 나는 동진 오빠가 내 집에 머무는 동안 몹시 긴장했던지 동진 오빠가 내 생활영역에서 빠져나가고 나자 급격히 피로가 몰려왔다. 커피를 마시는 둥 마는 둥, 저녁에 봐줘야 할 아이들 논술문을 보는 둥 마는 둥, 디지털 카메라에 찍힌 행인들의 행색을 보는 둥 마는 둥, 부엌에서나 책상에서나 우두커니 앉아 있기 일쑤였다. 거실에서 개미떼처럼 무리지어 바글거리는 호수를 내려다보다가 무심결에 나도 무리들을 쫓아 박람회장에 들어섰다. 먼 곳에서 온 외지인들 속에 섞여 그들이 하듯이 꽃구경도 하고, 꽃분수 터널도 지나가고, 춘향이 그네도 타고, 바이킹에도 선뜻 올라가 기절할 듯 소리를 질러댔다. 배의 각도가 올라갈수록 몸에 있던 기란 기는 다 빠져나가고, 눈을 뜰 수 없을 정도로 어지러운 현기증에 사로잡혔다. 손가락 끝조차 까딱할 수 없이 축 늘어져서 바이킹에 매달려 있는데 벼락 치듯 조동순의 얼굴이 나타났다 사라졌다. 그때 내가 본 것은 분명히 주근깨가 호로로 콧잔등에 번진 코흘리개 기집애, 조동순이었다.

조동순은 동진 오빠와는 달리 전혀 사투리를 쓰지 않았다. 강서교육청 화살표를 따라 우회전을 해서 좁은 도로를 엉금엉금 들어가니 산자락을 뚝 잘라낸 자리에 대규모 아파트 단지가 들어서 있었다. 조동순은 단지 앞 상가 일층에 '파라오'라는 옷과 생활소품 가게를 열고 있었다. 파라오 옆 두 공간은 아직 입점이 안 된 상태였고, 이층에는 치과와 피부과와 한의원이, 삼층에는 골프연습장이 있었다. 아파트 단지는 입주 중인지 곳곳에 커튼과 청소업체들의 플래카드가 나붙어 있었고, 조동순의 가게가 있는 상가와 잇대어 서너 채의 건물들이 건축중이었다. 조동순은 인도 코끼리 두 마리가 받치고 있는 상아 의자를 권하며 동진 오빠와 마찬가지로 내 두 손을 가져가 꼭 잡았다. 이상하게도 그들이 내 손을 잡으면 그 순간 나는 그들과 깊은 유대감을 느꼈고, 그 감정이 나에게는 끊임없이 마찰을 일으켰다. 조동순은 내 얼굴을 지그시 바라보았고, 나는 조동순의 팔목에 채워진 보라색 시계에서 눈을 떼지 않았다. 네시, 사십오분. 밖은 여전히 스산하게 비가 내리고 있었다. 가게에서 바라보이는 아파트 단지가 구화곡 주공아파트 단지라는 것을 듣고는 유리 파편에 잘못 손을 베듯 움찔 놀랐다. 십삼 년 전 겨울에서 봄 사이의 풍경은 어디에도 남아 있지 않았다. "그러니까 바이킹에서 내려오는데 내 얼굴이 생각났다, 그거지? 기집애." 조동순은 홑꺼풀의 큰 눈에 큰 입으로 이목구비가 시원시원했다. 피부가 투명할 정도로 깨끗했고, 주근깨 같은 것은 기미조차 보이지 않았다. 내가 유일하게 기억하는 주근깨투성이 조동순, 깜씨라고 놀려대던 아랫집 조동순은 더이상 알아볼 길이 없었다. "응, 동진 오빠가 아무리 얘기해도 나는 도무지 조동순이를 기억할 수 없었어. 그런데 바이킹을 타고 있는데, 아마 가장 높이 올라갔다가 내려올 때였을 거야. 그때부터 의식이 가물가물해졌는데, 갑자기 벼락 치듯 무엇인가가 머리를 한 대 세게 갈겼어. 다시 생각하기 끔찍하지만, 그때 내 눈엔 검은 바윗덩어리 같은 어마어마한 물체가 덮쳤어. 그리고 주근깨. 네 콧잔등에 퍼져 있던 검은 주근깨가 떠올랐어."

조동순을 만나러 갔다가 입술 병명을 알았다. "쇼크렌 증후군입니다." 파라오 이층에 있는 훈피부과 의사 이경훈은 입술을 거즈로 꾹꾹 눌렀다가 일어나는 각질 상태를 살피며 진단했다. "확실합니다. 희귀

병인데, 치명적이지는 않습니다. 다만 완치되지 않는다는 특징이 있죠. 그래서 난치병이라 분류되고요." 마치 나에게 하는 말이 아닌 듯 내가 심각하게 듣지 않는 듯하자 보호자처럼 내 뒤에 잠자코 서 있던 조동순이 입을 열었다. "쇼크라면, 충격병이라는 말씀인가요?" 의사는 조동순의 말이 일리가 있다는 듯이 씨익 웃으면서도 고개를 흔들었다. "그쇼크가 아니고, 쇼크렌이라고 이 병을 발견한 스웨덴 의사의 성을 따서붙인 거니까, 충격과는 아마 상관이 없을 겁니다." 이번엔 내가 물었다. "그럼, 원인이 뭐예요?" 나는 혹 불미스러운 병력(病歷)이 발설되기라도 할 듯 가슴이 답답해지고 입술이 불타듯 화끈거렸다. "우리 몸에는인체면역시스템이 갖추어져 있는데 그것이 스스로 불리하게 작동하는거라고 보시면 됩니다." 완치가 안 된다면 죽을 때까지 너덜거리는 입술로, 찢어질 듯이 아픈 입술로, 남편과는 점점 더 거리를 두며 살아야한단 말인가. 나는 처방전을 써달라고 해서 빨리 그곳을 빠져나오고 싶었다. "그러면 어떻게 해야 하는데요?" 조동순이 근심스럽게 물었다. "글쎄요, 자가면역장애이니, 딱히 처방전이 있지 않아요. 점액과 타액, 그리고 누액 분비샘이 손상당하기 쉬우니, 컴퓨터라든지 활자를 무리하게 보지 않거나, 작은 일에도 과도하게 피로가 오니까, 정신적으로나육체적으로 부담스러운 문제는 되도록 피하는 게 좋겠죠." 의사는 나보다도 조동순의 얼굴을 올려다보며 그밖에 뭘 더 말해줄 것이 없나 생각하는 눈치였고, 나는 의사의 말보다는 동진 오빠의 말이 귓전에 맴돌았다. '너, 죽을 뻔했던 거 생각 안 나냐?'

조동순을 만나러 갔다가 알게 된 것은 입술 병명만이 아니었다. "그래, 그때 너 죽을 뻔했었지." 조동순은 방금 전에 일어난 일을 눈앞에 떠올리듯 커다란 동공에 힘을 실었다. 나는 동진 오빠 앞에서도 그랬지만 조동순의 기억력 앞에서 어떤 좌절감을 느꼈다. 이제 광희 오빠도 세상에 없고, 4월 어느 날 동진 오빠가 나를 찾아오지 않았다면 나는 그들을 죽을 때까지 떠올리는 일 없이, 볼 일은 더더욱 없이 살아갔을 것이었다. 그들은 내 기억 밖의, 내 삶 밖의 인물들이었으나, 그들은, 언제라도 나를 떠올리고, 나를 보고 싶어한 사람들이라는 데에 나는 크게 짓눌려 있었다. 그들은 잃어버린 줄조차 몰랐던 내 생의 파편 한 조각을, 아니 내 생의 결정적인 한 부분을 움켜쥔 사람들이었다. 나는 조동순이 동진 오빠의 물음을, 그러니까 내가 기억했어야 할 것을 말하도록 자연스럽게 유도하면서도 한편으로는 몽롱한 반수면 상태로 의식을 놓고 있었다. 바이킹에서 내려올 때처럼 급격한 피로가 전신에 퍼졌다. 조동순의 목소리가 메아리처럼 아득하게 귓가에 맴돌았다. '네가 벼락 맞아 죽는 줄 알았지, 그때 나는. 무서워서 광희 오빠도 나도 눈을 뜨지 못했지만 동진 오빠는 벼락이 정면으로 널 때리는 걸 봤다고 했어. 어른들은 4월에는 벼락이 치지 않는다고, 게다가 벼락 맞고 산 사람은 없다고, 오빠 말을 믿으려 들지 않았지. 나중에 광희 오빠와 나도 네가 기절해 있는 걸 보았다고, 벼락 친 게 분명하다고 동진 오빠를 거들었지만 어른들은 시끄럽다고 손사래만 쳤어. 하지만 벼락 때문이건 아니건 그날 이후 네 무서운 지랄병, 아니 간질병이 없어진 것만은 확실했어. 혹시, 너 그후에 벼락 같은 거 본 적 있니? 아니 네 몸에 벼락 무늬 같은 거라도 남아 있지 않니?'

남편의 회식이 잦아졌다. 수요일에서 목요일, 심지어 월요일부터 회식이 있었다. 여섯 명으로 구성된 부서마다 돈독한 결속을 과시하도록 소장은 틈만 나면 볼링이니 탁구니 등산이니 회식을 걸었다. 심지어 주말까지 야유회다 단체 영화관람이다 동원시켰다. 평소 셋 이상 모여 다니는 것을 참지 못하는 남편은 전시용 유대감이다, 졸속 포장이다 딴지를 건다고 했지만, 새벽 귀가시간은 점점 더 늦어졌다. 나는 심야에 끈적한 기름 냄새를 맡으며 삼겹살을 굽지 않아도 되었지만, 그렇다고 기분이 홀가분한 것만은 아니었다. 회식이 없는 날이면 남편은 그 동안의 공백을 만회하듯 이틀 동안 때로는 사흘 동안 이상한 곳에서 일어난 사건들을 압축해서 들려주었다. 물론 그때 나는 삼겹살을 공들여 구웠다. 이상하게도 나는 남편의 이야기를 들을수록 남편과 일치되기는커녕 괴리감만 깊이 느낄 뿐이었다. 나는 내가 십 년 가까이 살을 맞대고 산 사람이 저 남자가 맞나 의혹의 눈으로 남편을 뚫어지게 바라보았고, 남편은 그런 내 시선을 흔들림 없는 존경과 애정의 표현으로 받아들였다. 남편은 여느 때처럼 단 한 점도 나에게 삼겹살을 권하지 않았고 혼자 마지막 남은 부스러기 조각까지 입에 처넣고는 눈알을 굴리며 씹고 또 씹었다. 나는 삼겹살을 씹느라 조용해진 남편의 번들번들한 입을 바라보면서 내일도 삼겹살을 준비해야 하는지 묻지 않았다. 남편은 전 세계를 휩쓸고 있는 급성 호흡기증후군인 사스가 사십대 남자만 노리고 있다며 부쩍 더 나와 입맞추기를 꺼렸다. 나는 밤이면 밤마다 배불리 곯아떨어진 남편 옆에서 시든 꽃잎처럼 너덜너덜해진 입술을 뜯었다.

*

공터 쪽에서 걸어오던 여자가 멈추어 서더니 나를 불렀다. 다른 행인들처럼 호수가 어디냐고 물으려나 했는데, 여자는, "혹시 김남진이 못 보았습니까?" 하고 물었다. 여자는 까무잡잡한 얼굴에 주름이 자글자글했으나 머리는 흑발이었다. 나는 내 뒤에 누군가 다른 사람이 있나 뒤돌아보았으나 여자와 나 이외에 아무도 없었다. 고개를 다시 돌렸을 때, 여자는 내 앞에서 사라지고 없었다. 나는 습관적으로 손목의 시계를 보려고 했다. 그러나 손목은 비어 있었다. 대신 시계 자리에 잠자리 날개 같은 기미가 희미하게 앉아 있었다. 그때 횡단보도에서 신호음이 들려왔다. 내 친구 조동순이 건너편에서 걸어오고 있었다. 4월 31일 오후 세시, 누구도 나에게 벼락 같은 것은, 벼락 무늬 같은 것은 묻지 않았다.

••• 엷은 안개 사이로

컴퓨터 전원이 꺼지자 방 안은 굴 속처럼 캄캄해졌다. 기사는 하드를 들고 나가면서 하루면 된다고 했다. 하루. 지태는 방바닥에 벌렁 누웠다가 고개를 외로 틀어 먹먹한 모니터를 바라보았다. 어렴풋이 자신이 인간이라는, 자신도 유일한 인간이었던 기억을 얻는 인조인간처럼 모니터에 비친 자신의 얼굴을 물끄러미 바라봤다. 그는 왜 그런 생각이 뜬금없이 뇌리 속으로 파고드는지 알 수 없었다. 축 늘어진 벌레처럼 사지를 방바닥에 되는대로 펼쳐놓은 채 멀뚱멀뚱 눈알을 굴려보았다. 왼쪽 눈동자가 창문 쪽에 닿자 열일곱인가 열아홉 살 무렵 대천해수욕장 모래밭에서 읽은 『이반 데니소비치의 하루』가 떠올랐다. 그날 모래 해변은 빛이 너무 강렬하여 눈을 뜰 수 없을 지경이었고 『이반 데니소비치의 하루』를 펼쳐서 빛을 가려야 했었다. 빛도 가릴 겸 쏟아지는 졸음도 쫓을 겸 띄엄띄엄 펼쳐진 페이지를 읽다 말다 했었는데 이상하게도 그날 그 모래 해변에서 펼쳐진 페이지들의 문장들은 마치 몸에 새긴 문신처럼 간헐적으로 의식 속에서 도드라지곤 했다. '언제나 군중 속에 몸을 숨기는 것이 상책이다.' '죄수들의 상념이란 언제나 똑같은 궤도에서 벗어나지를 못한다.' 끝날 것 같지 않은 수용소의 하루, 빛으로 충만한 수용소의 좁은 창. 지태는 방바닥에 큰 대자로 드러누운 자신의 몸뚱어리를 중심으로 재미 삼아 날갯짓을 하다가 어둠 속에서 희미하게 빛을 뿜어내고 있는 모니터 쪽으로 한 손을 쭉 뻗었다. 손바닥이 닿는 느낌이 나쁘지 않았다. 손바닥을 모니터에 대고 있자니 현서의 얼굴, 보드라운 뺨의 촉감이 되살아났다. 솔직히 말하면 현서는 낡은 연립주택의 퀴퀴한 반지하 계단을 밟기에는 도무지 아까운 여자였다. 지태는 삼 년 전 현서의 손에 이끌려 처음 그곳에 발을 들여놨지만, 그리고 그녀 때문에 그의 인생이 그곳에 주저앉은 꼴이 되었지만, 그 방에 틀어박힌 이후 줄곧 그렇게 생각해왔다. 지태는 등을 오므려 애벌레처럼 최대한 몸을 줄였다. 현서가 등뒤에서 꼭 끌어안아주는 일도 요즘엔 거의 없었다. 새벽에 계단을 밟고 내려와 옷을 벗다 말고 현서는 지태를 등뒤에서 꼭 껴안고는 했었다. 지태가 돌아볼 수 없을 정도로 세게. 지태는 그것이 현서가 낼 수 있는 가장 센 힘이라는 것을 알고 있었다. 그리고 그것이 현서가 표현할 수 있는 가장 깊은 감정이라는 것도 잘 알고 있었다. 현서는 두 번 그렇게 힘을 냈다. 지태와 섹스를 할 때와 지태의 등을 뒤에서 끌어안을 때. 지태를 뒤에서 꼼짝 못 하게 끌어안고 있을 때, 현서에게서는 안개 냄새가 났다. 그것은 밤의 냄새이자, 길의 냄새, 지태와는 동떨어진 낯선 바깥의 냄새였다. 지태는 모니터가 현서의 살보드라운 얼굴이라도 되는 듯이 그것에 제 볼을 가져다댔다. 그리고 입술을 대고 지

94

그시 눌렀다.

급행열차는 거짓말쟁이1

"이름이 뭐야?"

"하루! 당신은?"

"급행열차, 급행열차는 거짓말쟁이!"

"오옷, 이름 쥑이는데."

"당신 목소리도 쥐익이는군! 노래해봐!"

"허걱, 얘기하려고 건 거 아냐?"

"아냐, 노래 불러줘."

"글쎄, 그건…… 잘못 건 거 아냐?"

"아냐, 무조건 불러줘."

"아니, 얘기를 하는 게 어때. 급행열차는 거짓말쟁이."

"닥쳐, 노래 불러달라고 했잖아!"

"얘기를 하지 않으려면……"

"당신, 노래할 줄 몰라, 엉?"

"몰라, 정 그러면 당신이 해."

"……"

"여보세요?"

"……"

"왜……, 그래요?"

"불러줘, 노래……, 하늘에 구름 떠가네, 보라색……"

지태는 컴퓨터가 없으니 당장 무엇을 해야 할지 막막했다. 다른 날 같으면 제일 먼저 긴 발을 주욱 뻗어 긴 엄지발가락으로 컴퓨터 버튼을 꾹 눌렀을 것이다. 컴퓨터 몸체가 부르르 떨면서 부팅이 되면 느리게 몸을 일으켜 의자에 엉덩이를 걸치고 앉았다. 그러면 사법고시 지망생 칠 년차의 하루가 시작되었다. 말이 칠 년차이지 지태는 내리 삼 년을 낙방하고 난 뒤부터는 법하고는 담을 쌓고 지냈다. 대신 원래 전공인 사이버커뮤니케이션이 그 자리를 대신했다. 칠 년 전 여름 현서랑 대학 은사님께 주례를 부탁하기 위해 모교에 가지 않았더라면, 그래서 과 불문하고 대학가를 질풍노도처럼 휩쓸고 있는 사법고시 광풍을 취재하고 있는 촬영 현장을 목격하지 않았더라면, 지태는 박봉이지만 T전자 벤처캐피탈 연구원 생활에 그럭저럭 만족하고 살았을 것이었다. 지금쯤 토끼 같은 딸도 하나 얻어 캥거루처럼 품에 끼고 주말이면 공원에서 자전거 페달을 밟고 있을 것이었다. 지태는 벽돌처럼 무지막지하게 벽에 쌓아놓은 엄청난 두께의 책들을 무람없이 올려다보다가 제 줄에서 위태롭게 튀어나온 헌법과 경제법, 민법 판례집들을 엄지발가락으로 톡톡 밀어넣었다. 그것들은 감나무에서 감 떨어지듯 하루 이틀 안에 지태의 다리 위로 기습 낙하할 것이었다. 현서가 비좁음을 참으면서까지 그것들을 내다버리지 않은 것은 무늬만이라도 지태의 정체성이 필요하기 때문이었다. 그리고 또 한 가지, 컴퓨터와 현서의 비염에 좋지 않은 영향을 끼치는 반지하의 만성 습기를 수백수천 쪽에 이르는 법이라는 이름의 종이책들이 빨아들이고 있기 때문이었다. 사마귀의 그것처럼 길고 연약한 지태의 다리에 가끔 철퇴를 때리듯 쿵 하고 떨어져 이미 삭을 대로 삭은 패배의 고통을 쩌르르하게 일깨워주기는 하지만 지태는 현서가 원한다면 죽을 때까지 그것들과 함께할 각오가 되어 있었다. 그나저나 언제나 컴퓨터가 문제였다. 하루면 된다고 기계를 가져간 기사는 하드에 치명적인 문제가 발생하여 완치되려면 적어도 사흘은 걸릴 거라고 했다. 만약 치료중 보관되어 있는 파일이 날아가더라도 책임을 묻지 않는다는 동의가 필요하다고 했다. 빌어먹을! 비록 충성을 바칠 직장은 없지만 지태로서는 컴퓨터가 없는 사흘은 삼십 일보다, 아니 그가 살아온 삼십삼 년보다 더 길게 느껴졌다. 지태는 눈을 떴으나 당장 발을 뻗어도 누를 버튼이 없자 엄지발가락을 허공에 던지고 빙빙 돌리다가 내려놓았다. 그러고는 이번에는 오른팔을 뻗어 티브이 리모컨을 잡아 오랜만에 티브이를 켰다. 티브이가 켜지자 다리를 움직여 화장실과 부엌을 번갈아 다녀왔고, 오랜만에 옷장을 열었다 닫았고, 그리고 오랜만에 현관문까지 나갔다가 돌아왔다. 그러는 사이 한 가지 사실을 알아냈다. 창 밖에 안개가 낀 것이었다. 지태가 사는 연립주택은 강으로 이어지는 천변과 유수지 사이에 위치해 있어서 일교차가 크게 나는 10월에는 아침이나 밤이나 안개를 피할 수 없었다. 그리고 2월, 환절기의 엷은 안개가 이따금 지태의 기분을 몽롱하게 만들어주었다. 지태는 지난 육 년 동안 유수지 인근을 벗어나본 적이 없었다. 덕분에 그는 냄새만으로도 그날 습기의 농도를 알아챌 정도로 안개에 통달했다. 지태는 몸 곳곳에 스며드는 안개의 느낌을 보다 정밀하게 느껴보고 싶은 마음에 콧구멍과 귓구멍, 눈구멍, 그리고 겨드랑이와 발가락 사이사이 그리고 가랑이까지, 몸에 난 구멍이란 구멍은 모두 활짝 열었다. 습기가 코끝에서 감도는 것으로 보아 엷은 안개였다. 컴퓨터가 돌아올 때까지 어떤 것도 할 수 없는 지태는 놀라운 일을 한 가지 하기로 결정했다. 집을 나가보기로 한 것이었다. 가출이 아니라 외출이라는 것을 오랜만에 하기로 한 것이었다. 『이반 데니소비치의 하루』를 읽던 대천해수욕장은 어떨까 상상을 하다가 현서가 가 있다는 서울 외곽의 호수에 가기로 마음을 돌렸다. 왕년의 배우 집으로 아기를 보아주러 간 현서를 찾아가는 것이었다. 밖에 나가본 지가 하도 오래된지라 잘 찾아갈 수 있을지 의문이었다. 그 동안 현서로부터 산발적으로 주워들었던 경로를 차근차근 정리해보았다. 호수로 가는 길은 대략 세 가지였다. 자동차를 끌고 가든지, 기차를 타고 가든지, 버스를 타고 가든지. 자동차를 끌고 가는 것이 가장 단순한 방법이었으나, 군데군데 녹이 슬고, 때로 십 리도 못 가서 엔진이 말썽을 일으키는 고물 자동차이다보니 기차나 버스 중 하나를 골라 잡아타는 게 나았다. 둘 다 호수 앞까지 닿지는 않는다고 했다. 지태는 무엇보다 그 점이 마음에 들었다. 지태는 이왕 날을 잡았으니 주어진 방법에서 가장 간단치 않은 노선을 선택하고 싶었다. 신촌역에서 기차를 타기로 최종 결정을 하고 거울 앞에서 정성껏 면도를 했다. 현서의 반응이 궁금했다. 지태는 마침 나오는 기지개를 여유롭게 켜며 스스로 흐뭇해져서 소리내어 흐흐 웃었다. 왕년의 배우는 한번 나갔다 하면 새벽에 들어오거나 다음날 오후가 되어서야 들어오기 때문에 현서는 보너스를 두둑이 받아서 좋다고 했다. 보너스를 챙긴 날 저녁에는 식탁이 기름졌다. 곱게 포장된 선물도 있었다. 선물이래야 지태로서는 달갑지 않은 배드민턴 채나 탁구공, 아령, 줄넘기 수준이었지만 현서의 성의에 감사하지 않을 수 없었다. 지태는 그날 밤만은 못 이기는 척 현서의 안간힘을 받아주다가 결정적인 순간에 현서를 압도하는 힘을 냈다. 그러면 어둠, 깊은 어둠 속에 안개가, 그 안개 속에 길이, 샛길이 보였다. 처음엔 빛이었던 한 점이 에스자로 늘어나 안개를, 그 지욱한 안개를 둘로 나누고는 뱀꼬리 사라지듯 다시 사라졌다. 가물가물한 의식 속에 현서의 가늘게 퍼지는 목소리가 울리곤 했었다. 다, 용서해줄게, 모두 다!

급행열차는 거짓말쟁이2

오전 열시. 레이크팰리스 뒤 카사빌딩 십층 스튜디오 PCC. PCC는 '폰 커뮤니케이션 센터'의 약자. 간판 로고가 심플하고 세련되어서 포토 아틀리에로 착각하기 쉽다. 문이 닫혀 있다. 나란히 붙어 있는 DVD영화방에 들어갈까 기웃거리다가 엘리베이터를 타고 내려온다. 마케팅 실장 G가 서 있다. 정수리 너머까지 벗어진 대머리인데, 신기하게도 머리카락 몇 올이 섬처럼 중앙에 떠 있다. "어? 누구시더라?" 나는 G를 기억하는데, G는 나를 전혀 기억하지 못하는 표정이다. 어제 G는 십오 분 동안 내 얼굴을 보며 고객 상담 요령과 주의점에 대하여 설명했었다. 그러고는 마침 맨 구석에 있는 7호실 상담원이 급하게 자리를 뜨자 당장 나를 그 자리에 투입시켰었다. 쪽방 안에는 컴퓨터 한 대와 수신용 헤드폰 한 대. "한번 해볼 테야?" G가 고유번호를 알려주고 로그인을 한 후 '통화 가능' 버튼을 누르고 나갔다. 나는 열두시에서 두시까지 헤드폰을 끼고 통화를 하다가 머리가 깨질 듯이 조여 와 밖으로 나왔다. 그리고 다시 들어가지 않았다. 어제 끝장난 애 보기를 처음 시작할 때도 한동안 심하게 두통을 앓았었다. "열이면 셋은 하루살이야." G는 내가 분명 다시 나타나지 않으리라 생각한 것이지, 나를 기억하지 못하는 것은 아니다. "가만 가만, 어제 두 시간 중 한 시간 사십 분이나 했어? 첫날치고는 성적이 좋군, 오우케이!" G는 잘하면 월 삼백은 거뜬히 해낼 거라고 한껏 부추긴다. 월 삼백이라. 연립주택 반지하로 옮기면서 천만원을 동업 자금으로 내놓자 옷장사를 꼬드긴 장본인인 사촌 미애는 장담했었다. 월 삼백은 거뜬히 하고도 남는다, 남아! 나도, 그래? 지태씨가 합격할 때까지 까짓것 실력 발휘 좀 해보지, 뭐! 하고 가볍게 응수했었다. 그런데 오픈한 지 육 개월도 못 가 월 삼백은커녕 꼬라박은 권리금 천만원도 못 챙기고 가게를 내놓고 말았다. 남대문시장과 동대문 두타 의류도매 상권을 대신할 패션몰을 표방했지만, 호수 옆에 새로운 패션 거리가 대대적으로 문을 여는 바람에 사람들이 몽땅 그리로 쏠려갔다. 삼백 미터에 달하는 보행도로 양쪽에 각종 의류 브랜드와 외식업체가 즐비했고 열두 개 상영관을 갖춘 복합 영화관에다 거리 중간중간 야외무대가 설치되어 한번 그곳에 발을 들여놓은 사람들은 빠져나올 줄을 몰랐다. "아, 9호실로 가세요!" G는 사정에 따라 재택근무도 가능하다며 출구 옆 9호실 문을 열어준다. 스튜디오 PCC는 삼십 평 남짓한 공간에 영점 팔 평짜리 쪽방 열두 개가 들어서 있다. 삼십 초당 구백원. 침묵은 금물. 어제와 마찬가지로 점심 식사 직후인 열두시 삼십분에서 한시 사이 집중적으로 전화가 걸려온다. 주엽동 프로게이머 Y라 밝힌 이십대 남자와 힘겹게 상담을 이어가다가 전화를 끊는다. Y는 심한 말더듬이. 몇 마디 하지 않고도 삼십 분이 훌쩍 지나 있다. 곧바로 다른 전화가 온다. 목소리라고 믿어지지 않을 만큼 괴이쩍게 얽은 소리가 툭 던져진다. 어제 전화를 걸어왔던 급행열차는 거짓말쟁이다.

*

　노인은 다리를 절룩거리며 계속 따라왔다. 지태는 조금 전 P역 광장에서 노인에게 호수로 가는 길을 물어본 것을 후회했다. 노인은 지태를 붙잡고 숨을 헐떡거리며 한참을 설명했는데, 잇사이로 바람이 새는 말투로는 도무지 호수의 위치를 종잡을 수 없었다. 지태는 할 수 없이 철도를 따라 난 길을 걸었다. 걷는 느낌이 생각보다 불쾌하지 않았다. 뻥 뚫린 길에 아무도 없는 것이 무엇보다 만족스러웠다. 주머니에 넣어온 쪽지를 꺼냈다. 혹시나 해서 현서의 가방에서 나왔던 쪽지를 가져온 것이었다. 레이크팰리스, 미관광장, 카르푸, 사법연수원, 호수, 육교, 카사빌딩, 레이크빌, 열시, 레이크팰리스. 되는대로 갈겨쓴 현서의 글씨를 조합해본 결과, 그리고 현서가 통화할 때 지껄이던 이름들을 기억해본 결과, 왕년의 배우가 산다는, 그래서 지금 현서가 아기를 봐주고 있는 곳은 레이크팰리스였다. 호수궁전, 왕년의 배우가 살 만한 한물간 이름이로군! 아무리 걸어도 아파트들뿐 길 끝이 보이지 않았다. 지태는 마치 자신이 조립한 로봇을 작동시키듯이 열심히 걸어보다가 조깅중인 중년 여자를 만났다. 그녀는 모자와 마스크로 얼굴을 가린 채 부지런히 걷고 있었다. 지태가 호수로 가는 길을 물어보려는데 중년 여자를 붙잡는 찰나 그녀는 벌써 십 미터나 앞서 나아가 있었다. 할 수 없이 자전거를 끌고 횡단보도 신호기 옆에 대기중인 젊은 여자에게 정확하고도 가까운 길을 알아냈다. 지태는 그녀가 알려준 대로 지금까지 걸어온 길을 거슬러내려가 첫번째 사거리에서 횡단보도를 건넜다. 다시 산책로를 따라 한참을 걸은 뒤 두 개의 육교를 지나 N백화점 사거리에 다다랐다. 대로를 건너 곧장 가면 호수라고 했다. 마침 신호등이 바뀌어서 횡단보도로 진입하는데 P역 광장에서 만났던 노인이 엎어지듯이 달려들어 지태의 옷자락을 잡아당겼다. 지태는 앞으로 나아가려던 발이 접질리면서 그 자리에 내동댕이쳐지듯이 나가 고꾸라졌다. 노인의 것이라고 믿어지지 않을 만큼 놀라운 괴력이었다. 절룩거리면서 힘겹게 뒤따라올 때는 언제고 노인의 당수(當手)는 늙은 수컷의 마지막 일격처럼 막강했다. 겉으로 보면 서른 살 남자의 장대한 기골을 갖춘 지태를 한 줌도 안 되는 백골 노인이 한 방에 쓰러뜨린 것이었다. 지태는 졸지에 길바닥에 주저앉아 있는 자신이 당혹스럽기도 했지만 불쾌하기 짝이 없었다. 일어날 생각도 하지 못하고 지태는 엉거주춤한 자세로 노인을 치켜보았다. "왜 이러십니까?" 그러자 노인은 아무 일도 없었다는 듯이 반가운 기색마저 보이며 입을 헤벌쭉 벌리고 흥쾌하게 웃었다. 그러고는 저는 다리를 사뿐히 옮겨디디며 지태보다 먼저 횡단보도를 건너갔다.

급행열차는 거짓말쟁이 3

"하늘에 구름 떠가네, 보라색, 그 향기도."

"노래, 좋아하나봐."

"이 몸이 하늘이면 얼마나 좋을까."

"노래 부르는 것도 좋아하나봐."

"내 곁에 사랑도 가네, 빨간, 입맞춤도."

"미안하지만, 노래 부를 만한 목소리는 아닌 것 같은데……"

"시간이 멈춰지면 얼마나 좋을까."

"굳이 노래를 부르고 싶으면, 여기 아니고도 많지 않아? 언젠가 시내에서 사 킬로미터를 간판만 보며 걸어간 적이 있었는데, 그 거리에 가장 많은 것이 노래방과 치과와 모텔이었어."

"비 맞은 태양도 목마른 저 달도."

"그런데 급행열차는 왜 거짓말쟁이라는 거지?"

"내일의 문 앞에 서 있네."

"P역에 급행열차가 있나?"

"아무런 미련 없이 그대의 미래 위해 돌아설거나."

"급행열차는 거짓말쟁이라는 말은 성립된다고 보는 거야?"

"타오르는 태양도 날아가는 저 새도."

"급행열차라는 것은 혹시……"

"다, 모두 다 사랑하리."

"혹시, 코뿔소?"

*

멀리서 가까이에서 귀에 익은 멜로디가 들려왔다. 멜로디는 하나가 아니라 돌림노래처럼 돌고 돌아 이 멜로디를 따라가다보면 저 멜로디가 흘러나오고 있고, 다른 멜로디를 쫓아가다보면 또다른 멜로디가 뒤따라붙었다. 지태는 솔개의 장난에 휘말린 듯 허공으로 눈을 올린 채

제자리를 맴돌았다. 소리는 광장 가 스테인리스 드럼을 높게 쌓아올린 탑 부근에서 들려왔다. 원뿔형의 화강암 꼭지에 다섯 가지 색깔의 바람개비를 내장한 아홉 개의 드럼이 방향을 달리하며 쌓아올려져 있었다. 바람이 불면 드럼 안의 오색 바람개비들이 사방팔방으로 돌아가는 것일까? 아이들 서넛이 자동차 핸들을 이리저리 돌리며 바람개비 탑 주위를 정신없이 휘젓고 돌아다녔으나 쏟아지는 햇빛 때문인지 드넓은 면적 때문인지 동선에 비해 전혀 실감이 나지 않았다. 지태는 햇빛을 피해 광장 가 나무 아래 놓인 벤치에 앉았다. 너무 오래 외출을 하지 않은 탓에 겨울의 미미한 광채에도 눈이 부셨다. 걸을 땐 몰랐는데 벤치에 앉아 무람없이 아이들 동선을 좇다보니 조금 전 바닥에 짓찧었던 엉덩이가 맹렬하게 쑤셔왔다. 노인은 그림자도 비치지 않았다. 그러나 불쾌감을 일으키는 노인의 홍소(哄笑)만은 그림자처럼 지태의 뒤통수에 따라붙었다. 지태는 노인이 쫓아올세라 헐레벌떡 일어나 횡단보도를 건너뛰다시피 대로변을 걸어온 자신의 모습을 떠올리고는 기분이 몹시 못마땅해졌다. 그러나 노인에게 당했던 순간만큼은 부지불식중에 차가운 손이 등골을 쓸어내리듯 공포스러웠던 것을 부인할 수 없었다. 심하게 절룩거리면서도 아무런 기척 없이 그토록 빨리 노인이 쫓아왔다는 것이 아무리 생각해도 기이하기만 했다. 지태는 어른거리는 그림자를 잡기라도 하듯 꼼짝하지 않다가 고개를 휙 하고 뒤로 돌렸다. 포클레인이 공중에서 서서히 손을 내리고 있었다. 손은 마치 지태를 향해 뻗어올 기세로 방향을 틀더니 어슷버슷 움직이기 시작했다. 지태는 마치 자신의 목덜미를 잡으러 다가오기라도 하듯 벤치에서 일어나 광장 안으로 뒷걸음질쳤다. 멜로디를 앞세운 꼬마 자동차가 지태의 뒷다리에 와

세게 부딪쳤다. 자동차가 지태의 오금에 박혀 움직이지 않았다. 아이가 다급하게 핸들을 이리 돌리고 저리 돌렸고, 그래도 자동차가 꼼짝을 하지 않자 이내 울음을 터뜨렸다. 지태는 오금을 한 손으로 붙잡고 울고 있는 아이를 달래려고 아이에게 몸을 굽혔다. 그때 마른하늘에 벼락 치는 소리가 귀청을 때렸다. "손대지 마세요!" 어디에 숨어 있었는지 조금 전까지 그림자도 비치지 않던 여자가 지태와 아이 사이로 와락 덤벼들었다. 지태는 난데없이 따귀를 얻어맞은 심정으로 아이에게서 한 발 물러섰다. 여자가 뒷주머니에서 동전 오백원을 꺼내 자동차에 투입하자 아이는 울던 울음을 뚝 그쳤고, 그와 동시에 자동차는 멜로디를 앞세우며 사방으로 내달렸다. 아이가 모는 자동차는 다른 아이들의 그것들에 비해 매우 위태로워 보였다. 드넓은 광장에 고작 서너 대의 자동차들이 달리고 있을 뿐이었지만, 아이의 자동차로 인해 광장은 대책 없는 난장판이 되어버리고 말았다. 지태는 마치 애비라도 되는 양 아이의 요란한 자동차를 아슬아슬하게 지켜보았고, 그러다 웬 여자와 나란히 서서 아이의 뒤꽁무니를 쫓고 있는 것을 깨달았다. 얼핏 여자가 자신을 경계하고 있는 느낌이 들었다. 지태는 여자의 얼굴을 확인해보고 싶은 가벼운 충동에 여자를 흘끔 내려다보았다. 여자의 손에는 바나나우유와 초코파이가 들려 있었다. 대기를 꽉 메운 겨울 햇살 때문인지 유난히 짧은 여자의 머리칼에서 백색에 가까운 보랏빛이 뿜어져나오고 있었다. 지태는 고개를 조금 더 돌려 여자의 표정을 살폈다. 웬일인지 여자는 울고 있었다. 여자는 마치 그렇게 소리없이 울고 있는 것이 매우 일상적인 일이라도 되는 듯이 흘러내리는 눈물을 아랑곳하지 않고 천방지축으로 날뛰는 아이만을 하염없이 바라보고 서 있었다. 지태는 아이에게 받힌 다리를 절룩이며 방금 전 앉았던 벤치 쪽으로 걸어갔다. 포클레인이 엉금엉금 좁은 도로를 거의 빠져나가고 있었다.

급행열차는 거짓말쟁이 4

오후 네시 반. 열두 대의 전화기 중 절반이 통화중이다. 왼쪽 8호실 폭탄 머리의 여자가 수화기를 거칠게 내려놓더니 담뱃갑을 꿰차고 밖으로 나간다. 그리고 오른쪽 10호실 짧은 스포츠형 머리의 여자가 초코파이와 바나나우유를 들고 와 앉는다. 강남의 닥터 봉이라 밝힌 서른일곱 살 사내는 인사도 생략하고 "너, 몇 프로냐?" 하고 묻는다. 보통 인사를 나눈 다음에는 나이를 묻고, 직업을 묻고, 그리고는 가족관계, 이성 파트너의 유무, 관계의 밀도, 만족도 등을 두서없이 주고받는다. 예외적으로 나오는 닥터 봉의 물음에 순발력 있게 대처하지 못해 전화가 끊길 뻔한다. 광고 카피가 번뜩 생각난다. "2프로!" 곧바로 닥터 봉의 휘파람 소리가 휘익 날아든다. "말 되네. 그렇지, 목소리도 신체 일부지, 좋다, 2프로!" 닥터 봉은 십오 분간 내 신체 부위의 퍼센티지를 능란하게 훑다가 서둘러 끊는다. 전화기 저편에서, 아마 문 밖인 듯, 짬봉 하나 울면 하나! 가 외쳐진다. 닥터 봉은 십오 분간의 투자에도 불구하고 10퍼센트 목적을 달성하지 못했다. 그의 말에 따르면 10퍼센트란 오프라인의 만남을 의미한다. 다섯시가 되자 전화가 뚝 끊긴다. 그 동안 열두 통의 전화를 받았지만, 시간을 모두 합쳐보면 세 시간 안팎이다. 예상보다 성적이 저조하다. 전화를 끊는 즉시 쓰레기통을 비우듯이 머리를 최대한 뒤로 젖히며 턱이 울리도록 이를 따다닥 부딪친다. 열두 명의 목소리들 중에 한 목소리, 그러나 목소리라고는 도무지 믿기지 않는 사내의 목소리가 되살아난다. 복화술을 하는 사내를 만나본 적은 없지만, 전화를 받는 즉시 그가 복화술을 구사한다는 느낌을 받았었다. 스물여덟, 나와 동갑이라고 말 트자고 했지만, 사내는 어쩌면 이제 막 몽정을 시작한 열여섯 보이이거나, 아니면 환갑을 훌쩍 넘긴 늙은이일지도 몰랐다. 처음 사내의 목소리가 귀에 닿았을 때 녹슨 칼날이 귓불을 스치듯 소름이 좌악 끼쳤는데, 노래까지 듣고 보니, 섬뜩함보다는 호기심이 발동했다. 목소리를 얼굴에 대입시켰을 때는 오페라의 유령이나 지킬 박사의 하이드처럼 차마 눈뜨고 보기 흉측한 얼굴일 것 같은데, 그러나, 그와는 정반대, 입술이 유난히 붉은 열여섯 살 보이이거나 손등이 유난히 보드라운 불혹의 사내일지도 모른다는 생각도 들었다. *하늘에 구름 떠가네, 보라색, 그 향기도.* 그러나 노래, 한참 지난 노래를 부르는 것으로 보아 그 목소리의 주인공은 후자에 가까웠다. *이 몸이 하늘이면 얼마나 좋을까……* 십 분간 전화를 기다리다가 '통화 가능'에서 '다른 용무중'으로 전환하고 쪽방을 나온다.

*

현서는 단번에 전화를 받지 않았다. 지태가 레이크펠리스 아래에 와 있는 줄도 모르고 현서는 왕년의 스타가 언제 귀가할지 모른다고 시큰 둥하게 말했다. 지태는 바람개비 탑을 올려다보며 컴퓨터가 아직도 오지 않았다고 열심히 투덜댔다. 현서는 그럼 이번 기회에 밖에 좀 나가 보면 어떠냐고 슬그머니 부추겼다. 처음 몇 달 동안 현서는 별별 핑계를 대며 지태를 밖으로 불러내려고 애를 썼는데, 요 몇 년 사이엔 일 년에 서너 번, 컴퓨터 고장-수리 기간을 제외하고는 덮어두고 살았다. "우유나 시리얼이 떨어졌을 텐데, 그렇다고 사왔으면 해서 하는 말은 아니고, 피시방이나 보드방 같은 데라도 다녀오면 어떨까? 길 건너에 새로 생겼던데……" 지태는 평소대로 현서의 제안을 묵묵부답으로 무시하고 끊었다. 그리고 왕년의 영화배우가 산다는 호수궁전을 자신만만하게 올려다보며 씨익 웃었다. 그때 갑자기 등뒤에서 함성이 터졌다. 돌아보니 광장 한켠에서 인라인하키 경기가 한창이었다. 열 명의 헬멧 쓴 인라이너들이 스틱을 이리 치고 저리 치며 레이싱을 하면서도 서로 진로를 방해하지 않고 아찔하게 비켜나갔다. 지태는 움찔움찔 눈을 찡그리며 인라인 하키를 집중해 보다가 그 옆 사람들이 빙 둘러서 있는 벤치 쪽으로 걸어갔다. 그곳에는 열대여섯 살쯤 되어 보이는 인라이너 서넛이 종이컵을 한 뼘 간격으로 주욱 늘어놓고 경쟁적으로 지그재그 묘기를 보이고 있었다. 관중은 지태가 머리를 디밀 때까지만 해도 열대여섯 명에 불과하던 것이 삽시간에 두 배 세 배로 불어났고, 인라이너들은 구경꾼들의 뜨거운 호응을 의식한 듯 카세트테이프의 볼륨을 높이고 더욱 고난도의 슬라럼 묘기를 선보였다. 관중들은 종이컵의 간격이 더 좁아질 때마다, 인라이너의 재빠른 발이 그 좁은 종이컵 사이를 아슬아슬하게 비켜나가 완주할 때마다, 탄성을 지르며 열광했다. 인라이너에게 쏠리는 관중들의 눈빛이 이글거리는 맹호의 그것처럼 번득번득했다. 지태는 자신도 모르게 관중들 맨 앞에 서 있는 것을 깨닫고는 서둘러 관중 숲을 뚫고 밖으로 나가려고 했다. 그러나 관중들이 어찌나 완강히 서로 밀착시킨 채 벽을 만들고 서 있는지 웬만한 힘으로는 돌아서기조차 힘이 들었다. 사람들을 헤치고 나오느라 어거지로 힘을 쓴 탓에 엉치뼈의 통증이 척추까지 올라왔다. 분명 뼈에 이상이 있는 게 틀림없었다. 망할 놈의 늙은이! 노인에게 생각이 미치자 지태의 두 눈에서 불꽃이 튀었다. 석양빛과 정면으로 마주친 것이었다. 엉치뼈를 손바닥으로 살살 문지르며 걸음걸이가 서툰 환자처럼 재게재게 걸어 옆 벤치에 자리를 잡고 앉자마자 웬 물개 같은 여자가 헬멧으로 가슴을 치받으면서 지태의 품으로 덜컥 안겨들었다. 그 바람에 지태는 여자를 안고 벤치 아래로 나동그라졌다.

급행열차는 *거짓말쟁이 5*

"몇 살이에요?"

"스물여덟, 그쪽은요?"

"열아홉."

"웁스, 학생이군요."

"아녜요."

"그럼…… 일해요?"

"것두, 아녜요."

"그럼, 뭐 해요?"

"있어요, 그냥."

"심심하지 않아요?"

"별루."

"혼자 살아요? 아님 가족하고?"

"어머니하고 둘이."

"여친 없어요?"

"있었는데…… 헤어졌어요."

"왜요?"

"내가 싸이코래요."

"이상한 취미 있어요?"

"글쎄요, 모르겠어요."

"그러면 뭘까요?"

"히키코모리래요, 내가."

"히키…… 일본말 같은데?"

"아버지가 일본으로 세미나를 다녀온 다음부터 그렇게 불러요."

"어머니와 둘이 산다면서요."

"이혼했어요."

"아, 미안. 그런데 히키…… 그게 뭔데요?"

"방에만 틀어박혀 있는 나 같은 애들을 일본에서는 그렇게 부른대요."

"방콕족을 말하는군요? 나두 방콕족을 한 명 알아요."

"아버지가 일본 다녀오기 전엔 그렇게 불렀어요. 그때까지는 병자 취급 안 했는데, 이젠…… 감시가 심해요. 이러다가 아버지가 어떻게 나올지 몰라요. 하지만 나 때문에 어머니 아버지 두 분이 가까워졌어요."

"병이라면, 증세가 뭘까요?"

"방 밖으로 나가지 않는다, 는 거죠……"

"언제부터 나가지 않았죠?"

"십 개월쯤?"

"계기가 있었나요?"

"작년 만성 신장염으로 이 주일간 입원했다가 학교에 가니 예진처럼 교실에 앉아 있을 수가 없었어요. 어머니는 늘 직장에서 늦게 퇴근하시고, 혼자 있는 시간이 얼마나 좋은지 알았어요."

"방에 뭐가 있죠?"

"컴퓨터, 전화, 침대, 러닝머신……"

"러닝머신?"

"하도 방 밖으로 나가지 않으니까 어머니가 지난달에 들여놔줬어요. 어머니 생각해서 가끔 그 위에서 걸어봐요."

"정말, 걷고 싶지 않아요?"

"별로."

"방에 창이 있나요?"

"있어요. 두 개. 그런데 어두운 재색 롤스크린으로 막아버렸어요."

"밖이 보고 싶지 않아요? 하늘이나 구름이나 석양, 비나 눈, 안개 그런 거……"

"별루. 그런데 이런 말 해도 되나?……"

"말해요. 뭐든지."

"페니스가……"

"응, 그게……"

"페니스가 눈물을 흘릴 때…… 스크린을 걷어요. 개 표정, 개 눈물 본 적 있어요?"

"음, 없어요, 아직. 어떤데요?"

"어떨 것 같아요?"

"글쎄요……"

"깨끗해요, 햇빛 속에서는 아주 투명해요. 난 그 눈물을 오래 바라봐요, 마를 때까지."

"그럴 수 있어서 좋겠네요. 걔에 대한 감정은 뭐죠?"

"사랑, 뭐랄까, 아기에 대한 보살핌…… 유대감 그런 거죠. 형제애 같은……"

"나르시스군요."

"그외엔 귀찮기만 해요."

"귀찮다니요? 뭐가요?"

"하늘 같은 거, 구름 같은 거. 쓸데없이 생각이 많아져요. 생각하는 거 제일 싫어요."

"친구는요, 대화 친구 있어요?"

"메신저로 주고받았었는데, 계속 말하기 싫어서 끊었어요."

"그럼, 왜 여기에 전화를 했어요, 말하기 싫은데?"

"가끔, 아주 가끔, 내 아기로는 채워지지 않는 무엇, 그러니까 누군가와 연결되어 있고 싶을 때가 있어요. 당신의 숨소리 같은 거……"

*

여자는 새 같았다. 날개가 긴 검은 새. 새는 율 브린너를 닮은 사내의 손끝에서 원을 그리며 날아왔다 날아갔다 했다. 중학생 때 삼촌 방에서 율 브린너의 영화 〈왕과 나〉를 본 후 그 이름을 떠올리기는 아마 처음이었다. 율 브린너는 두상이 매끄럽게 빠지기도 했지만 얼굴과 목덜미 심지어 두피 속까지 구릿빛으로 번들거렸다. "이곳이 처음이죠?" 지태를 보고 율 브린너가 쉽게 말을 붙였다. 율 브린너 뒤로 롤러블레이드가 사이즈별로 주욱 놓여 있었다. "어떻게 알죠?" 지태가 놀랍다는 듯이 묻자 율 브린너가 부리부리한 눈으로 선하게 웃으며 말했다. "여기에서 나 모르면 간첩이죠. 바꾸어 말하면 처음 오는 사람 모르면 저도 여길 떠나야 하구요." 율 브린너는 걸릴 것 없이 시원한 머리만큼이나 성격 역시 툭 트여 보였다. 대여섯 살 아이들부터 예순에 가까운 중년 남자들에 이르기까지 수시로 율 브린너에게 롤러블레이드를 빌려갔다. 율 브린너는 일일이 보호대를 매주며 넘어질 때의 요령과 간단한 레이싱 동작을 보여준 뒤 광장으로 쑥 밀어넣었다. "뭐, 재밌는 거라도 찾았나요?" 율 브린너는 아이를 동반하지도 않고, 그렇다고 롤러블레이드를 탈 생각도 하지 않고 벤치에 죽치고 앉아 광장에서 일어나는 일들을 바라보는 지태가 궁금한지 계속 관심을 보였다. "글쎄요." 솔직히 지태에게는 광장의 일들이 새로울 게 하나도 없었다. 슬라럼도, 인라인하키도, 여자들의 인라인 강습도 인터넷에서 이미 본 것들, 이미 아는 사실들이었다. 누군가의 홈피 게시판에는 슬라럼에 대해 길게 댓글을 달아놓기까지 했었다. 그날 광장에서 일어난 일 중, 아니 그날 하루 동안 일어난 일 중 전혀 예측할 수 없었던 것은 그가 아주 오랜만에 외출을 했다는 것, 그리고 웬 수상쩍은 늙은이를 만났다는 것이었다. 지태는 한동안 석양을 등지고 율 브린너와 나란히 앉아 조금 전 자신에게 돌진해왔던 여자의 부드러운 유영을 바라보았다. "얼마나 됐을 것 같소?" 율 브린너는 두 손을 뒤로 하고 몸을 깊숙이 낮추고 머리는 정면을 향한 채 긴 다리를 번갈아 교차시키는 여자의 포즈를 만족스럽게 바라보다가 지태에게 질문을 던졌다. 여자는 멀어질 때는 기러기 같았고, 가까워질 때는 독수리 같았다. 그리고 이따금 알바트로스처럼 비틀거리다가 곧바로 기러기의 유연함과 독수리의 당당함을 회복했다. "글쎄요, 한 석 달?" 율 브린너는 고개를 저으며 여자에게 한 바퀴 더 돌라는 사인으로 팔을 휘저었다. "아니, 나이 말이오." 지태는 관심 없는 일에 머리를 쓰는 게 마땅치 않았지만 율 브린너에게 호감이 생겨서 대화를 이어갔다. "글쎄요, 한 서른?" 율 브린너가 역시 고개를 젓더니 지태를 정면으로 바라봤다. "쉰!" 선선하던 율 브린너의 눈이 도전적인 빛을 띠었다. 예상과 크게 빗나가기는 했지만 지태는 그다지 놀라지 않았다. "이 일로 먹고 살고 있긴 하지만, 때로 여자들의 집념이 무서울 때가 있어요." 지태는 현서를 생각하고 씁쓸하게 웃었다. "왜 요즘 여자들이 롤러블레이드에 그토록 매달릴까요." 누군가의 홈피 게시판에 짐짓 전문가연하며 긴 댓글을 달기는 했지만 요즘 여자들의 롤러블레이드 열광 사태에 대해서는 생각해본 바가 없었다. "한때 여자들이 자동차에 자신의 전부를 걸었죠. 핸들만 잡으면 세상을 마음대로 운전할 수 있었던 거죠." 여자가 광장을 한 바퀴 돌아오자 율 브린너가 벤치에서 일어나 손뼉을 세 번 쳤다. 그러자 슬라럼 묘기를 구경하던 관중들 속에서 대여섯 명의 여자들이 떨어져나와 율 브린너에게 다가왔다. "그런데 지금은 인라인이죠. 자동차, 애인 그리고…… 혹시, 저 속에 당신 아내가 있소?" 지태는 다가오는 여자들의 얼굴을 일별하다가 롤러하키 골대를 절룩거리며 지나가고 있는 노인을 발견하고는 입술을 꽉 깨물었다.

급행열차는 거짓말쟁이 6

"안개가 끼었어."

"그러나 아직 엷은 안개야."

"안개를 좀 아는군. 안녕, 하루! 인사가 늦었지?"

"안녕, 급행열차는 거짓말쟁이, 오늘 두번째군. 내가 한 가지 맞혀볼까?"

"뭔데?"

"당신, 복화술 배웠지. 그리고 얼마 안 됐지!"

"히힛, 당신이 맞혀야 할 건 그게 아냐."

"또 딴전이군. 복화술 시험용치고는 이런 전화 쓰기 비싸지 않아? 혼자 살지?"

"내 목소리 반갑지 않은 거 안다. 듣기 괴로운 것도 알아, 안다."

"아냐, 재밌어. 아까 노래는 정말 소름끼치게 인상적이었어. 평생 못 잊을 거야."

"……"

"왜 그래?"

"……"

"왜 그러는 거야? 아, 내가 알아맞혀야 할 게 따로 있다고 했지?"

"……그, 래."

"그게 뭐지?"

"나……, 어딨게? 알아맞혀봐."

"생각보다 귀여운 구석이 있군. 글쎄, 집이라고 하기엔 너무 심심하고, 사무실도 아닐 테고……, 자동차 안?"

"틀렸어."

"아, 급행열차, 열차 안. 아니면 대합실, 맞지?"

"그것도 아냐, 아냐."

"그럼……"

"안개…… 엷은 안개 사이에……"

"이봐, 농담 그만 하고 이제 제 목소리를 내는 게 어때?"

"믿지 않는군, 곧 알게 될 거야, 사이렌 소리가 호수를 흔들어놓을 때……"

"호수? 겁주는군. 계속 이러면 내가 전화를 끊는 수밖에 없어."

"끊지 마, 그러지 마, 노래를 불러줘, 그 노래……"

"정말 안 되겠군, 당신과 열차에 대해서, 세상의 모든 열차에 대해서 진지하게 대화하고 싶었는데."

"하늘에 구름 떠가네, 보라색, 그 향그으도으윽……"

"이봐요, 왜 그래요?"

"……"

"여보세요, 여보세요?……"

*

호수는 보이지 않았다. 지태는 안개를 뚫고 연달아 울려대는 사이렌 소리를 들으며 P역을 향해 늘적는적 걸음을 옮겼다. 현서는, 왕년의 배우가 아무래도 오늘밤 새우고 들어올 것 같다고 했다. 안개 때문에 아기가 호흡 곤란을 겪고 있다고 했다. 웬일인지 현서가 노래를 불러줬다. 아이를 재우기 위해 노래를 부른다고 했는데, 노래는 자장가가 아닐뿐더러 현서에게서 한 번도 들어보지 못한 노래였다. *하늘에 구름 떠가네, 보라색, 그 향기도……* 현서의 목소리가, 아니 노래의 내용과 선율이 나른하면서도 위태로운 면이 있었다. *이 몸이 하늘이면 얼마나 좋을까……* 지태가 옛날에 삼촌 방에서 몇 번 들어본 노래였다. 안개 속에서, 흔들리는 열차 안에서 계속 노래의 여운에 사로잡혔다. 헝가리의 전설적인 죽음의 노래, 〈글루미 선데이〉와 흡사한 불온한 중독성이 있었다. 노래를 들은 젊은이들은 치명적인 전염병에 걸린 듯 죽어나갔다. 지태가 강과 유수지 사이, 연립주택 반지하 계단을 밟고 내려가자 컴퓨터가 기다리고 있었다. 컴퓨터 전원을 넣자마자 방 안이 환해졌다. 인터넷에 접속하자 한 시간 이내 핫 뉴스 난에 세 건의 사건이 올라와 있었다. '머리 둘 달린 아이 결국 사망' '신촌 나이트클럽에 최루탄 투하, 600명 피신' '80년대 물고문으로 악명을 떨치던 70세 전직 형사 호수 자살, 죽음 직전까지 통화중'…… 지태는 무중력 상태에 빠져 모니터 화면을 바라보며 소리없이 입술을 달싹였다. *내 곁에 사랑도 가네, 빠알간, 입맞춤도. 시간이 멈춰지면, 얼마나 좋을까……* 현서가 한 가지 물어볼 것을 빼먹었었다고 다시 전화를 걸어왔다. "그런데 어디…… 나갔었어?" 지태는 마지막 급행열차를 타기 위해 전속력으로 달렸던 순간을 꿈처럼 떠올리며 현서에게 거짓말을 했다. "아니, 여기 주욱 있었어!" 현서는 안개가, 엷은 안개가 끼었다고 말하고는 전화를 끊었다. 그리고 밖은 또다시 사이렌 소리.

••• 꽃 피는 봄이 오면

1

지하도 위 네거리. 대기중인 견인차 두 대가 아직 한복판에 그대로 있었다. 지난밤 인근에서 사고가 없었던 모양이었다. 지하도를 통과하는 차들은 서울에서 들어오거나 그곳으로 나가는 차들이 대부분이었다. 지하도 위보다 지하도로 통행하는 차들이 압도적으로 많지만, 사고는 지하도보다 그 위에서 빈번하게 일어났다. 네거리라고는 해도 출퇴근 시간을 제외하고는 차량 통행이 머츰했다. 하지만 햇빛이 쏟아지는 날이면 한적한 네거리의 진면목이 그대로 드러났다. 빛의 강도에 따라 바닥에 펴져 있던 파편의 잔재들이 오색, 팔색의 오묘한 빛을 뿜어내는 것이었다.

방금 전까지 지하도 위 네거리 횡단보도 앞에 서 있던 소녀가 요가용 매트리스를 가지러 침실에 다녀오는 사이 사라졌다. 나는 유리창으로 바짝 다가가 직선으로 건물 아래를 내려다보았다. 어디에도 소녀는 보이지 않았다. 나는 그날처럼 소녀를 쫓아 곧바로 건물 아래로 내려가지 않았다. 기다리던 전화가 마침 걸려왔기 때문이었다. 전화는 이라크 파견 통역 군무원 시험의 이차 합격을 전해주었고, 마지막 삼차 시험인 면접일은 열흘 뒤임을 환기시켜주었다. 열흘. 전화를 끊은 뒤 나는 나에게 남은 생이 열흘이라도 되는 것처럼 열흘이라는 시간의 사용에 사로잡혔다.

나는 네거리의 소녀를 주시하기 전, 요가를 시작하던 참이었다. 그리고 한국 근대문학도이자 소설가 지망생으로 김옥균을 암살한 홍종우의 족적을 밟기 위해 상하이에 머물고 있는 Y에게 이메일 답장을 하고, 석주 오빠의 축하행사가 마련된 M시로 내려갈 계획이었다.

신문에서 이라크 파병 통역 군무원을 뽑는다는 기사를 보고 지원을 하면서도 사실 합격에 대한 기대는 오십 프로에 불과했다. 결혼과 동시에 바그다드로 발령이 난 규환을 따라 이 년간 그곳에서 살긴 했지만, 대학에서 아랍어를 전공한 것도 아니었고, 돌아와서 아랍어 관계 일을 계속 한 것도 아니었다. 그리고 결정적으로 예상 외로 지원자가 많이 몰렸다는 뉴스 보도를 접하고는 그 오십 프로의 기대마저 접으려고 했던 게 사실이었다. 기대를 접으면서 차라리 잘 된 일이라고 자위했었다. 한 달 후면 살고 있는 아파텔을 처분하고 다른 데로 이사를 가든가, 대출받은 융자금을 갚든가 해야 하는 상황에서 오급 공무원 직급이 주어지는데다가 특별 보너스까지 합치면 월 급여 오백만원이라는 파격적인 조건에 지원을 생각했지만, 지원서를 내기까지 수십 번 엎치락뒤치락 결심을 번복했었다. 바그다드, 그곳은 규환과 함께 살 때는 사랑의 장소였지만, 돌아와서 규환이 췌장암으로 급작스럽게 생을 마감한 뒤에는 추억과 회한의 장소였다.

그러나 나는 결국 바그다드 행을 선택했다. 바그다드에서 죽든가, 바그다드에서 살아 돌아오든가. 그뒤는 지금 살고 있는 아파텔의 사정과 마찬가지로 어정쩡하게 놓여 있는 내 입지도 분명해질 터였다. 결혼 전 규환이 분양받았던 아파텔은 아이엠에프 때 건설이 중단되었다가 규환이 암 진단을 받기 직전 완공이 되어 입주를 하긴 했지만 규환은 발도 들여놓지 못한 채 병원에서 숨을 거두고 말았다. 규환을 떠나보내고 이 년 동안 정신적인 공황상태에서 어디에서도 조달되지 않는 생활비를 아파텔을 담보로 융자받아 쓴 것이 아파텔 거래가의 반에 육박해왔다. 아파텔의 비싼 관리비와 융자금의 높은 이자를 감당하고 살기 위해서는 이제는 밖으로 나가 직장을 구해야 했다. 더이상 자포자기 상태로 세상과 절연한 채 살아갈 수는 없었다. 그리고 무엇보다 규환이 내게 남긴 아파텔을 온전히 지키고 싶었다. 아니 그럴 의무가 있었다. 바그(神), 다드(建設), 즉 신이 건설한 도시. 규환을 떠나보내면서 신에게 간절히 매달려보았지만, 그러다 매몰차게 버리기도 했지만, 다시, 아니 이제는, 대상화된 신이 아니라, 내 안의 신, 나 자신을 확인하기 위해, 전쟁으로 무참히 파괴된 도시, 바그다드 행이 불가피했다. 일차 서류심사 후 열흘, 이차 필기/회화 시험 후 또 열흘, 결과를 기다리는 동안 나는 이 년 전부터 해오던 대로 요가로 마음을 평정하며 하루를 시작하곤 했다. 그리고 가끔 그 아이, 아니 그 소녀를 생각했다.

그 소녀, 그러니까 앞머리를 일자로 자른 그 여자아이는 지난 여름 햇빛이 맹렬해지려는 오전 열시경 네거리 모퉁이에 처음 모습을 드러냈었다. 그 시간이면 나는 언제나 창이란 창은 모두 열어놓고 햇빛 쏟아지는 창 옆에서 요가를 시작하곤 했다. 그날도 전날과 마찬가지로 그 시간

다리를 옆으로 벌리고 서서 삼각 체위에 들어가고 있었다. 숨을 들이마시면서 양손을 옆으로 펴고 숨을 내쉬면서 몸을 한쪽으로 기울였다가 다시 숨을 들이쉬면서 처음 자세로 돌아오는데 소녀가 눈에 들어왔었다. 온몸을 이완시키고 생각을 비우면서 오직 나라는 자유로운 개체 속으로 몰입해들어가는 상태에서 창 밖의 풍경이 눈에 들어오는 일은 드물었다. 그런데 소녀의 모습은 면도날로 예리하게 망막을 베듯이 내 눈에 들어왔고, 나는 삼각 체위 다음에 이어지는 갈고리 체위는 할 생각도 않고, 계속 창 밖의 소녀를 주시했다. 교복 차림은 아니었지만, 그 시간 소녀가 있어야 할 곳은 견인차가 대기중인 네거리가 아니었다.

소녀는 한 손에 아무렇게나 가방을 쥔 채 한동안 오색, 팔색의 파편들이 맹렬하게 빛을 뿜어내는 네거리를 바라보고 서 있었는데, 그곳이 처음인 듯, 어디로 가야 할지 망설이고 있는 듯했다. 나는 갈고리 체위를 준비하며 엄지 발끝까지 붙이고 서서 소녀의 다음 행동을 기다렸다. 예기치 않게 소녀의 일거수일투족을 감시하고 있는 나 자신을 의아하게 생각하면서도 소녀와 소녀를 그곳에 부려놓은 지프차를 주목하지 않을 수 없었다.

지프차는 강 쪽으로, 그러니까 서울 쪽으로 내달렸고, 네거리 신호기 옆에서 신호가 바뀌길 기다리듯 서 있던 소녀는 정작 신호가 바뀌자 쥐고 있던 가방을 어깨에 둘러메고 뒤돌아서 공원으로 들어갔다. 바람직하지 않은 외출에서 억지로 귀가하는 것처럼 소녀는 신발을 구겨신은 채 어기적거리며 걸음을 옮겼는데 소녀의 발길이 닿은 곳은 공원 입구 우측에 있는 공동 화장실이었다.

나는 갈고리 체위에서 물구나무 체위를 하고 전신 체위로 들어가면서 화장실로 들어간 소녀의 영상을 떨쳐버리려고 했다. 그런데 내가 자세를 바로 하고 섰을 때 소녀는 기다렸다는 듯이 화장실에서 나왔고, 처음과 마찬가지로 네거리 신호기 옆에 데퉁맞게 걸어가 섰다. 복장이 교복으로 바뀌어 있었다. 소녀는 네거리에 작열하는 오색, 팔색의 햇빛을 한동안 바라보고 서 있다가 마침내 횡단보도를 건너 내 시야에서 사라졌었다.

오늘, 그 아이, 그러니까 단발머리 소녀가 두 대의 견인차가 대기중인 지하도 위 네거리에 다시 모습을 드러낸 것이었다. 소녀를 태우고 왔던 지프차는 소녀를 부려놓은 후 그날과 마찬가지로 강 쪽으로, 그러니까 서울 쪽으로 내달렸고, 소녀는 네거리에 대기중인 견인차를 한참 동안 바라보더니 뒤돌아서서는 사타구니에 종기라도 난 듯 다리를 약간 벌린 채 어기적거리며 화장실 쪽으로 걸어갔다.

나는 육 개월 전 그날과 마찬가지로 막 하려던 삼각 체위를 하고, 갈고리 체위와 물고기 체위를 거쳐 전신 물구나무 체위까지 마치고 자세를 바로 하고 섰다. 육 개월이란 시간이 전혀 느껴지지 않을 만큼 똑같은 상황이 네거리와 공원과 그들을 내려다보고 있는 주상복합 아파텔 건물 칠층 창가에서 벌어지고 있었다. 오전 열시 전후, 그리고 오후 여덟시 전후, 지프차와 소녀, 트럭과 소녀, 수입 세단과 소녀, 밴과 소녀, 그리고 택시와 소녀까지 네거리 공원 입구에서 볼 수 있는 일상적인 일이라 특별히 놀랄 것도 없었다. 그러나 단발머리 소녀의 경우 핀셋으로 고막을 살짝 건드리듯 나를 고도로 자극했다.

소녀가 사라진 네거리, 신호등이 깜박이고, 공중 전화기와 커피 자판기가 서 있을 뿐 사람 그림자는 도무지 얼씬도 하지 않았다. 방금 소녀가 서 있던 네거리 모퉁이를 내려다보면서 나는 그날과 다른 무엇을 찾

아내고자 했으나 허사였다. 한여름의 맹렬한 햇빛이 아닌 초봄의 불안
정한 기류가 네거리 모퉁이를 채우고 있을 뿐이었다. 나는 삼각 체위도
답장도 보류하고 냉장고에서 바나나와 우유를 꺼내 간단한 아침식사를
한 뒤 M시로 향했다.

2

    서해 남도 끝 항구도시. 모처럼 미풍에 햇살이 따사로웠다. 바다가
내려다보이는 연병장 마당에서 팡파레와 함께 올 사법고시 수석 합격
자 황석주의 축하행사가 시작되었고 이어 체육관으로 자리를 옮겨 축
하연이 열렸다. 입구에서 마주친 석주 오빠가 "그래, 이라크로 간다고?
언제 가냐?" 하고 손을 잡는가 했는데, 이내 다른 하객들의 인사에 답
례하느라 바빴다. 그날은 석주 오빠의 축하 자리였지만 석주 오빠가 나
고 자란 M시의 창원 황씨 종친회 같았다. 석주 오빠와 이종지간인 내
가 아는 얼굴은 거의 없었지만, 옆에서 뒤에서 흘러나오는 대화들을 통
해 서울에서부터 부산, 전주, 경주, 부천, 분당, 심지어 강릉에서까지
차를 대절하거나 삼삼오오 짝을 지어 내려온 것을 알았다. 그 많은 황
씨 집안 사람들 중 다만 한 사람, 정작 있어야 할 한 사람, 그러니까 오
늘 주인공인 사법고시 수석 합격자의 모친이자 내 어머니의 유일한 혈
육인 이모만이 그 속에 없었다. "그런데 이모님은요……" 하고 운을 떼
자 올케언니는 얼른 내 손을 잡더니 구석으로 끌고 갔다.
    "그러니까……, 못 오셨어요."

올케언니는 지나다니는 하객들과 눈이 마주칠 때마다 눈썹을 치켜올리며 특유의 상냥한 눈웃음을 지었다.

"왜요? 어디 편찮으세요?"

"아뇨, 저이가 안 오시는 게 좋겠다고 결정을 해서."

나는 '결정'이라는 단어에서 옛날 고등학교 때 석주 오빠의 말버릇을 떠올리며 사람들에게 둘러싸여 있는 석주 오빠를 힐끔 쳐다봤다. 여전히 앳된 얼굴에 겸손함이 몸에 배어 있었지만 석주 오빠도 어느덧 불혹의 나이를 지나가고 있었다. 매년 사시 합격자 천 명 시대에 살고 있는 마당에, 그리고 변호사 취업난이 뉴스의 초점이 되고 있는 마당에, 팡파르를 울리는 축하연이 구시대적인 허례허식으로 여겨질 법도 했으나, 거기 모인 사람들은 표면적으로는 진심으로 축하하고 자신의 일처럼 흥분된 모습들이었다.

"그럼, 보령에 혼자 계시는 거예요? 사돈에 팔촌까지 초대한 마당에요?"

몇 발자국 떨어진 곳에 언제 왔는지 내내 보이지 않던 희진이와 동진이가 뷔페 테이블 건너편에서 나를 보고 반갑게 손짓을 하고 있었다.

"그렇게 됐어요, 오빠가 초대한 것도 아니구. 종친회에서 신문을 보고 알고…… 어머니는 며칠 전에 오빠가 찾아뵙긴 했어요, 미리."

한동네 이웃에 살던 희진이와 동진이까지 온 마당에 이모님의 자리가 없다는 것에 은근히 부아가 치밀었다.

"꼭 그렇게 해야 할 이유가 있었어요? 제가 이렇게 말할 자격은 없지만……"

소리가 커지는가 싶자 올케언니가 잡고 있던 내 손을 꾹 누르며 주위를 살펴봤다.

"이해해주세요, 아가씨. 나도 어머니를 모시고 싶었지만, 야외행사라 바닷바람도 세고, 사람들이 많이 모인 자리에서 병이 도지기라도 하면……"

올케언니 역시 몸은 내 옆에 있지만 석주 오빠와 마찬가지로 모여드는 하객들에게 일일이 인사하느라 정신이 없었다. 식탁에 차려진 음식은 물론이고, 재떨이에 비벼끈 담배꽁초와 성냥개비, 이쑤시개까지 슬쩍 입 속에 집어넣는 이모의 괴상한 병증과 지난 몇 년간의 병치레를 생각하면 석주 오빠 내외의 고충을 짐작하고도 남았다. 그러나 석주 오빠네에서 분가를 해서 고향인 보령으로 홀로 내려간 이후 최근 몇 달간은 병증을 보이지 않는다고 했었다. 이모의 연세는 이미 칠십 세. 앞으로 석주 오빠에게 오늘 같은 날이 얼마나 더 있을지 알 수 없는 마당에 이모에게 마지막 기쁨이 될 수도 있었다.

"어머니는 오늘 행사 모르세요…… 저도 마음이 무거워요. 이해해주세요, 아가씨. 저이로서는 고등학교 선배라고 자청해서 자리를 마련해주신 사단장님의 호의를 봐서라도 이 행사를 잘 치러야 하는 의무가 있는 것이고…… 일가친척들 역시 자발적으로 나서는 것을 막을 수 없는 일이고……"

올케언니를 탓할 수만은 없는 것이 황씨 문중에서 차지하는 이모의 부적절한 위치로 인해 올케언니 역시 석주 오빠와 결혼하면서 덩달아 물 위의 기름 같은 존재라는 것을 모르지 않았기 때문이었다.

"저도 자존심이 상한다구요. 솔직히 황씨 문중에 오빠만한 인물이 어디 있어요?"

128

행사장으로 오기까지 석주 오빠의 사시 합격을 공고하는 플래카드가 여기저기 걸려 있었다. 대학 입학 때에도 석주 오빠의 S대학 합격을 축하하는 플래카드가 학교 정문과 마을 입구에 내걸렸었다.

"오빠가 늦게라도 성공했으니 망정이지 어림없어요. 아이엠에프 때 잘 나가던 출판사 부도로 거꾸러지고 잠시 동가숙서가식 할 때 일가붙이라고 따뜻한 말 한마디 해주기는커녕 아쉬운 소리를 하던 사람들이에요. 뭐, 바라지도 않았지만요. 그런데 이번에 엄지손톱만하게 신문에 사진이 나가자 그걸 알아보고 어땠는지들 아세요? 생전 연락 않던 큰형님은 오빠를 위해 새벽기도를 열심히 올린 덕에 합격했다며 목사님과 신도들에게 직접 와서 인사를 해야 한다고 하고, 작은어머님은 다니는 절의 스님이 백일기도를 지성껏 올린 덕이니 여름 상량식 때 시주를 하라고 하고……"

체육관 무대 위에서는 연회 분위기에 맞춰 잔잔한 연주가 계속되었지만, 올케언니는 그 앞에 모여서 웃음꽃을 피우며 묵은 얘기 요새 얘기 화제 만발인 친척들을 둘러보며 한숨을 푹 쉬었다.

"어머니가 끝까지 모르셔야 할 텐데……"

올케언니의 걱정이 직접적으로 나를 겨냥하고 있음을 나는 모르지 않았다. 황씨 집안 사람들은 서로 짜고 그러는 것처럼, 아니면 발설해서는 안 되는 금기라도 되는 것처럼 오늘의 주인공 석주 오빠의 모친, 그러나 황씨 호적에는 오른 적 없는 내 이모의 안부에 대해서는 일절 입 밖에 내지 않았다. 한편 부천에서 해물탕집을 한다는 탄주라는 석주의 사촌은 그날의 귀빈 행세를 하며 사단장 뒤를 그림자처럼 따라다녔고, 부산에서 비디오 대여점을 한다는 또다른 사촌은 석주 오빠와 두 아들의 사진을 찍기 위해 신경을 쓰고 있었다.

"오늘 이렇게들 다녀가시고 나면 내일은 또 어떤 연락이 올지……"

사단장과 M시 시장 등 귀빈들이 장내로 들어서자 올케언니가 급히 그쪽으로 불려갔다. 대형 케이크에 형형색색 촛불이 켜지고 다시 한번 팡파르가 울려퍼졌다. 타오르는 촛불을 힘껏 입으로 불어끄는 석주 오빠의 상기된 얼굴을 보자 나도 모르게 흐뭇한 미소가 번졌다. 내가 웃고 있구나, 라고 느끼는 순간 아무것도 모르고 있을 이모 생각에 명치끝이 시려왔다. 희진이와 동진이가 오랜만에 세발낙지도 먹고 항구 구경도 하자고 했으나 내일까지 급하게 작성해야 할 서류가 있다며 식장을 빠져나왔다. 먼발치에서도 내 눈치를 보던 올케언니가 나를 부르며 쫓아왔으나 나는 못 들은 척 자동차에 올라타서 보령으로 향했다. 이라크로 떠나기 전에 이모님을 찾아뵈려고 했는데 잘 되었다 싶었다. Y군과 M시를 잇는 긴 하구둑을 지날 때 석양이 바다 가까이 내려와 있었다.

3

조개 껍질이 부서지고 부서지고 부서져서 모래 알갱이와 진흙을 이루는 해변. 오색의 바람개비를 등에 꽂고 피켓에 '따끈~한 커피 한잔'을 내세운 행상 아주머니를 지나자 바로 검푸른 바다였다. 바다 앞에서는 칠십 노인이나 서른세 살 여자나 소녀가 되는 모양이었다. 이모는 정작 십 킬로미터 반경에 해수욕장으로 유명한 바다를 두고 있음에도 이사 와 바다는 처음이라고 했다. 아니 이사가 아니라, 떠난 후 처음인가보다고 고쳐말하며 혼잣말처럼 덧붙였다.

"하지만 바다를 잊은 적은 한 번도 없어……"

소리는 한숨처럼 여리고 작았지만 내 귀에는 선연하게 들렸다. 이모의 이사는 단순한 이사가 아니라 분가이자 낙향, 마지막 생을 보낼 거처로의 입적인 셈이었고, 바다로 치면 열다섯 살 때 바다를 떠나서 일흔 살에 돌아왔으니 차마 헤아릴 수 없는 세월이 출렁이는 바닷물 위에 놓여 있는 것이었다.

"옛날엔 여그까지 바다였어야. 내 기억으로는 이쯤에 왕태산이 있어야 하는데. 애야, 산이 어딨냐? 도무지 어디가 어딘지……"

밥 먹는 데 굳이 헛돈을 쓸 필요가 있냐고 타박을 하다가 길 양쪽으로 넓게 농경지가 펼쳐지자 언제 그랬느냐는 듯이 이모는 어릴 적 조개잡이 얘기에 열을 올렸다.

"왕태산은 왜요?"

"응, 왕태산 밑까지 와서 조개를 잡았던 생각이 나, 아주 어릴 적에……"

"어떻게 산 밑에서 조개를 잡아요, 이모님도 차암."

"아녀, 그땐 그랬어. 기억이 마술을 부리지 않는 한. 물이 여그까지 들어왔었당께. 그 옛날 왕태산 밑에 와서 흙을 파보면, 그러니까 모래 흙이었겠지? 요만한, 요 주먹만한 조개가 잡혔었어, 그땐 내 주먹도 참 작았을 거야. 얼마나 놀랍고 좋기만 했던지, 지금도 그 생각만 하면 가슴이 벌떡거린다……"

여인 광장과 분수 광장, 시민의 탑을 천천히 돌아 해수욕장 거리로 들어섰다. 바다를 향해 늘어선 식당들을 이 집 저 집 기웃거리는데 수

많은 해산물 식당들 중에 청요릿집이 낑박혀 있다가 눈에 띄자 이모는 기껏 자장면이 먹고 싶다고 내 손을 그리로 잡아끌었다.

"짜장면 먹어본 지도 오래됐어야. 한 이 년 되었나? 아니 한 십 년 되었나? 너 대학 졸업식 때 이 이모가 사준 짜장면 생각나냐?"

"그럼요. 그런데 석주 오빠가 한 번도 안 사드렸어요?"

"야는, 석주는 맨날 좋은 거 사준다고 하잖니. 짜장면 먹을 기회는 좀체 없어. 고 여시 같은 며눌애가 옆에 쫙 달라붙어 있는 바람에."

"언니가 그렇게 여시 같아요?"

"그럼, 걔 여시 떠는 거 누가 감당할라구? 사정없이 얄미룹고 괘씸하다가도 고 여시 떠는 거 보믄 미운 맴이 싹 가신다니까."

"다 이모님 즐겁게 해드릴려구 올케언니도 부러 그러는 거예요. 참, 엊그제 석주 오빠 다녀갔다면서요. 너무 기쁘시죠?"

"기쁘잖구! 우리 노인정에서 잔치 벌이라고 난리잖아, 지금!"

이모는 어제 M시에서의 행사는 전혀 모른 채 어서 석주 오빠가 와서 노인정에 한턱내줄 날만을 손꼽아 기다리고 있었다. 일가붙이들을 돌아보며 한숨을 푹 쉬던 올케언니의 모습이 떠올랐다.

"이모, 저랑 서울로 안 가실래요? 한 일 주일 저랑 살아요. 아니, 며칠이라도."

"야는, 정 그러고 싶으면 네가 여기서 지내다 올라가믄 되잖여. 네 말대로 이렇게 출렁이는 바다도 실컷 보구, 조개도 잡구…… 그러자꾸나."

"올라가서 해야 할 일이 있어서 그래요. 저 사는 곳에 한 번도 오시지 않았잖아요."

"석주 말로는 아파트가 아니람서? 뭐라드라……"

132

"아파텔이요."

이모는 자장면 곱빼기를 거뜬히 비웠다. 바닥에 들러붙은 양파 쪼가리와 오이채 한 오라기까지 모두 긁어 입에 넣어 먹고는 이쑤시개로 잇사이를 공들여 쑤신 다음 얌전히 그것을 젓가락 사이에 내려놓았다. 의사의 진단대로 석주 오빠네와 합가해 살면서 일시적으로 보인 정신질환이었음이 틀림없었다. 계산을 치르고 청요릿집을 나오자 이모는 햇빛에 반짝이는 바닷물결을 바라보고 있다가 얼른 내 팔짱을 끼고 백사장으로 이어지는 계단을 밟았다.

"여기, 사시니 좋으세요, 행복하세요?"

"아암, 나처럼 행복한 사람이 또 있을라구."

"늘 혼자 밥상을 차려야 하는데 귀찮거나 입맛이 없거나 그러진 않구요?"

"어디? 그런 말 하면 벌 받지. 입술이 죄다 해어졌어도, 밥맛만은 꿀맛이야."

따사로운 햇빛에 적당히 출렁이는 물결, 맨발바닥으로 자박자박 밟고 싶을 정도로 보드라운 모래알들…… 나이 지긋한 중년 연인들과 갓 사랑을 시작한 애송이 연인들, 모처럼 휴가를 내었는지 여우 같은 마누라와 토끼 같은 딸자식을 끼고 바다 여행을 온 가족들, 그리고 오색 바람개비를 등에 꽂고 간간이 쌍화차 유자차, 따끈~한 커피 한잔을 외치는 행상 아낙들의 잔잔한 모래밭 행렬 속에 이모와 나도 합류했다. 이모는 바람개비도 솜사탕도 마다하지 않고 어린아이처럼 사주는 대로 받아들고 좋아라 하였다. 이모의 손에서 바람개비가 팔랑팔랑 돌아가며 오색 팔색의 빛을 낼 때는 나도 어릴 적 내 손에서 돌아가던 바람개비가 생각나 덩달아 즐거워졌다. 바다 앞에서는 칠십 노인이나 서른세 살 여자나 똑같이 처음으로 돌아가는 것. 아니, 처음 같은 마지막, 그 마지막의 순수, 마지막의 순정을 녹슨 거울처럼 꺼내 보는 것.

"저건 동죽조개, 조건 모시조개, 요거이 대합, 생합이라고 하지. 내가 왕태산 밑에서 잡았던 게 바로 요거야."

모래사장에서 올라와 항구 입구 조개 도매상 앞에 이르자 이모는 좌판 앞에 그만 쭈그리고 앉았다. 어제 M시에서 보령으로 갈 예정이 아니었듯이, 오늘 이모를 모시고 집으로 올라올 예정은 더욱 아니었다. 그러나 깃털뼈처럼 앙상한 이모의 팔을 부여잡고 백사장을 걷다보니 나에게 남은 열흘 중 일 주일, 그것도 어제오늘 이틀을 써버렸으니, 팔 일 중 일 주일을 이모와 보내야겠다는 마음이 간절해졌다. 이모가 열심히 손가락으로 가리킨 조개들 중 생합을 한 봉지 사들고 바다를 떠났다.

4

에그머니나! 이모는 아침마다 요가중인 내 모습을 보고 몹시 놀랐다. 이모의 그 놀람은 어쩌다 집 앞 공원에 산책나갔다가 남녀가 껴안고 열렬히 키스중인 장면과 마주쳤을 때의 그것과 똑같았다. 그리고 또하나. 너무 오래되어서 내 것 같지 않은 기억 속 삽화의 어머니의 그것과 똑같았다.

내 나이 예닐곱 살쯤 되었을까.

어머니는 한 손엔 양산을 들고 다른 한 손엔 내 손을 잡고 아버지의 묘를 찾아가는 중이었다. 어머니의 양산은 어머니와 나를 8월 오전의 살벌한 땡볕으로부터 가려주는 데 완전하지 않았고, 나는 어머니의 양산이 드리우는 그늘을 밟느라 징검돌 건너뛰듯 폴짝거리며 따라갔다. 산도 아니고 들도 아닌 밭 사이로 난 길, 구불구불 만나고 헤어지고 다시 이어졌다 갈라지는 그 길을 걸어가던 어머니가 갑자기 나를 그 맹렬한 햇빛 속에 저버리고 풀섶으로 쑥 들어갔다. 그러고는 이내 어머니의 깜짝 놀라는 소리, 에그머니나! 어머니는 들고 있던 양산을 홀러덩 놓쳐버렸고, 나는 바람에 날아가는 풍선을 잡으려는 듯 양산을 쫓아 허망하게 작은 몸을 날렸다. 그러다가 풀섶으로 사라지는 뱀 꼬리를 보았다. 그리고 다시 보지 못했다. 거기, 뱀 꼬리, 아니 뱀이 지나간 흔적 대신 붉디붉은 산딸기 몇 알이 오소소 소름처럼 맺혀 있었다.

에그머니나! 이모는 두 손으로 한쪽 발목을 잡고 얼굴 쪽으로 당긴 뒤 두 다리를 완전히 목 뒤에 감고 뒤로 벌러덩 누운 거북 자세로 정지해 있는 내 모습을 보고 질겁을 했다. 에그머니나에 이어 망측하다며 손사래를 쳤다.

"왜 그런 걸 한다니?"

"요즘 시력이 부쩍 떨어져서요. 이게, 시력에 좋대요, 정력에도 좋구. 이모님도 한번 해보실래요?"

"서방도 없는 애가 별소릴 다 한다."

이모는 당신과 나 둘뿐인데도 누가 들을세라 주위를 두리번거렸다. 그러면서도, "얘, 아직 마음에 드는 녀석 안 생겼냐? 요즘엔 남편 있는 계집들도 애인 하나쯤은 두고 산다는데……" 하고 속삭였다.

나는 거북 체위를 풀고 바닥에 엎드리면서 종잇장같이 야윈 이모를 눈에 넣고 감았다. 주름도 주름이거니와 움푹 들어간 두 볼 때문에 이모는 실제 나이보다 훨씬 더 들어 보였다. 나는 양팔을 겨드랑이 밑에 받치고 한쪽 무릎을 구부리면서 숨을 들이마시며 뱀처럼 상체를 들면서 이모에게 한 가지 제안을 했다. 이모는 못 들을 것을 들은 듯 자지러지면서 확인하듯 되물었다.

"늬 에미가 아니라, 그러니까 늬 애비 묘에 가자고? 에그머니나, 이게 웬일이라니?"

"저도 가끔은 아버지가 그리울 때가 있어요."

"애비 정도 모르는 네가 그런 말을 할 줄은 몰랐다."

"웬걸요. 아버지는 아버진걸요. 아버지라는 말, 가끔은 숨을 쉬듯이 해봐요. 이모님은 제 아버지 기억나세요?"

"넌 기억에 아예 없니?"

"어머니 따라 아버지 묘에 가던 생각. 그리고 뱀. 딸기. 아, 그리고 흰 양산."

"뱀, 딸, 기?"

"어머니가 풀섶에 익은 산딸기를 따려고 뛰어들었다가 뱀을 밟을 뻔했어요. 손에 쥐고 있던 양산은 바닥에 떨어지고 나는 뙤약볕 아래에서 눈을 뜰 수가 없었어요. 아버지만 생각하면, 그날 그런 것들이 생각날 뿐이에요. 그리고 어머니가 놓친 양산을 잡으려고, 잡아야 한다고 온몸을 날리던 생각."

"그래, 네가 우리집에 처음 오던 날이 생각나는구나. 한 손에 양산을 들고 있었지. 단발머리가 어찌나 잘 어울리던지. 다른 계집애들 같으면 곰인형이나 바비 인형 같은 것이 안겨 있어야 할 텐데, 넌 양산을 꼭 그러안고 있었지. 네 엄마가 양산을 좀 좋아했니? 그리고 네가 규환이랑 거, 어디냐, 멀리, 바(그)다……인가로 떠날 때까지 십 년이 훨씬 넘도록 네 옷장 구석에 놓여 있었던 것도 보곤 했지. 너 떠나고 난 그 양산을 버리지 않았었다. 석주네로 들어가기 전까진……"

"이모, 그 동안 고마웠어요."

"얘가, 별소릴 다 한다. 다시 못 볼 사람처럼."

"생각해보니, 한 번도 이모한테 제 마음을 전해드리지 못했던 것 같아서요."

"아니다. 나처럼 행복한 여자가 어디 있을까, 배는 곯았어도 석주랑 너랑 남매처럼 키우면서 네 엄마한테 오히려 고마워했었다. 네 엄마, 생각하면 창자가 끊어지는 것 같다만, 그래도 너를 얻은 것만은 다행이었어. 석주도 어린 널 얼마나 사랑했구, 또 의지했구…… 난 안다……"

"이모 알아요? 오빠는 내 첫사랑이에요."

"나도 사촌오빠를 사랑한 적이 있단다. 지금 그 양반 흙이 된 지 오래다."

5

봄이라고 꽃은커녕, 그 향기는커녕 네거리에 흙비가 내렸다. 24시간 견인차가 대기중인 지하도 위 네거리 모퉁이에는 바람직하지 않은 외출에서 길을 잃은 소녀들이 아침도 점심도 아닌 시간에 자동차에서 부려지고 나는 그들이 보이면 보이는 대로, 보이지 않으면 또 그런 대로 무심하게 요가를 시작하고 마쳤다. 최종 합격 통보를 해주던 면접관은 나를 합격시킬 것인가를 두고 여러 차례 논의를 한 사실을 솔직하게 알려주면서 아주 근소한 차이로 아슬아슬하게 합격했으니 근무지에서 최선을 다해주길 바란다고 당부했다. 그리고 다른 합격자들과는 달리 나의 경우는 아랍어 해독과 회화 능력보다 그 지역 생활과 지리에 밝다는 점을 높이 평가했다고 덧붙였다.

등 펴기 체위를 마치고 무릎을 꿇고 앉았다. 머릿속 잡념이 풀어지지 않거나 비워지지 않을 때는 두 손으로 상체를 받치며 누운 뒤 두 손을 머리 뒤로 펴고 목 뒤에서 손을 깍지 끼고 조용히 호흡하는 누운 영웅 체위를 오래 취하고 있곤 했다. 앞으로 열흘. 다시 열흘이 나에게 주어졌다. 이모는 성대했던 석주 오빠의 축하행사를 모를뿐더러 나의 바그다드 행을 알지 못했다. 올케언니가 나에게 부탁했듯이 나도 그녀에게 나의 선택을 이모에게 끝까지 알리지 말아달라고 부탁해야 할 것이었다. 아니, 그렇게 할 것까지 없었다. 나는 누운 영웅 체위를 풀고 여전히 누운 자세로 무릎을 세워서 양 발목을 잡고 숨을 마시며 엉덩이를 높이 쳐들었다. 두 손 끝을 어깨 위 바닥에 대고 숨을 마시면서 팔을 펴 몸을 공중에 띄웠다. 내 몸의 구름다리를 생각하며 조용히 숨을 쉬었다. 에그머니나! 보령으로 떠날 채비를 마치고 나온 이모는 나의 구름다리 체위를 보고는 너무 야하다면서도 좋아했다. 나는 최대한으로 유연하게 비둘기 체위를 만들면서 이모와의 작별인사를 준비했다.

"이모, 꽃 피는 봄이 오면 다시 오세요. 제가 꼭 모시러 갈게요."

"알았다. 그나저나 봄이 오긴 온 건지. 여긴 창 밖을 내다봐도 흉흉하게 흙비가 내리구. 애야, 난 왠지 무섭구나. 시간이 나를 데려가는 것보다 이 어두운 하늘과 이 누런 공기가 도무지 무섭기만 하구나."

••• 소금 한 줌

낯선 길을 가다보면, 이 길이 그 길인가? 의심할 때가 있다. 초저녁인데도 유난히 어둡고 비바람마저 몰아치는 험궂은 날에는 더욱. 난감한 것은, 이 길이 아니다, 라고 느끼는 순간, 그 길밖에 달리 갈 방도가 없다는 것을 깨닫는다는 것이다. 더 난감한 것은, 돌아갈 방도가 없는 이 길이 그 길일지도 모른다, 는 생각에 이른다는 것이다. 산길로 접어들기 직전 차를 세우고 은수에게 전화를 걸어 확인했어야 했다. 시연은 조수석에 던져져 있는 핸드폰을 흘끔거릴 뿐 붙잡을 엄두를 내지 못했다. 경사가 무척 심해서 핸들에서 한 손을 떼면 차가 뒤로 거꾸러질 듯 위태롭게 느껴졌다. 여름도 아닌데 비는 어쩌자고 주룩주룩 내리는 것인지, 차는 시연이 이 길인가 저 길인가 갈팡질팡하든 말든 그녀가 작정하고 브레이크를 밟지 않는 한 거기까지 굴러온 관성대로 가파른 산길을 기어올라갔다. 오른쪽 저 멀리 불빛이 보였다. 납작해졌던 가슴이 숨을 쉬듯 뛰었다. 시연은 핸들을 붙잡은 손에 한껏 힘을 주고는 액셀

러레이터를 꾸욱 밟았다.

"여기가 맞습니다."

행자(行者)의 인도로 시연이 마당으로 들어서자 법당 끝 마루에 주지 스님이 서 있었다. 시연은 우선 합장을 하고 청주의 지은수 학예사를 아시냐고 물었다.

"얘기 들었습니다. 늦으셨습니다. 날이 저물어 안 오시는가 했지요."

주지 스님은 오십대 중반쯤으로 소탈한 인상에 의외로 기골이 장대했다. 시연은 행자와 주지를 앞에 두고 누군가를 찾듯 주위를 두리번거렸다.

"그런데, 다른 스님은 안 계시는지요?"

주지는 대답 대신 행자와 법당 쪽을 번갈아보며 말했다.

"보시다시피, 이렇게 둘입니다."

눈가에 미소년 티를 벗지 못한 행자가 수줍은 듯 두 손을 앞으로 모으고 키를 주욱 늘이며 시연에게 고개를 끄덕여 보였다. 은수의 말로는 분명 비구니 스님의 암자라 했었다.

"우선 비부터 피하고, 자동차를 구해보도록 하지요."

주지 스님이 행자에게 우산을 맡기고 우적우적 암자 입구의 지프차 쪽으로 걸어가는 걸 보면서 시연은 겉옷이 거의 젖어가고 있음을 깨달았다. 시연은 그제서야 저 아래 비탈길에 대각선으로 놓여 있는 자동차에 생각이 닿았다. 헤드라이트에 의지해 겨우 산길을 더듬어왔는데 자동차가 그만 암자 아래 비탈길에서 진흙 구덩이에 빠져버렸던 것이었다. 주지가 지프차를 끌고 마당을 내려가고 시연과 행자가 그 뒤를 따랐다. 행자가 안절부절못하며 우산을 받쳐주었다. 두상 선이 매우 고와서 시연은 행자를 보는 순간 비구니인 줄 착각했었다. 주지는 힘이 좋았다. 밧줄로 시연의 차를 견인해 마당 가에 세워놓는 일을 지푸라기 걷어내듯 거뜬히 해치웠다. 시연이 부탁을 하지도 않았는데, 행자는 그녀의 가방을 들고 얼른 마루로 올랐다. 주지 스님이 반대편 마루 끝에서 시연을 불렀다.

"차 한잔 하시지요."

시연은 법당 앞으로 해서 마루 위를 발소리를 죽이며 총총히 걸어갔다.

"며칠 묵으신다고요."

주지는 어느새 찻물을 준비해놓고 있었다. 시연은 주지가 건네는 찻잔을 받아들며 선뜻 대답을 하지 못했다.

"며칠이라도 집처럼 편안히 계시다 가십시오."

주지의 전라북도 사투리가 정감이 있으면서도 기품이 있었다. 사실 시연은 비구니 절이 아닌 이상 이곳에서 며칠을 묵을 수 있을까 회의하고 있었다. 주지는 시연의 생각을 읽기라도 한 듯 시연의 얼굴에서 눈을 떼지 않고 찻잔에 차를 따라주었다. 시연은 긍정도 부정도 하지 못하고 주지가 따라주는 차를 거푸 마셨다. 뒷산에서 이름 모를 새가 간격을 두고 울었다.

"일단 이곳을 소개해준 지은수씨와 통화를 해봐야 할 것 같습니다. 원래 이곳에 묵으려고 서울을 떠난 것은 아니었거든요. 중간에 사정이 생겨서 잠시 이곳에 들르기로 한 것이지요."

시연은 찻잔을 만지작거리며 마음에 담고 있는 고민을 최소화해서 말했다. 주지가 고개를 끄덕였다.

"모쪼록, 마음먹은 대로 이루시길 바랍니다. 헌데, 글을 쓰는 분이라고 들은 것 같은데요……"

주지가 다병에서 손을 떼며 물었다.

"글을 쓰는 사람은 아니구요, 예술가나 작가에게 글을 쓰게 해서 책을 만들었지요. 그리고 지금은 조금 다른 일을 시작하려고 하지요."

시연의 말이 끝나자 주지가 고개를 뒤로 돌리더니 오른편 벽에 걸린 액자를 가리켰다.

"백 년 전 이곳 풍경입니다. 이곳으로 말할 것 같으면 문필가와 깊은 인연을 맺고 있지요."

주지가 고개를 바로 세운 다음에도 시연은 계속 액자 속 흑백사진을 바라보았다.

"미당을 아시죠?"

시연은 당연히 고개를 끄덕였다. 술에 취하기만 하면 미당의 「선운사 동구」와 송창식의 〈선운사〉를 차례로 읊조리는 동료가 있었다. 그는 '막걸릿집 여자의 육자배기 가락에 작년 것만 상기되어 남았습니다'에 이르러서는 옛 여자에게 못 이룬 춘정에 가슴팍을 거칠게 쓸어내리곤 했고, 군가처럼 씩씩하게 송창식의 〈선운사〉를 부르다가도 '눈물처럼 후두둑 지는 꽃 말이에요'에 이르러서는, 고개를 무릎 아래까지 푹 떨구곤 했다. 그 동료 덕분에 시연에게 미당은 송창식과 더불어 선운사였고, 일찍 저버렸거나 미처 피지 못한 붉은 꽃, 동백이었고, 못 이룬 사랑이었다.

"그러면 미당이 죽을 때까지 섬겼던 스승 박한영 선생도 아십니까?"

시연은 당연히 고개를 저었다. 주지는 미당의 스승에 대하여 말을 할 것처럼 입을 달싹이다가 다시 꾹 다물고는 가부좌한 무릎에 두 손을 가

144

만히 얹으며 두 눈을 감았다. 그러고는 찻잔에 번지는 온기처럼 온화한 미소를 지었다. 시연은 소리나지 않게 차를 마셨고, 주지는 조용히 눈을 떴다.

"저 사진은 석전 스님이 이곳에서 법을 이을 때 암자 풍경입니다. 규모는 작았지만 제법 운치가 있었지요. 구도의 열병을 앓던 열아홉의 미당이 저 암자로 석전을 찾아왔던 것이지요."

시연은 가파른 산길의 두려움을 물리치며 끝까지 차를 몰고 올라와 열아홉의 미당을 만나게 될 줄은 꿈에도 생각하지 못했다. 주지의 전언이 시연에게 어떤 계시처럼, 아니 어떤 경고처럼 들렸다.

"낯선 길을 찾아오시느라 피곤하실 텐데 이만 편히 쉬십시오."

시연은 주지에게 합장을 하고 마루로 나왔다. 보슬비가 어둠 속에 보슬보슬 내리고 있었다. 보슬비 속에서 행자가 모습을 드러내며 시연을 안내했다.

시연에게는 법당 옆 인욕(忍辱)의 방이 주어졌다. 또다른 옆은 지계(持戒)의 방으로 행자의 거처였다. 인욕이라면, 욕되는 일을 참는다는 뜻이렷다. 그렇다면 지계라면, 계를 받든다는 뜻이렷다. 계라면, 계율, 계행, 곧 불법을 충실히 행하고 지킨다는 뜻이렷다. 행자에게 주어질 만한 화두였다. 그렇다면, 인욕은 시연에게 주어질 법한 화두란 말인가? 무슨 욕되는 일을 참는단 말인가. 칠흑 어둠도 어둠이려니와 앞산 뒷산 휘몰아치는 비바람 소리 때문에, 비바람 속에서도 흥흥하게 울어대는 이름 모를 새소리 때문에, 그리고 무엇보다 휴게소에서 점심 겸 저녁을 우동으로 부실하게 때운 탓에 허기가 발동해 밤이 깊어갈수록 시연은 무성한 잡념에 시달릴 뿐 잠을 이룰 수가 없었다. 시연은 당장이라도 이곳을 떠나고 싶었지만 그 또한 진흙 구덩이에 빠져버린 바퀴를 꺼내는 일만큼이나 난감한 일이었다. 시연은 주지가 가리켰던 흑백 사진을 선명히 떠올리며 여기에서 며칠 묵어야 한다는 것을 어떤 한계로 느꼈다. 새벽녘이 되어서야 깜박 잠이 들었다가 행자의 새벽 예불 소리에 깨고 말았다.

"행자야, 저 아래 더덕을 거두거라!"

주지는 아침 공양을 마치자 지프차를 끌고 산을 내려가서는 날이 저물도록 돌아오지 않았다. 핸드폰이 불통이었다. 행자가 어쩌다 터지기도 한다는 곳에 가서 서성거리며 통화를 시도했지만 신호가 가면 금세 꺼져버리고 말았다. 마당 가 가로등 아래에서 왔다갔다하다가 암자 아래 임시로 만들어놓은 주차장으로 내려가 통화를 시도했다. 산 능선과 능선이 겹쳐져 시야를 트는 지점에 서서 다시 시도해보아도 소용없었다. 시연은 할 수 없이 핸드폰 폴더를 손바닥으로 접어 닫으며 바로 옆에 서 있는 고목을 올려다보았다. 저 아래 은행나무는 조선 태조 때 심은 겁니다. 아침 공양 때 주지가 언급했던 은행나무가 그 고목인가보았다. 그러면, 1392년. 수령이 육백 년이 훨씬 넘었겠습니다. 시연이 반듯하게 앉아 대답했고, 주지는 시연의 대답에, 무엇이든 그렇게 외고 삽니까? 하고 혀를 찼다. 그렇게 살면 골치 아프지 않아요? 하고 되묻는 것 같았다. 시연은 뭐든 다 그렇게 외고 사는 것은 아니었다. 한번 들어오면 절대로 빠져나가지 않는 이름이나 숫자들이 있었는데, 공교롭게도 태조 원년이 그들 중 하나였다. 시연은 오히려 외야 할 것들을 외지 못해 겪는 번거로움이 이루 말할 수 없이 많았다. 시연은 송수신을 방해하는 주범이 그 고목이라도 되는 것처럼 고개를 들어 고목의 엄

146

청난 형세를 살피고는 주머니에 손을 찔러넣고 막막히 서 있었다. 그때 행자가 마당 가 가로등 옆으로 와서 저녁 공양을 들러 올라오라고 조용히 소리쳤다. 비가 부슬부슬 뿌리기는 해도 날은 아직 훤했다. 행자와 단둘이 앉아서 말없이 산채식을 했다. 마지막 밥알을 떼어 먹고 물을 부어 설거지를 해 마시면서 행자에게 물었다.

"주지 스님은 언제 오시나요?"

*

은수는 꿈에 김경태를 보았다고 말했다. 시연은 산을 내려와 마을 어귀에 닿자마자 허겁지겁 전화를 걸었다. 이모 손에 맡기고 온 현우에게 목소리를 들려줘야 했고, 암자를 소개시켜준 은수에게 잘 도착했다는 말도 전해야 했다. 백양사 인터체인지를 빠져나오면서 은수에게 암자 가는 길을 묻느라 전화를 했다가 톨게이트를 통과하면서 도착해서 다시 건다고 했는데 이틀이 훌쩍 지나도록 깜깜 무소식이었으니 몹시 걱정하고 있을 게 뻔했다. 잘 알면서도, 안타까워하면서도, 보슬보슬 내리는 비 때문인지, 산사를 에워싸고 있는 안개와 적막감 때문인지, 한번 암자에 들고 보니 어머니의 자궁 속으로 들어앉은 듯 혼미해져서 바깥세상과 통화하기 위해 산을 내려갈 엄두가 나지 않았다. 조용한 곳을 찾아와서는 하루도 못 견디고 그깟 전화 몇 통 때문에 하산하려면 뭣하러 그 먼 길을 달려왔단 말인가? 행자 보기 민망한 노릇이었다. 행자는 시험 삼아 시연의 절연 능력을 지켜볼 것이었다. 시연은 답답함을 참을 필요 없이 차를 끌고 후닥닥 산으로 내려가지 못하는 것이 행자의 시선 때문만이 아니라고 생각하면서도, 그렇다고 그로부터 아주 자유로운 것은 아니었다. 직접적으로 누가 강하게 억압하거나 강요하지 않아도 자기 기만, 자기 함정에 빠져서 스스로를 꽁꽁 묶어두는 경우가 있었다. 암자에서의 시연의 처지가 바로 그랬다. 시연은 틈틈이 가로등과 은행나무 옆에 가 핸드폰을 두드려보는 것으로 통화를 해야 한다는 강박감을 해소해보려고 했었다. 과연 통화를 시도할 때마다, 그러니까 번번이 불발로 끝날 때마다, 거꾸로 묘한 안도감이, 더불어 기이한 위로감이 생기기도 했다. 법당과 벽 하나를 사이에 두고 누워 행자의 미숙한 염불 소리를 듣고 있으면 어미를 찾는 어린 현우의 울먹울먹한 목소리도, 이혼한 뒤 오히려 더 가까워진 현우 생부의 얼굴도, 창립 멤버로 시연을 섭외중인 다국적 북컴퍼니 멤버들의 자신만만한 눈빛들도 깃털처럼 아련히 허공을 떠다닐 뿐이었다.

"정말 경태를 만났어?"

시연은 이틀 동안 행자의 새벽 예불 시간에 깃털로 날려보낸 수많은 얼굴들 가운데 경태의 얼굴을 끝까지 쫓고 있었다.

"응, 경태 그 녀석이 분명했어."

은수는 마치 길거리에서 우연히 경태를 만난 것처럼 말했고, 시연도 꿈과 현실이라는 간극을 전혀 개의치 않고 은수에게 물었다. 은수에게서 경태라는 이름이 나온 건 아주 오랜만이었다.

"잘 있는 것 같았어?"

시연은 시동을 끌 생각도 않고 브레이크를 꾹 밟고만 있었다.

"그냥, 좋은 느낌이었어."

자동차 엔진의 진동에 따라 핸들을 잡은 시연의 손이 떨리고 있었다. 시연은 시동을 끄고 차 밖으로 나왔다. 올라갈 때는 어둠 때문에 몰랐는데 보리밭이 제법 산어귀 한켠을 차지하고 있었다. 이른 아침의 햇살 때문인지, 햇살에 부딪히는 보리의 초록 빛깔 때문인지 시연은 눈이 부셔 눈을 옆으로 돌렸다. 구암사 1km. 그제 밤 시연을 이끌었던 나무 푯말이 빛바랜 사진첩 속의 이정표처럼 농로와 산길을 가르는 삼거리 모퉁이에 찡박혀 있었다. 수채화 붓으로 그려놓은 듯 산벚꽃이 산과 마을 곳곳에 청아하게 피어 있었다. 시연이 서 있는 농로 옆으로 도랑이 구렁이처럼 뻗어 있었고, 이틀 내내 내린 빗물로 도랑물이 쿨렁쿨렁 힘차게 흘러가고 있었다. 논에 물을 대고 못자리를 마련하느라 농부 두 명이 엉덩이를 하늘로 쳐들고 일을 하고 있었다.

"다행이네."

시연은 무엇이 밀어붙이는지, 아니면 무엇이 잡아당기는지 넘칠 듯 꿈틀꿈틀 나아가는 도랑물의 굴곡에 눈을 주며 덤덤하게 말했다. 그러면서 꿈에라도 경태를 본 것이 언제였던가 헤아려보았다. 경태는 도무지 꿈에 나타나지도 않았다. 육 개월 전? 일 년 전? 합정동 절두산 순교성지 언덕에 경태와 나란히 앉아 강물을 내려다보던 장면이 시연이 기억하는 그의 마지막 꿈이었다. 그건, 칠 년 전 경태와 우연히 재회한 후 그가 처음으로 시연을 찾아온 날의 장면이기도 했다.

은수는 경태를 좋아하지 않았다. 한동안, 아마 처음 경태와 만났을 고3 때부터 일 년간, 은수는 거의 매일 시연에게 경태 이야기를 했다. 경태에 관한 한 은수에게는 못 미칠지라도 시연도 알 만큼은 안다고 생각할 정도였다. 그래서인지 정작 은수가 수능 시험이 끝나고 경태를 데리고 학교 구경시켜달라며 신촌으로 시연을 찾아왔을 때 시연은 경태에게 낯선 기분마저 들었다. 은수가 경태를 입에 올리지 않게 된 것은 대학에 들어가고 나서였다. 경태는 증권회사에 다니던 아버지가 수능 직후 증권 조작 혐의로 구속되면서 집안이 풍비박산 나는 바람에 대학을 포기하고 그 길로 지리산으로 들어가 삼 개월 만에 나타났다. 콧수염을 제법 그럴듯하게 기른 경태는 이전의 그가 아니었다. 동공에 허공이 많이 들어차 있었고, 목소리는 더욱 무겁게 내려앉아 있었다. 그리고 가끔 씨익 하고 한쪽 윗입술을 치켜올리며 침을 뱉듯이 웃는 모습이 명치끝을 자극할 정도로 냉소적이었다.

  ―다 늦게 무슨 양아치 행세람.

  은수는 더이상 경태의 상대가 아니었다. 서로 갈 길이 다르다는 것을 인식했을 때의 착잡함이 냉정함으로 바뀔 즈음 은수는 좀체 경태 이야기를 꺼내지 않았다. 그리고 은수도 시연도 경태를 차차 잊어갔다. 그 뒤 경태를 다시 만난 것은 은수가 아니라 시연이었다. 삼 년 만이었다. 처음 시연은 경태를 알아보지 못했다. 시연은 홍대 앞 북디자인 사무실 소속 아트북스 편집자로 일하고 있었고, 수시로 인쇄소로 감리를 나가던 시절이었다. 파주에 대규모 북시티가 조성되기 전 거래하던 마포 일대의 인쇄제본 업체들 일부가 비용 절감을 위해 자유로 근처 장항동에 조립식 건물을 지어 이전했다. 시연은 보노보라는 잊혀진 유인원에 대한 포토북을 만들면서, 보노보의 몸을 감싸고 있는 털과 주름진 손, 그리고 표현하는 유인원으로 보노보를 다른 침팬지류들과 결정적으로 구별짓는 새카만, 동시에 슬픈 눈빛을 생생히 잡아낼 수 있는 인쇄소를 물어물어 장항동까지 가게 되었다. 자유로와 새도시 사이에 어정쩡하게 끼어 농지로도, 원예단지로도 적당하지 않던 불모의 자갈밭이던 장항동은 장례식장, 파지 하치장, 자동차 중고 부품점 등 서울에서 변두리로 밀려난 온갖 하청업체들의 조립식 건물들이 뒤엉켜 복잡한 단지를 형성하고 있었다. 푹 꺼진 듯 지대가 낮은데다가, 축대를 높이 쌓아 올린 옆의 쭉 뻗은 자유로와 새도시 진출입로와는 딴판으로 골목들은 온통 파이고 휘어 있어서 언뜻 보면 폐허를 연상시켰다. 그러나 막상 골목 안으로 들어가면 사방에서 기계 돌아가는 소리로 활기가 넘쳤다. 무엇보다 마지막 유인원의 부스러질 듯 유약한 털과 감정에 호소하는 슬픈 눈빛을 살리는 데는 그곳의 한성 P&L만한 데가 없었다. 시연은 보노보의 마지막 감리차 한성 P&L에 들렀다가 맞은편 파지공장에서 나오던 경태와 마주쳤다. 시연은 인쇄소 앞 주차장에 세워두었던 자동차에 타기 전 최종 오케이 인쇄지를 펼쳐들고 석양 빛에 유인원의 털과 주름, 눈동자의 인쇄 상태를 다시 한번 점검하고 있었다.

　―눈빛이 참 슬프네요.

　고개를 들어보니 경태가 작업복에 온통 파지 조각들을 매달고 서서 큰 눈으로 시연을 삼킬 듯이 바라보며 웃고 있었다. 그의 등뒤로 시경자원이라는 간판이 눈에 띄었다. 동료 둘이 그 간판을 지나 경태에게 다가왔다. 경태는 동료들과 함께 시연을 장례식장 맞은편 할렐루야 식당으로 데리고 갔다. 동료들은 시연에게 물어보지도 않고 하루 종일 종잇가루를 먹었으니 기름으로 내장을 씻어줘야 한다며 삼겹살에 소주를 시켰다. 그들 중 하나가 경태를 종이에 미친 놈이라고 말하자, 다른 하나가, 아니 경태야말로 종이에 관한 한 전문가지, 라고 고쳐말했다. 시연의 핸드폰 벨이 자주 울렸고, 그때마다 경태가 소주를 입에 털어넣었다. 동료들이 경쟁하듯 건네는 잔을 소화하느라 시연은 곧 만취했다. 경태가 이차로 호프집에 가자는 걸 동료들은 극구 찢어지자며 굴다리 쪽으로 사라졌고, 시연은 알싸하게 취한 눈으로 한성 P&L의 간판 아래 얌전히 기다리고 있는 자동차를 걱정스레 바라보았다. 경태는 차나 한 잔 하자며 방금 동료들이 사라진 굴다리 쪽으로 걸었고, 시연은 술도 깰 겸 그 동안 살아온 이야기나 들어보자고 그를 뒤따랐다.

─놀랐지?

경태의 방은 온통 관들이 차지하고 있었다. 그가 관을 한 방향으로 정리하자 한 사람 겨우 누울 공간이 나왔다. 시연은 방금 전까지 할렐루야 식당의 유리문 밖으로 바라보던 장례식장의 높은 담벼락과 그 안으로 차곡차곡 쌓이던 어둠과 그 어둠이 흘려내보내는 듯한 차갑고 비릿한 냄새와 간혹 그 안에서 울려나오던 여자의 곡소리가 한꺼번에 떠올라 오금이 저릴 지경이었다.

─지, 지금 이게 뭐 하는 거야?

경태가 종이컵에 커피를 타다 말고 시연을 돌아보며 말했다.

─아무것도 아니야.

시연은 경태가 건네주는 커피를 받지 않고 두 손을 경직된 허벅지에 대고 열이 나도록 문질렀다. 취기 때문인지, 낯선 기분 때문인지, 손바닥에 자꾸 땀이 고였고, 정신이 혼미해졌다.

─무서워할 거 없어. 이건, 종이관이고, 특허 받으려고 개발중인 것들이야.

시연이 다음날 아침 눈을 떴을 때, 경태가 조심스럽게 옆으로 치워놓았던 관들은 온통 짓눌려 있었고, 경태는 온데간데없었다. 경태가 남긴 메모를 찾아볼 겨를도 없이, 아니 그에게 메모를 남길 생각도 못 한 채 시연은 허둥지둥 옷을 챙겨입고 경태의 방을 빠져나가려고 했다. 발바닥에 소금 알갱이들이 밟혔다. 시연은 구두를 신으려다 말고 발바닥에 붙은 소금 알갱이 몇 알을 손가락으로 집어올렸다. 지난밤 둘을 걷잡을 수 없이 몰아간 것은 바로 그 작고 찝찔하고 단단하고 흰 알갱이들이었다. 누구랄 것 없이 서로의 입술을 탐하게 된 것도, 누구랄 것 없이 서로의 몸을 열어젖히고 한 덩어리로 엉겨붙게 만든 것도, 그 반짝이는 흰 알갱이들이었다. 그것들은 작은 유리 파편처럼 경태의 방에 널려 있다가 시연의 엄지발가락을 찔렀고, 그녀는 그러잖아도 오금이 저리던 차에, 아니 그렇잖아도 겨드랑이며 가슴팍이며 사타구니께가 간지럽던 차에, 보드라운 엄지발가락 살 밖으로 비죽이 흘러나온 붉은 피 한 방울을 보자 외마디 비명을 질렀다. 시연의 비명과 함께 경태가 달려들어 맹렬하게 그녀의 엄지발가락을 빨아댔고, 그때까지 억지로 짓누르고 있던 취기를 못 이기고 그녀의 가슴은 용광로처럼 들끓었다. 시연은 어제의 엄지발가락을 난처하게 바라보다가 구두를 꿰차고 경태의 작업실을 나왔다.

　—그게 말이 된다고 생각해? 둘이 완전히 맛이 갔구나? 그래, 그 자식하고 결혼이라도 하겠다는 거야?

　은수는 시연의 상대로 새롭게 나타난 김경태를 인정하지 않았다.

　—결혼?

　시연은 경태와 결혼을 생각해본 적이 없었다. 경태가 개발한 종이관은 실용 시안으로 등록이 되어 전국의 장례식장과 화장터마다 전시가 되었다. 백 퍼센트 수입 오동나무와 소나무 관에 비해 백 퍼센트 국산 펄프를 이용한 종이관은 화장 비용과 시간을 대폭 절감할 수 있다는 점에서 구매 효과가 컸다. 경태는 전에 없던 유아용 종이관까지 제작해서 내로라하는 대기업들의 디자인 제품들과 경쟁해 그해 특허기술 3등 상인 정약용 상을 거머쥐었고, 장례문화에 기여했다는 공로로 산업자원부 장관상인지 문화관광부 장관상인지도 받았다. 은수가 동양사학과 대학원 진학을 놓고 고민할 즈음 그는 공장장으로 일하던 장항동의 폐지 수거 처리 업체인 시경자원을 인수했고, 몇 년 내로 자금난에 허덕이고 있는 근처 삼화제지를 합병할 계획까지 세워두고 있었다.

─아직도 만나? 생각보다 오래가네.

은수는 결국 대학원에 진학했고, 경태는 녹색맹으로 판정되어 의정부 외곽에서 육 개월 방위로 근무했다. 시연은 마포 대로변에 있는 오피스텔에 입주했고, 경태는 토요일 밤이면 시연의 오피스텔을 찾았다. 은수는 종종 도시락과 맥주를 사들고 와서 독일로 보존과학을 공부하러 갈 것인지, 포기하고 박물관 학예사 시험을 볼 것인지 시연과 의논했다. 그러면서 경태와의 관계를 해결해야 할 문제로 거론하면서 골치 아파했다. 어쩌다 휴일 아침 시연의 오피스텔에 들렀다가 그녀의 침대에 누워 있는 경태와 마주치면 은수는 벌레 씹은 얼굴로 앉아 있다 주먹으로 탁자를 세게 한번 내려치고는 나가버렸다. 그런 은수가 경태의 이름을 입에 올린 것은 우습게도 그의 사망 소식을 전할 때였다.

─경태 그 자식, 갔어. 종이공장에 불이 났다나봐. 다들 멀쩡한데, 혼자 됐다는군.

일 년 전 봄의 일이었다. 그때 시연은 볼로냐 국제 아동도서전에서 돌아오는 길이었다. 그와 헤어진 지 삼 년, 아니 일 년이 되는 시점이었고, 그가 다른 여자와 결혼한 지 이 년이 되어갈 무렵이었다. 시연은 공항을 빠져나오던 발걸음을 멈추지 않고 도로로 주욱 걸어가 마침 다가오는 공항버스에 주저없이 올라탔다. 그리고 또 일 년. 시연은 백제사 세미나에 참석차 청주에서 올라온 은수와 도시락을 배달시켜 먹다가 경태가 묻혀 있는 곳을 물었다. 바로 사흘 전의 일이었다. 은수는 단무지를 콱 깨물다가 사레가 들렸는지 잔기침을 요란하게 해대더니 지나가는 말처럼 슬쩍 내뱉었다.

  ─저기, 대전 근처의 동학사 근처라던데. 아, 그건 그렇고. 박실장 알지? 지난번에 불교 동자상 연구로 책을 냈던 학예실 선배 말이야. 그 선배가 내장산에 기막히게 좋은 비구니 암자를 알고 있다고 하던데. 꽃살문 작업도 마무리 단계라면서 거기 가서 한 일 주일 머물다 오든지. 고양이랑 현우는 이모에게 잠시 맡기면 될 거구.

  시연은 은수가 휴식 운운하며 암자를 뚱겨주는 속내를 모르지 않았다. 그 동안 아무 말 없이 몇 건의 국내외 대형 아트북 합작 출판을 성공적으로 수행해낸 것이 그저 평소 시연의 일 욕심에서 비롯된 것만은 아니라는 것을 은수는 잘 알고 있었던 것이다. 시연이 기획 출판한 『불교 동자상』과 『사찰 꽃살문』은 가제본 단계에서 일본은 말할 것도 없고 프랑스 출판계에서 큰 관심을 보였다.

  ─그래? 마침 며칠 생각하고 결정할 일도 있고, 지난번 촬영에 협조해주신 내소사 주지 스님께 인사차 방문할 계획이었는데, 이참에 한번 들러볼까?

  시연은 은수가 남긴 도시락까지 다 비우고 둥글레차로 입 안을 헹구어 마시고는 자동차 키를 챙겼었다.

"자세히 좀 말해봐. 어디서 누구랑 있었는지."

시연은 은수와 통화하기 위해 이틀 동안 핸드폰을 들고 암자 마당 가에서, 그리고 그 아래 은행나무 옆에서 서성거렸던 사실을 깜박 잊고 은수의 꿈에 나타난 경태의 모습을 그려보려고 했다. 은수는 시연의 재촉이 마치 망가진 비디오테이프를 가져와 재생시키기를 요구하는 것이기라도 하듯 어이없는 코웃음을 쳤다.

"너랑 고층 빌딩에 매달려 있었어. 거 왜, 있었잖아. 〈칠수와 만수〉라는 연극, 아니 영화였던가? 너희 둘이 꼭 그 모양이었어. 그런데 꿈은 꿈인 것이, 사방에 있는 빌딩들은 철과 유리로 만든 최첨단 공법의 빌딩들이었는데, 유리 안팎이 모두 캄캄하고, 너희들이 매달려 있는 빌딩만은 속이 보이지 않은 채 어렴풋이 빛을 뿜어내고 있는 거야. 꼭 외계 행성처럼 이상하다고 내가 말하자, 경태 그 자식 뭐라고 대답했는 줄 알아?"

"뭐랬는데?"

"종이로 만든 빌딩이라서 그렇다는 거야. 죽어서도 종이 타령이야, 그 자식은. 너도 알지만, 난 꿈 같은 거 꾸고도 깨면서 잊어버리고 말잖아. 그런데 이번엔 이상해, 아니 이상했어."

은수는 다른 사람들과 함께 있을 때는 시연에게 깍듯이 누이라고 부르다가도 둘이 있으면 평소대로 너라고 불렀다. 나이로는 시연과 세 살 터울이었지만 학교를 일찍 들어가 학번으로는 이 년 차였는데, 시연의 얼굴이 동안인데다가, 키가 작아서 일가친척은 물론이고 동네, 학교 할 것 없이 보는 사람마다 은수를 오빠로 알았다. 반말은 물론이고 툭하면 동생 취급하는 은수의 시건방진 태도 때문에 중학교 때까지 무던히도 싸웠지만, 이후로는 특별히 이성 친구가 필요 없을 정도로 단짝 친구로 지냈다. 경태가 끼어들어서 어색한 공백기간이 있었지만, 그 공간도 이제는 거의 다 메워지고 없었다.

"꿈은 다 이상하지, 뭐. 현실과 너무 똑같아도, 더 이상하게 느껴지는 게 꿈이고. 근데, 얼굴은 봤어?"

시연은 은수의 말에서 도무지 경태의 모습을 알아볼 수가 없어서 답답했다. 은수는 아차!, 실수했다는 듯이, 입맛을 쩍 다실 뿐 다음 말을 잇지 않았다.

"그냥, 네 옆에 누가 있으니까, 그 자식이라고 생각한 거지."

시연은 은수의 말에 웃어야 할지 울어야 할지 입술을 깨물었다. 그것은 은수가 아무리 시연의 상대로 경태를 부정해왔어도 결국 인정하고 있었다는 말이었다. 그 말은 시연의 상대로 현우 생부, 그리고 경태 전후로 만났던 몇몇 남자들은 절대로 인정할 수 없다는 뜻이었다.

"솔직히 말이야, 나 그 자식 얼굴 제대로 기억이 안 나. 열아홉 살 때 얼굴 말고는."

*

주지는 다음날도 돌아오지 않았다. 비 갠 산사의 초목들은 나른한 봄기운을 떨치고 상큼한 여름으로 나아가고 있었다. 시연은 행자가 차려주는 아침 공양을 마친 뒤 어제처럼 산을 내려가 마을 입구 보리밭 가에 차를 세워놓고 현우와 북월드의 공동 CEO 장주간, 그리고 은수와 통화했다. 이모는 현우보다도 룰루인지 랄라인지 고놈의 새끼고양이 때문에 못 살겠다고. 지난밤 새 고놈의 고양이 새끼가 괴성에 벽 타기를 하며 얼마나 난동을 부렸는지, 헛바늘이 다 돋고 삭신이 안 쑤시는 데가 없다고 죽는소리를 했다. 현우는 아직 잠에서 깨어나지 않았다고 해서 잠시 후 다시 걸겠다고 하자 이모는 극구 말렸다.

"괜히 에미 목소리 들으면 잘 있다가도 땡깡을 부려싸서 안 들으니만 못해, 아서라."

시연은 일이 마무리 단계이니 곧 올라갈 거라고 노인을 달랬다. 전화를 끊고 나니 가슴이 갑갑해져서 끊었던 담배 생각이 간절했다. 도랑물은 어제와 같이 쿨렁쿨렁 바퀴를 단 듯 굴러내려갔고, 마을 입구에 서 있는 산벚나무는 밤새 혼자만 폭설을 맞은 듯 새하얗게 빛나고 있었다. 장주간은 내주에 있을 오프닝 행사 준비로 이른 아침부터 출근해 있었다. 초대장에 시연의 이름을 넣었다고, 동의 겸 확인차 전화를 걸었는데 사흘 내내 불통이었다고, 그것이 오히려 잘 되었다는 듯이 유쾌하게 알렸다. 시연은 벌컥 화를 내려다가 내주 무슨 요일이냐고 묻고 끊었다. 어제 도랑 옆 논에 못자리를 내던 농부는 보이지 않았고, 그 논 좌우로 도랑물이 그들먹이 들어차고 있었다. 바야흐로 봄이 가고 여름이 시작되고 있었다. 시연은 자동차를 끌고 이 마을 저 마을 건너다녔다. 큰 애 작은 애 할 것 없이 동네 아이들이 버스 정류장에 모여 버스를 기다리며 하릴없이 장난질을 쳤다. 아이들을 태우고도 버스는 정차장에서 오 분이 넘도록 움직이지 않았다. 버스 뒤에서 무작정 기다리다가 시연은 과일을 사야겠다고 생각했다. 단지 통화 때문이 아니라 부처님에게 올릴 과일 몇 알이라도 사러 산을 내려갔다는 것이 행자 보기 떳떳할 것 같았다. 과일을 살 만한 데가 도무지 눈에 띄지 않았다. 버스 운전사에게 물어보니 복흥에나 가야 과일가게가 있다고 했다. 거기가 어디냐고 묻자 운전사는 암말 말고 뒤를 따라오라고 했다. 더디게 터덜거리며 굴러가는 버스를 따라가느라 오 킬로 떨어진 복흥까지 가는 데 십 분 가까이 걸렸다. 삼거리 슈퍼에는 말라비틀어진 오렌지 몇 알과 거뭇하게 끝이 말라가는 딸기, 그리고 시들시들 생기를 잃은 바나나 몇 손이 전부였다. 쓸 만한 것을 몽땅 봉지에 담아가지고 암자로 돌아오다가, 산 입구 보리밭 가에서 은수에게 전화를 걸었다. 은수는 어제처럼 꿈 이야기는 하지 않았다. 대신 시연이 경태 이야기를 꺼냈다.

"그런데 네가 어제 경태 꿈 얘기를 해서 말인데, 나도 가끔 경태 얘기하고 싶었어. 그러니까, 열아홉 살의 경태에 대해서……"

은수는 출근해야 하니까, 한마디로 경태가 시연에게 무엇인지, 그러니까 무슨 의미인지 말해보라고 했다. 그녀는 주먹을 쥔 채 도랑물이 번진 논을 바라보았다. 시연은 싱겁게 웃을 때면 자기도 모르게 손을 꽉 쥐는 버릇이 있었다. 골골이 들어찬 물 기운으로 논은 마치 살아 있는 짐승처럼 꿈틀거렸다. 시연은 콸콸 흐르는 도랑물 앞에서 묵묵히 입을 다물었다. 오랜 시간이 주어진다 해도, 경태는 무엇인가, 한마디로 뽑아낼 수 있을 것 같지 않았다.

"농담이야. 경태는 경태지, 뭐겠어. 안 그래? 나이에 어울리지 않게 순진하기는―. 쯧. 순진이 지나쳐 맹탕이 되어도 좋으니 부디 말끔히 해탈하고 돌아오라구."

은수의 익살에 시연은 어릴 적 간지럼을 타듯 웃고 말았지만, 암자로 올라갈 생각을 하지 않은 채 산 입구에서 경태의 의미에 한동안 붙잡혀 있었다. 열아홉 살의 경태, 아니 시연이 우연히 재회했던 스물세 살의 경태, 그것도 아닌, 마지막으로 시연을 찾아왔던 서른 무렵의 경태는 무엇이었나. 그 모든 순간을 합쳐서 그는 시연에게 한마디로 무엇이었나.

— 난 너에게 뭐지?

경태는 방위 제대를 하자마자 시연에게 청혼을 했다. 새도시에 아파트도 마련했고, 곧 제지회사를 인수할 정도로 장항동 일대에서는 알아주는 사업가였다. 시연은 고정적으로 단행본 출판사 기획팀장으로 일하면서 밤에는 언론출판홍보 대학원 과정을 밟고 있어서 하루 평균 수면 시간이 서너 시간을 넘지 못했다.

— 물론, 나의 피난처고 휴식처, 무엇보다 원기기폭제, 그리고 원기회복제. 그러니까 넌 나의 천국이지.

시연은 경태가 성적인 상대로 완벽하다고 생각했다. 그것은 경태도 마찬가지였다. 삼 년이 지나도록 그들은 단 한 번도 서로에게 만족하지 않은 적이 없었다. 그들의 육체는 서로를 위해서 존재하는 것 같았다. 그러나 시연에게는 경태가 결혼 상대로, 아니 그가 아닌 다른 상대와도 결혼이 절실하지 않았다. 경태는 시연이 청혼을 무시한 것으로 받아들이고 두 달 뒤 거래처 미스 김과 결혼해버렸다. 그사이 시연이 지방 출장이 잦기도 했지만, 경태가 다른 여자와 결혼하리라고는 꿈에도 생각하지 않고 있던 터라 그런 만큼 방심하고 있었던 것이었다. 시연은 제법 오래가는 경태의 화도 풀어줄 겸 한성 P&L로 감리차 나갔다가 그의 결혼 소식을 듣고 벼락을 맞은 듯 꼼짝달싹 못 하고 공장 마당에 산더미처럼 쌓아올린 파지 부스러기들만 멍하니 바라보고 서 있었다. 할렐루야 식당을 지나 굴다리를 지나 경태의 오막살이 작업실 앞까지 갔다. 시연이 문 앞에 서자 안에서 문이 스르르 열리며 웬 노파가 소금 한 줌을 시연에게 호되게 뿌렸다. 고시래에. 시연의 몸에서는 후드득후드득 소금 알갱이들이 떨어져내렸고, 그녀의 검은 눈에서는 투명한 눈물방울이 줄줄이 흘러내렸다. 아이쿠, 이를 어쩌나, 손주놈이 장례식에 들렀다가 온다고 해서리, 액땜으루다가 고저. 노파는 손주가 아니라는 것을 알고는 갈고리 같은 손으로 시연의 몸을 훑어내리며 연신 사과를 했다. 시연은 괜찮다고 할머니의 억센 손을 거두어잡으며 여기 살던 청년 어디로 갔느냐고 물었다. 아, 고 맵씨 좋은 청년 말이누? 오도 가도 못하고 거리에 나앉은 나를 보고 그냥 이 집을 주고 가버렸잖겠어. 인사라도 할래두, 통 만날 수가 있어야지. 시연은 굴다리를 지나 할렐루야 식당과 장례식장을 지나 인쇄소 앞으로, 경태의 파지공장 앞으로 걸어왔다. 걸어오는 동안 어둠이 깊었고, 시연의 몸에서는 이따금 소금 알갱이들이 떨어져내렸다.

　―이 꽃을 내가 받아야 할지 모르겠군.

　채 한 달이 되었을까. 경태가 시연의 오피스텔로 찾아왔다. 안개꽃을 한아름 들고 서 있었다. 오막살이 할머니를 찾아갔다가 시연이 왔다 갔다는 것을 들었던 모양이었다. 시연은 개의치 않았다. 결혼을 축하해줬다. 시연은 한 달 뒤 유럽으로 일 년 과정의 세계 언론출판편집자 연수 참가차 출국한다고 알렸다. 경태는 시연의 진심을 오해했음을 시인했다. 시연은 그가 미안해할 필요는 없다고 말해줬다. 사실은 그렇게 결혼해줘서 고마운 마음도 없지 않았다고 덧붙였다. 경태는 고개를 숙였고, 시연은 의자에서 일어나 창가로 가 밖을 내다봤다. 한강으로 이어지는 도로에 자동차 행렬이 불야성을 이루고 있었다.

─너를 한번 안아봐도 될까? 마지막으로?

경태가 고개를 숙인 채 시연에게 부탁을 했다. 시연은 경태에게 다가가 그의 머리를 가슴에 꼭 끌어안았다. 그의 몸에 붙어 있던 안개꽃 알갱이들이 가볍게 떨어져내렸다. 시연은 그것을 소금 알갱이들로 착각했다. 그러고는 찝찔하게 혀끝을 죄어오는 느낌에 오금을 펴지 못했다. 경태의 얼굴에 얼룩진 눈물을 보자 시연은 불처럼 뜨겁게 경태의 입에 키스를 했다. 경태와의 섹스는 신기하게도 조금도 변함없이 완벽했다. 마음이 여기 그대로 있으니까. 경태는 시연을 기다리겠다고 했다. 그러기 위해서 가정을 지키고 있겠다고 했다. 시연은 고개를 갸우뚱하다가 끄덕였다.

─만약, 네가 미스 김과 이혼이라도 한다면, 난 영영 돌아오지 않을 거야.

경태는 공항까지 시연을 배웅했다. 일 년의 반은 빠르게, 나머지 반은 느리게 지나갔다.

─너에게 난 뭐지?

시연이 일 년 만에 연수에서 돌아와 첫 섹스를 끝내고 난 뒤 엎드려 잠이 들려는 시연의 몸을 핥으며 경태가 물었다. 시연은, 꿈결엔가, 소금, 내 몸에 없어서는 안 될 소금, 소금 한 줌, 이라고 중얼거렸다. 경태는 듣기 싫지 않은 대답이라는 듯 히죽히죽 웃었다. 그해 겨울 시연은 현우 생부, 연수에서 만났던 J일보 이강일 기자와 결혼했다. 그리고 현우를 낳고 곧 성격 차로 이혼했다. 그 동안 파주 북시티가 완성 단계에 이르렀고, 일부 출판사들과 인쇄제본 업체들이 입주했다. 한성 P&L은 여전히 장항동에 남아 있었다. 경태 역시 거기에서 종이로 만드는 특별한 것에 매달려 있었다. 크리스마스 즈음에는 두번째 아이가 태어날 것이었고, 미스 김은 살림 하나는 똑 부러지게 잘한다고 했다. 할렐루야 식당에서 삼겹살에 소주를 마신 뒤 경태는 시연에게 토요일에 오피스텔에 가도 되겠냐고 물었다. 시연은 가방을 뒤져서 소금 알갱이를 찾아냈다. 경태는 토요일 아침마다 거래처를 들르듯 시연의 오피스텔에 왔다가 갔다. 경태와의 섹스는 칠 년의 세월이 무색할 정도로 매번 황홀했다. 더이상 시연에게 자기의 의미 따위는 묻지 않았다. 시연은 경태가 흥분하며 지껄이던 소리를 언제나 기억했다.

　─나는 소금, 네 몸에 없어서는 안 될 소금 한 줌이라구, 아흐.

"저 꽃 이름이 뭔가요?"

시연이 행자에게 물었다. 둘은 점심 공양 후 마루에 나란히 앉아 마당 가에 노랗게 물결치는 연노랑 꽃을 바라보고 있었다. 벌이 날아와 시연과 행자 사이를 오가며 윙윙거렸다. 행자는 난제를 받아든 학생처럼 뜸을 들이다가, "노란 꽃이라는 것밖에는 아직 이름을 모릅니다"라고 대답했다. 시연은 싱거운 웃음이 터지려는 것을 참으며, 무꽃인가? 혼잣말을 둘러대며 벌을 피해 마당으로 내려갔다. 무꽃이라 하기에는 땅에 박힌 뿌리가 너무 얕아 보였다. 시연은 아침 공양 후 산을 내려갔다 온 이후로는 가로등 아래를 서성거리거나 은행나무 공터를 오르내리지 않았다. 대신 점심 공양 전후 법당 앞 토방 가와 마당 가 이쪽과

저쪽을 성심껏 걸어갔다 걸어왔다 했다. 나머지 시간은 인욕의 방에서
나오지 않았다. 시연이 체조선수처럼 몸의 균형을 잡고 법당 앞 토방의
이쪽에서 저쪽까지 반복해서 걸어갔다 왔다 할 때면 행자의 시선이 느
껴졌다. 어쩌다 그녀와 눈이 마주치면 행자는 부처님 공양을 들고 법당
으로 걸어오던 발걸음이 엉겨서 넘어질 뻔했다. 시연은 행자가 몸을 바
로 세우고 반듯하게 제 걸음을 찾도록 법당 중간에서 뒤로 돌아섰다.
그러고는 토방 끝까지 걸어가 처마 끝에 매달린 풍경처럼 그대로 서 있
었다. 그쪽은 백학봉으로 올라가는 등산로가 있었고, 통나무들을 잇대
어 만든 표고버섯 재배장이 있었다. 시연이 어제 저녁 공양 때 어색한
침묵을 깨뜨리기 위해 행자에게 예불을 드리는 것 이외에 하루 종일 무
엇을 하느냐고 묻자 행자는 반가운 질문인 듯 수행의 하나로 백학봉에
오르기도 한다고 즉시 대답하면서 백학봉은 인근 봉우리 중에서 단연
으뜸이라고 말했었다. 시연이 안개비가 자욱한 창 밖을 바라보며 내일
비가 개면 한번 올라볼까, 하고 말하자 행자는, 비 갠 다음 날은 미끄러
워 위험하니 모레 올라가는 게 좋다고 말했다. 시연은 주지 스님이 돌
아오시는 대로 내일 아침에라도 암자를 떠날 생각이었다. 주지가 시연
에게 암자를 맡기고 출타를 한 건 아니지만, 그렇다고 행자와 단둘이
지내다 말도 없이 떠나는 것이 왠지 좋은 모습은 아닌 듯싶었다.

　"내일은 스님께서 돌아오시겠지요?"

　시연이 마당의 자갈을 밟고 마루로 올라와 행자와 다시 나란히 앉으
며 물었다.

　"네, 돌아오신다고 하셨습니다."

　"스님께서 바쁘신가봐요."

"회의 참석이 많으신 편입니다."

시연의 동료나 후배들은 시연의 회의 열정에 신물이 난 사람이었다. 기획회의, 일차 작업회의, 일차 작업평가회의, 이차 작업회의……, 최종 평가회의…… 비행기에서도 열차에서도 시간만 났다 하면 시연은 노트를 꺼내고 회의록을 작성했다. 그런데 사흘 동안 암자에서 시연이 한 것은 고작 행자가 차려주는 세끼 공양을 얌전히 앉아 먹는 것과 이른 아침 산을 내려가 긴 통화를 하는 것과 법당 아래 마당을 왔다갔다 한 것이 전부였다. 믿을 수 없는 일이었다. 믿을 수 없는 것으로 치면 그것뿐이 아니었다. 마당까지 치솟은 고목의 높이며(대략 칠팔십 미터는 되어 보였다), 예불 시간과 공양 시간 이외에는 암자 입구 옛 승방에 틀어박혀 자정까지 나오지 않는 행자며, 언제 돌아올지 모르는 주지승의 행방이며, 자정 무렵이면 어김없이 울어대는 귀신 새의 사연이며……

"스님이 며칠씩 출타를 하시면 혼자 지내십니까?"

"그렇지요."

"무섭지 않아요?"

"무섭지 않습니다."

시연은 귀신 새의 울음소리를 참다 못해 문을 열고 나와 행자가 들어 있는 건너편 승방의 불빛을 확인하고 들어가곤 했다. 그러면 행자는 기다렸다는 듯이 시연의 방 옆방으로 돌아왔고, 시연은 그제서야 가슴에 두 손을 얹고 잠을 청했다. 불을 끄면 산 전체가 어둠 덩어리가 되어 시연의 몸을 덮칠 것 같아서 불도 못 끈 채 뒤척거리다가 어설프게 잠이 들곤 했다. 그러면 어느덧 새벽 네시 반 행자의 염불 소리가 시연이 누운 오른쪽 법당에서 들렸다.

"밤새 잠을 안 주무시나봅니다."

"아닙니다."

"늘 불이 켜 있어서요."

"무서워서 불을 끄지 못합니다."

"무엇이 그리 무섭습니까?"

"새소리, 바람 소리, 어둠, 그리고……"

"생각이 많으시군요."

"이제 견딜 만합니다."

시연은 마당에서 주워온 자갈돌을 마루에 올려놓았다. 바다에서 온 것들임에 분명했다. 짠 냄새며 흰 빛깔이며 그것들에게는 바다의 흔적이 역력했다.

"나이를 물어봐도 될까요?"

"열아홉입니다."

"친구들은 없습니까?"

"있습니다. 고3입니다."

"곧 대학에 가겠군요."

"저두 내년에 승가대학에 갑니다."

"스스로 이 길을 선택하신 거겠지요."

"그렇습니다……"

"후회하신 적은 없으시겠지요."

"……없습니다."

시연은 자갈돌을 집어 눈 가까이 들어올렸다가 내려놓았다. 행자를 옆에 두고 자갈돌을 만지며 은수를 생각했다. 은수가 오직 기억하는 열아홉 살의 친구 얼굴을 생각했다. 행자는 모를, 자갈돌보다 작고, 자갈돌보다 흰 소금 알갱이들의 비의(秘意)를 생각했다. 그 눈부셨던 순정을.

*

옛 승방 앞 고목에 피었다가 지쳐 남아 있던 지난 봄날의 목련 꽃잎이 밤새 후드득 떨어져내렸다. 속절없이 주지를 기다리고 있을 수만은 없어 아침 공양 후 산을 내려갔다 노란 참외 몇 알을 사들고 올라오면서 점심 공양을 마치고 세시경에 하산하리라 생각했다.

"마음먹은 일은 다 이루었는지요?"

멀리서도 시연의 마음을 꿰뚫어보았는지 주지가 지프차를 끌고 두시경에 돌아왔다.

"회의는 잘 끝내셨는지요?"

시연이 반갑게 주지에게 달려가 인사를 하자 주지는, 회의는 무슨 회의요, 보살님도 계시고 해서 믿고 지리산으로 꽃구경 갔다 왔습니다, 하고 허허 웃었다. 얼굴이 검붉게 그을린 것이 마지막 봄볕이 따가웠던 모양이었다. 시연은 공연히 주지의 웃음 앞에 얼굴을 붉혔다.

"그나저나 왜 벌써 가려고 하십니까. 아주 여기 살려고 오신 것이 아닙니까?"

"네, 살았으면 좋겠습니다."

"별일 없으셨습니까?"

"커다란 거미가 지난밤에 제 방에 나타났었습니다."

"어찌 했는지요?"

"행자님이 달려와 마루로 밀어내셨습니다."

"거미 말고 무서운 것은 없었습니까?"

"어둠이 무서웠습니다. 하지만 이제 견딜 만해졌습니다."

"허, 정들자 이별입니다."

주지가 돌아오자 정지된 시간 속에 들어앉아 있는 것처럼 고요하기만 하던 암자에 활기가 돌았다. 다실에서 주지 스님께 작별인사를 하고 나오자 행자가 물기 가득한 눈으로 마루 끝에 서 있었다. 행자가 가져다준 고무신을 깨끗이 빨아 마루 끝에 얹어놓고, 걸레와 수건을 빨아 암자 뒤뜰에 널 때까지 그대로 서 있었다. 시연이 법당에 들어가 부처님께 삼배를 하고 나오자 행자가 얼른 가방을 들고 마당으로 내려갔다.

"가을에 다시 오도록 하지요."

시연의 기약 없는 말에 행자의 눈에 생기가 돌았다. 시연은 그 눈빛을 보고 섣불리 책임질 수 없는 약속을 했구나, 후회로 입술을 깨물었다. 행자는 잠시라도 말미를 얻으려는 듯 자동차 유리창에 떨어져내린 어린 은행잎들을 차근차근 걷어내주었다. 합장을 하고 자동차에 타려다가 시연은 지난 나흘간 묵었던 암자를 힐끗 뒤돌아보았다. 나흘간이 찰나적으로 사십 년과 겹쳐지는 듯했다. 마루에 어제의 조약돌이 그대로 놓여 있었다.

••• 성(城)이 의미하는 것 또는
아무것도 아닌 것

1. 그들은 모두 성으로 갔다

　그날 그녀가 성(城)에 가리라고는 아무도 예상하지 못했다. 그녀가 역에 도착하자 시간은 오전 열시를 막 넘어가고 있었다. 여행자 안내소에 들어갔다가 서둘러 역 광장 건너편 여행사로 달려가니 차가 막 출발한 상태였다. 초고속 열차가 삼 분 연착하는 바람에 그녀는 세 시간을 기다려야 했다. 세계 최고의 성능과 속도를 자랑하는 고속철이 연착하는 경우는 확률적으로 매우 드물다고 했는데, 공교롭게도 그녀를 실은 초고속 열차는 삼 분씩이나 늦고 말았다. 시속 삼백삼십 킬로미터로 달리는 초고속 열차에서 삼 분이란 엄청난 시간이었다. 종착지 도착 시간에는 이상이 없을 거라는 안내방송이 덧붙여졌다. 그녀가 그 열차를 타게 된 것이 전적으로 우연, 아니 십여 년에 한 번 있을까 말까 한 돌발적인 충동에 의한 것이었으므로 초고속 열차의 우연한, 아니 돌발적인 연착 역시 크게 문제시될 일은 아니었다.

역 광장에는 두 개의 분수가 시원하게 물줄기를 뿜어올리고 있었다. 그러나 그녀에게 주어진 세 시간은 맹렬하게 내리쬐는 햇볕만큼이나 난감한 것이었다. 다른 방편을 모색해볼 것인가 잠시 고민하다가 다음 차편까지 기다리기로 했다. 햇빛 속에 발을 들여놓는 것이 엄두가 나지 않아 광장 가두리를 두리번거리다가 노천카페에 자리잡고 앉았다. 그리고 그곳—프랑스 중세도시 T시—의 사람들—주로 노인들—이 잘 하듯이 커피 한 잔을 시켜놓고 참을성 있게 시간을 죽였다. 오후 한시, 미니밴의 정원이 채워지자 운전사가 시동을 걸었다. 노란색 미니밴 세 대가 그녀가 탄 차 뒤에 더 대기하고 있었다. 어디서 나타났는지 출발 시간이 되자 여행자들이 하나둘 모여들었다. 성의 행선지 별로 여행자들이 갈리었다. 운전사가 간단히 행선지와 소요 시간을 설명했다. 운전사를 제외한 여덟 명의 여행자들의 국적은 적어도 넷 혹은 다섯이었다. 앞줄에 앉은 두 중년 커플이 영어와 독일어 사용자였고, 그 뒷줄 그러니까 그녀 옆에 앉은 모녀 커플은 일본인이었다. 나머지 두 사람, 그녀와 모녀 옆의 동양인 청년은 성에 닿을 때까지 입을 꾹 다물고 있었으므로 서로 동일 언어 사용자인지 아닌지 알 수 없었다.

버스는 강을 따라 달렸다. 강이 거의 바닥을 드러내 보이고 있었다. 서유럽을 휩쓴 백 년 만의 가뭄이 작년에 이어 올해에도 기승을 부리며 풀포기는 물론이고 강의 자갈 바닥까지 핥아가고 있었다. 적당히 흔들리는 버스의 리듬감 때문인지 정오의 복사열 때문인지 창 밖으로 펼쳐지는 성들의 윤곽이 뿌옇게 흐려지곤 했다. 창문을 열자 어디선가 휘파람 소리가 들렸다. 그녀는 휘파람 소리를 좀더 잘 듣기 위해 온 신경을 귀에 집중했다. 휘파람 소리는 어디에서도 들리지 않았다. 창문 안팎으로 휙휙 넘나드는 바람 소리뿐이었다. 성들은 강을 따라 이쪽 저쪽에서 숨바꼭질하듯 나타났다 사라졌다. 여자는 그 강, 그 길이 처음이 아니었다. 그 사실이 뜬금없이 그녀를 심란하게 했다. 처음이 아닌데, 처음보다 더 낯선 것. 그녀는 미루나무 높다랗게 출렁이는 강변을 바라보면서, 처음인데 너무 친숙한 느낌이 들 때와는 정반대의, 그러나 동일한 강도의 혼란에 잠시 빠져 있었다.

차는 답답할 정도로 중세의 분위기를 간직한 작은 마을을 에돌아 성으로 들어가는 울창한 숲길로 접어들었다. 나무들은 제 키를 가누지 못하고 서로 기대어 얽혀 있었고 숲은 가도 가도 끝이 없었다. 일본인 모녀는 보이는 것이라곤 숲을 가로지르는 이차선 도로와 우거진 수풀뿐인데도 무엇이 그렇게 흥미로운지 이따금 창 밖으로 고개를 돌려 간지럼을 타듯 가볍게 웃으며 소곤거렸다. 그녀들 옆의 동양인 청년은 여전히 입을 꾹 다문 채 시선을 앞에 고정시키고 있었다. 그런데 그의 시선이 정확히 꽂히는 곳은 숲도 길도 아닌 운전사의 대머리 뒤통수였다. 그러므로 그는 어디를 바라보고 있다고도 할 수 없었다. 그보다는 어떤 생각, 혹은 어떤 추억에 몰두하고 있다고 보는 것이 맞을 것 같았다. 5500헥타르의 공원과 숲이 성을 둘러싸고 있다고 운전사가 비죽 설명을 했다. 그러자 차는 곧 성에 닿았다.

그가 역에 도착한 것은 오후 한시 십오분이었다. 예정보다 십오 분이 늦어졌다. 여덟 명의 일행 중 반을 차지한 중국인들이 포도주 굴에서 포도주 시음과 구입을 너무 떠들썩하게 한 탓이었다. 그 바람에 그는 타야 할 고속철을 놓쳤다. 세 시간을 기다려 다음 고속철을 탈 것인가, 왕복 티켓을 물려서라도 특급열차를 타고 우회해서 갈 것인가 결정해야 했다. 특급열차는 분명 고속철 종착지인 북대서양 해변에서 돌아오는 피서객들과 개학을 준비하는 대학생들로 붐빌 것이었다. 자리가 있을지도 확실치 않았다. 그리고 무엇보다 시간에 맞춰 돌아가야 할 이유가 그에게는 없었다. 아무도, 어떤 일도 그를 기다리고 있지 않았다. 아니 아무도 그가 거기에 있으리라고, 게다가 그가 성에 가리라고 짐작하지 못했다. 그와 관계된 사람들 사이에서 그는, 나흘째 연락 두절, 과장하자면 실종 상태였다. 그는 고속철과 같이 매우 빠른 것이 얼떨결에, 그러나 완벽하게 떨궈준 진공 상태의 자유가, 아니 그보다는 살아 있는 기분을 얹어주는 무장해제 상태의 자유가 싫지 않았다. 그는 행선지와 도착 출발 시각이 기계적으로 착착 조정 게시되는 열차 상황판에서 눈을 떼고 돌아섰다. 세 시간을 기다리기로 했다.

폭우처럼 맹렬하게 내리쏟는 땡볕 속을 어슬렁거릴 자신이 없었으므로 그는 시원하게 쏟아지는 역 앞 분수대 벤치에 앉아 물줄기를 바라보다가 그 옆 노천카페에 자리잡고 앉았다. 그리고 그곳 사람들 — 젊으나 늙으나 주로 단독자들 — 이 일과로 삼듯 생맥주 한 잔을 시켜놓고 태연하게 시간을 죽였다. 그들에게서는 어디에도 매이지 않은 자의 자유—엄밀히 말하자면 중년에게서는 고독한, 노인들에게서는 외로운 자유—가 느껴졌다. 돌이켜보면 그도 젊은 시절 자유를 갈망했었다. 그러나 십오 년 전부터 그는 단 한 번도 세 시간 이상 한 자리에 앉아 지나가는 노인들과 개들을 시시콜콜하게 바라보며 지낸 적이 없었다. 그게 뭐 대수로운 일이라고! 그는 짐짓 일 주일 전까지의 버릇대로 자신을 몰아세웠다. 같은 부 동료들뿐만 아니라 신문사 타 부원들까지 그를 두고 바늘로 찔러도 피 한 방울 나오지 않을 사람이라고 입을 모았었다. 그는 그 말을 크게 불쾌하게 생각한 적이 없었다. 사실 그는 신문사 내에서 누구도 따를 수 없을 만큼 실적이 많았다. 경쟁지를 따돌리고 그가 따낸 특종 수로 치면 벌써 부장 자리를 꿰차고도 남았다. 그렇게 보면 그는 관례를 깨고 두 기수 위의 선배들을 제치고 차장 자리에 올랐다고는 해도 그 자리가 그다지 탐탁한 것은 아니었다.

그에게 아내가 있다는 것이 신기할 정도로 그는 밤낮없이 취재와 그에 관계된 일에 매진해왔다. 자정 퇴근은 보통이고, 새벽 네시까지 자리를 지키고 있다가도 여덟시면 출근해서 정색하고 앉아 있곤 했다. 기자 생활의 핵인 독종의식으로 치자면 그와 별반 다를 것 없는 그의 동료들에게 그 다음으로 미스터리는 그의 아내였다. 그가 결혼한 지 십 년이 되도록 누구도 그의 아내를 본 적이 없었을뿐더러, 그에게 걸어오는 전화도 없어 목소리조차 들어본 적이 없었다. 그러나 그는 아내와 아이들로부터 인정받는 가장임에 틀림없었다. 그는 새벽까지 아무리 폭탄주에 드라큘라주까지 애교로 곁들어 폭음을 한 다음날에도 끄떡없었다. 한마디로 그는 뒤통수를 호되게 얻어맞은 듯 불쾌한 표정으로 연신 속을 쓸어내리며 출근하자마자 해장국집부터 찾는 동료들과는 달라도 너무 달랐다. 그것은 가정에 문제가 없다는 반증이었다. 그들은 그렇게 믿었다. 회식 때 새카만 여자 후배가 술김에 그에게 찰싹 엉겨붙어 아내는 어떤 사람이냐고 끈질기게 물고 늘어져도 그는 갓 결혼한 새신랑처럼 살짝 얼굴을 붉히며 자기 아내는 우렁각시라 자기도 잘 만나지 못하는 사람이라며 화제를 슬쩍 다른 데로 돌렸다. 그즈음, 무슨 바람이 불었는지 부장이 부서 야유회를 제기하면서 가족 동반이 필수라고 못 박았고, 당연히 관심은 모두 그에게 쏟아졌다. 그가 공개한 아내는 남성 동료들을 자극할 만큼 절대 미인이었고, 무엇보다 상큼하게 젊어 보였다. 그리고 두 아이들, 두 살 터울의 남매도 복숭아처럼 탐스럽고 조약돌처럼 단단해 보였다. 언 놈은 복도 많지! 술 취한 부장이(그의 아내는 만성 치질 환자였다) 역시 술 취한 차장대우 선배(그의 아내는 학구열이 대단해서 두 개의 석사학위도 모자라 또 한 개의 석사학위를 위해 석사과정을 밟는 중이었다)의 복장을 확 질렀다. 그러자 술 취한 차장대우 선배가 역시 술 취한 부장에게(그들은 사실 대학 동기였다!) 그 동안 시커멓게 탄 속을 확 까 보였다. 저놈, 괴물 아냐? 그는 술 취했던 부장과 역시 술 취했던 차장대우 선배가 자꾸 꼬부라지는 혀만큼이나 휘청거리는 손가락으로 한사코 자신을 꼬부라지게 가리키던 장면이 떠올라 실없이 흐흐 소리내어 웃었다. 생각해보니 오래 전 일이었다.

맞은편에서 눈을 꿈벅거리며 신호등에 대기중인 차들을 구부정하게 서서 바라보고 있던 파란 눈의 백발 노파가 자신을 보고 웃는 줄 알고 기분 나빴던지 그에게 눈을 돌려서는 역시 꿈벅거리며 시위하듯 바라보았다. 노파의 눈길이 꿈벅거리는 정도와 상관없이 올곧게 느껴지자 그는 아까 성에서 그를 줄기차게 바라보던 한 소녀의 시선을 떠올렸다.

그 소녀와 백발 노파의 눈길이 매우 닮았다고—그러나 소녀는 눈을 노파처럼 끔벅거리지 않았다—느꼈다. 굳이 닮은 점을 찾자면 두 여자가 한결같이 그를 주목했다는 것, 방식은 달라도 내용은 같다는 것. 아무튼 그는 백발 노파의 주목으로 소녀를 좀 길게 떠올리게 되었다. 그러느라 손톱 속을 새카맣게 메우고 있는 돌부스러기와 이끼들을 들여다보게 되었다.

2. K 왔다 가다

이따금 허공에서 모래가 떨어져내렸다. 그녀는 여기, 하늘을 배경으로 만들어진 반원형 테라스에 서서야 비로소, 가루처럼 아니 연기처럼 그녀 코끝으로 흩날리는 모래를 느끼고 나서야 비로소, 십오 년 전 이 성에 왔던 기억을 뚜렷이 되찾았다. 그날 그녀 외에 아무도 머리 위로 모래가 흘러내리는 것을 대수롭지 않게 여겼었다. 오백 년 된 성의 혜택, 아니면 그 성에 대한 예의라도 되는 듯이 사람들은 오히려 흘러내리는 모래와 이끼 부스러기를 음악 감상하듯 지그시 눈을 감고 느껴보려는 듯했다. 그녀는 사람들과 마찬가지로 지붕 테라스 돌난간에 몸을 기대고 드넓게 펼쳐진 성의 영지(領地)를 하염없이 바라보았다. 성을 에두른 해자(垓字)의 물줄기가 숲과 초원을 지나 지평선까지 기다랗게 흘러가고 있었다.

그녀는 손바닥을 펴서 허공에서 떨어지는 모래 알갱이들을 받았다. 자연 그것들이 떨어지는 허공을 올려다보았고, 그러다가 거주탑으로 연결되는 통로 저편 벽으로까지 눈길이 닿았다. 성의 몸체와 날개를 잇는 계단이 어슷어슷하게 나 있었고, 그 사이로 사람들이 술래잡기하듯 얼굴을 내밀었다가는 거두어들였다. 그녀의 눈은 무의식적으로 한 남자를 찾았다. 그는 당연히, 있지 않았다. 그녀는 그렇게 생각하면서도 고집스럽게(때로 고집이 고통을 완벽하게 대신하는 경우도 있다) 십오년 전 한 남자가 걸어오던 통로를 지켜보았다. 그날 그는 성벽과 한 몸이 되어 있다가 한순간에 툭 떨어져나온 듯했었다. 그날 그를 본 것은 그녀만이 아니었다. 지붕 테라스에 한 혈족처럼 주욱 늘어서 있던 다양한 인종의 여행자들 모두 그 남자에게 일시적으로 시선을 쏟았었다. 남자의 걸음걸이 — 그보다는 그 걸음걸이를 작동시키는 그의 몸체 — 는 손가락 사이로 방류되는 뼛가루만큼이나 도무지 부피감이 느껴지지 않았다. 남자의 입에서 흘러나오는 휘파람 소리 — 그는 휘파람을 불지 않았을지도 모른다. 그녀 기억이 만들어내는 환청일지도 모른다 — 가 아니었으면 그는 투명인간처럼 사람들의 눈길을 끌지 못했을 것이었다 (아니 정말 그는 그녀 눈에만 보이는 투명인간이었을지도 모른다). 남자의 입에서 휘파람 소리가 사라지자, 사람들은 약속이나 한 듯 이내 눈길을 숲과 초원으로 돌렸다(그러니 그는 분명 휘파람을 불었다). 그녀는 그를 끈질기게 주목했다. 아니, 그가 웬일인지, 아니 진짜 그랬던 것인지, 아무튼 한 몸처럼 붙어 있(었던 것 같)던 그 등뒤의 벽을 그녀는 계속 쳐다보았다.

그가 방금 떨어져나온 벽에는 도마뱀이 꼬리를 엉덩이 밑으로 말아 쥐고 고개를 외로 튼 자세로 박혀 있었다. 착시인가, 두어 번 눈을 꿈벅거리며 자세히 관찰해보니, 그 도마뱀 좌우로 똑같은 모양과 포즈의 도마뱀이 수도 없이 증식되어 있었다. 도마뱀은 한번 눈에 들어온 이상

피해 나갈 수 없다는 듯이 벽이든 천정이든 계단이든 성 어디를 가나 짓궂게 꼬리쳤다. 그녀가 도마뱀에 눈이 팔려 있는 동안 남자는 감쪽같이 사라졌다. 그녀는 자석에 이끌리듯 그가 박혀 있던 벽으로 다가갔다. 통로 바닥에 돌부스러기와 이끼들이 우수수 떨어져 있었다. 그리고, 놀랍게도, 그녀가 아는 글씨가 새겨져 있었다. K 왔다 그녀는 어렵게 해독을 해야 할 암호문도 아닌데 그 문자 앞에서 필요 이상으로 오래 서 있었다. 지붕 테라스로 눈을 돌리자 언제까지라도 한 방향으로 서 있을 것 같던 사람들은 사라지고 새로운 얼굴들이 같은 풍경으로 늘어서 있었다. 그녀가 헐레벌떡 성 중앙 이중 나선형 계단의 내리막을 달려내려왔을 때 그 남자, 바로 그 K가 보였다. K는 그녀와는 반대로 오르막 계단에 발을 들여놓고 있었다. 그녀에게인지 그녀 주변, 그녀가 모르는 누군가에게인지 K가 찡긋 윙크를 하고 올라갔다. 그녀는 로비에서 십여 분간 서성거리다가 다시 오르막 계단을 밟았다. 채광탑이 있는 마지막 층에 이르자 건너편 내리막 입구에 K가 다시 보였다. 그녀에게인지 그녀 뒤, 그녀가 모르는 누군가에게인지 K가 으쓱 어깻짓을 하고 내려갔다. 그리고 다시 K는 나타나지 않았다.

그녀는 그날 갔던 성의 이름을 잊었다. 그 성뿐만이 아니라 그 성이 있던 지역 명도 그곳을 빠져나오는 순간 깨끗이 잊었다. 그럴 수밖에 없는 것이 그녀는 그날 여행에 대해 전혀 관심이 없었다. 그녀를 낳은 사람들에 대한 최소한의 예의로 그들의 요구—그들에게 주어진 부모로서의 권리와 의무를 다할 수 있는 기회를 달라는—에 의해 동행을 *해준* 것뿐이었다. 그때 그녀 나이 열여섯, 세상사—그녀를 낳은 사람들은 이혼 성사중이었고, 그때까지 그들이 그녀에게 준 가장 큰 선물은 이혼이었다 — 가 급격히 시시해지기 시작하던 때였다. 그리고 아무도 관심을 갖지 않는 것들에 맹렬히 사로잡히는 시기이기도 했다. 모래와 이끼 가루들은 좀체 손바닥에 모아지지 않았다. 그녀는 그러고 있을 때 가 아니었다. 열여섯 살의 소녀가 그랬듯이 그녀는 천천히 K의 벽 — 부르고 보니 그럴듯했다 — 을 향해 걸어갔다. 그녀가 성에 온 이유, 그녀를 이끈 (우발적인 충동이었다고 하기에는 너무나) 확실한 실체가 거기 몇 발자국 앞에 기다리고 있을 것이었다. 그녀는 마치 잃어버린 성(城), 열여섯 살의 시간을 되찾은 듯 두 손을 으스러져라 꽉 쥐고 벽으로 한 발 한 발 다가갔다. 그것이 있었다, 보였다. 그런데, 그것만이 아니었다. K 왔다 옆에 새로이 가다가 새겨져 있었다. *K 왔다 가다* 그녀는 자신의 눈을 의심했다. 십오 년 전 그날 그것과 맞닥뜨렸을 때처럼 두 글자는 방금 새겨진 것이었다. 그렇다면 K는 지금 이 성에 있다는 것이었다. 순간, 그녀는 이중 나선형 계단 쪽으로 몸을 획 돌렸다.

*

K는 그에게 주어진 세 시간 중 한 시간을 손톱에 낀 모래 가루와 이끼 부스러기들을 파내는 일로 소일했다. 성에 도착해서 K는 맨 먼저 이중 나선형 계단을 뛰어 밟아서는 지붕 테라스에 단숨에 올랐었다. 그러고는 통로 끝으로 달려가 십오 년 전 그가 힘주어 이끼를 떼냈던 부위를 찾았다. 과연, 아니 당연히 그것은 희미하게나마 존재했다. 그는 이끼를 떼어내고 새겨놓았던 자신의 일부 — K 왔다 — 를 발견하고는 모

래와 이끼들의 거처가 되었을 뿐 시각시각 잊혀져가고 있는 폐광에서 금강석을 캐낸 듯한 막강한 기쁨에 두 주먹을 으스러져라 움켜쥐었다. 그러다 그 엄청난 물건을 그만 작은 실수로 강물에 떨어뜨리고 만 듯한 뼈저린 상실감에 두 손을 부여잡은 채 그대로 서 있었다.

사실 K가 고속철을 놓친 것은 성에서 다른 누구도 아닌 바로 그가 지체했기 때문이었다. K가 지체를 하자, 이후 답답할 정도로 중세적인 분위기를 뒤집어쓰고 있는 작은 마을 답사와 포도주 저장굴의 시음 코스에서 지체가 늘어나게 되었다. K가 성 밖으로 나왔을 때 중국인이 대부분인 일행 누구도 보이지 않았고, 미니밴이 정차했던 주차장으로 달려가자 모두들 자리를 잡고 앉아 무표정한 얼굴들로(그보다 더한 힐책을 그는 알지 못했다) K가 오기만을 기다리고 있었다. 십오 년 전에 K가 이끼를 긁어내고 새겼던 세 글자 옆에 두 글자를 새기는 데 한 시간 가까이 걸렸던 것이었다. 그 바람에 K는 그 짓 이외에 성에서 한 것이 아무것도 없었다. 꼬리치며 다가오는 도마뱀들도 그냥 지나쳐버렸고, 최대의 성으로 공을 들인 야심만만했던 왕의 침실에는 들어가보지도 못했다. 도마뱀은 성을 상징하는, 왕의 불가사의한 문양(적에게 쫓기다 꼬리가 잡히면 꼬리를 끊고 내빼는 족속이 도마뱀이다)으로, 왕은 성 곳곳에(성에는 중앙 이중 나선형 계단으로 연결된 채광탑과 원형탑으로 된 네 채의 아성, 두 채의 예배당, 사백사십 개의 방이 있다) 도마뱀을 새기게 했다(나라 곳곳에 성을 건설한 것으로 이름난 그 왕은 후일 유럽의 황제 자리를 놓고 벌인 전쟁에서 패하자 그 성을 헌신짝처럼 버리고 돌아오지 않았다). 성에 새겨진 도마뱀 수는 무려 칠백 마리가 넘는다고 했다. 도마뱀은 그렇다 치고 K가 왕의 침실에 크게 관심이 있었던 것은 아니었다. 다만, 침실 유리창틀에 새겨진 글귀를 생각했을 뿐이었다. *모든 여자들은 변덕스러우며 여자를 믿는 남자는 바보다.* 성벽의 이끼를 긁어내고 고작 두 글자를 새기는 데 필요 이상의 시간이 걸린 것은 십오 년 전 미처 새기지 못했던 또다른 네 글자가 K의 손끝을 붙잡고 있었기 때문이었다. 공백의 네 글자는 지선이랑이었고, 십오 년 만에 연결된 두 글자는 가다였다. *K 왔다 가다*

3. 기억의 역설

K는 성에 없었다. 그녀는 이중 나선형 계단을 열두 번도 더 오르내렸다. 그러느라 그날 그녀가 성에서 한 일이라고는 K의 벽에 가본 것과 그 짓밖에 없었다. 세차게 꼬리를 치며 다가오는 도마뱀들도 눈에 들어오지 않았고 성의 핵심 코스인 왕의 침실에 가볼 생각은 도무지 할 수가 없었다. 발바닥에서 불이 나도록 이중 나선형 계단을 오르내리다가 성 밖으로 나오니 일행 중 누구도 눈에 띄지 않았다.

기념품 가게와 아이스크림 가게를 지나 도랑 옆 주차장에 도착하자 운전사를 비롯 일곱 명의 일행들이 도랑 둑에 아무렇게나 걸터앉아 그녀를 기다리고 있었다. 그녀가 나타나자 일본인 모녀가 눈에 띄게 반색을 했다(그녀는 그보다 더 상냥한 힐난은 겪은 바가 없었다). 공교롭게도 맨 나중에 도착한 그녀가 제일 먼저 차에 올랐고, 그녀 다음으로 동양인 청년이 탔다. 일본인 모녀는 청년이 타기를 일부러 기다렸다가 청년에 뒤이어 올랐다. 미니밴이 방향을 돌려 성을 빠져나가자 그녀 옆에 바짝 붙어앉은 동양인 청년이 올 때의 꼿꼿했던 태도와는 달리 고개를 완전히 돌려 멀어지는 성채를 바라보았다. 그 남자도 성에 자신의 일부를 새기고 왔는지 몰랐다. 그녀는 차가 완전히 숲을 벗어나도록 뒤를 돌아보지 않았다. K는 성을 떠나고 없는 것이 분명했다. 그렇다면 K가 있을지도 모르는 곳은 그녀가 성에 오기 전까지 세 시간을 죽치고 앉아 보냈던 역과 그 주변일 것이었다. 아니 K는 세 시간 전, 그러니까 그녀를 태운 고속철이 연착하지 않았다면 그녀가 타고 돌아가려고 했던 고속철을 타고 벌써 역을 떠나버렸을 것이다. 그녀는 고속철이 세 시간이면 벌려놓을 수 있는 거리감에 아연 망연자실해졌다. 천리 밖에 K가 있는 것이었다.

그녀는 한 달 전 홍대 앞 골목에서의 일을 생각했다. 어둡고 좁기로 유명한 그 골목에서 그녀는 기적처럼 K와 한 몸이 되었었다. 그날 그녀는 열여섯 살 때 그녀가 이혼 성사중인 부모를 따라간 성의 이름을 (기억에 의해서가 아니라) 알게 되었다. 이중 나선형 계단에서 만났다기보다, 마주쳤고, 마주쳤다기보다 엇갈렸던, 무엇보다 그 성에 자신의 이니셜을 확실하게 새겨놓았던 K가 뜻밖에도 그녀가 자주 가는 클럽 B에 나타난 것이었다. 그녀가 그날 알게 된 것은 성의 이름뿐이 아니었다. 그녀와 K가 우연히 숨바꼭질을 벌였던 문제의 이중 나선형 계단이 약 오백 년 전 레오나르도 다 빈치의 설계라는 설과 그것의 혁신적인 특징 ─ 다만 건너다볼 뿐 올라가는 사람과 내려가는 사람이 서로 만나지 않는다는 것 ─ 이었다. 그러나 클럽 B에서 K는 그녀를 완벽하게 알아보지 못했다. 당연히, 그럴 만했다. 그녀는 그때보다 키가 십 센티미터 이상 컸고, 반면 체중은 십 킬로그램 이상 줄어들었다. 그러니까, 그녀는 그때처럼 눈에 띄는 뚱보가 아니었다. 그보다는 어딜 가나 훤칠한

키로 눈길을 끌었다. 그녀의 눈부신 변화에 비해 K는 볼이 약간 들어가 야윈 듯한 얼굴에, 역시 약간 줄어든 듯한 눈에 번득이는 눈동자 이외 에는 거짓말처럼 그날과 똑같았다. 어느 정도였느냐 하면, 그날 입었던 옷, 가슴에 초록색 악어가 새겨진 아이보리색 셔츠가 그대로였고, 바람 이 뒤통수를 치고 간 듯 한쪽으로 쏠린 머리 스타일이 그대로였다. K에 겐 서너 명의 일행이 있었다. 그들 중 유일한 여자는 삼십대 초반으로 보였고, 그외에는 K와 마찬가지로 삼십대 후반에서 사십대 초반의 특 징 없는 도시의 사내들이었다. 자정 무렵 그들이 밀물처럼 몰려들어오 자, 그 동안 클럽 B를 채웠던 젊은 무리들이 벽 테이블로 피하듯 물러 섰다. 그들은 바야흐로 그들만의 한판 춤을 추었다. 그녀도 단박에 K를 알아본 것은 아니었다. K의 춤은 춤이라고 할 수 없는 거친 몸부림, 발 광에 가까웠다. 그러나 구경하기에 그리 나쁘지는 않았다. 단조로운 발 차기 연습만 계속하는 K의 다른 일행들에 비하면 단연 돋보이는 몸짓 이었다. K는 가끔 위로 솟구쳤다가 펄쩍 뛰어내리는 동작을 취하곤 했 는데, 그 순간 한데 쏠린 K의 기묘하게 짧은 바람결 머리와 K의 가슴에 도드라진 악어 문양이 전광석화처럼 그녀의 뇌리를 때렸다. 그리고 그 날, 열여섯 살의 소녀에게 난생 처음 섹스 충동을 불러일으켰던 장본인 이 바로 K였다는 사실도 뇌리에 스쳐 지나갔다. 그녀는 동행했던 출판 계 클라이언트들을 배웅한 뒤 다시 클럽으로 돌아와 K가 그의 일행으 로부터 떨어져나오기를 끈질기게 기다렸다. K는 그날 기막히게 기분 좋은 일이 있었던지 낯선 그녀를 흔쾌히 맞았다. 그녀는 일말에 K가 자 신을 기억할까, 기대를 했다가 이내 접었다. 다행이었다. K의 입에서는 가지가지 술냄새가 진동했다. 그것도 잘 된 일이었다. 그녀는 단도직입적으로 K에게 성에 가본 적이 있느냐고 물었다. K는 자신의 일급 비밀을 그녀에게 들키기라도 한 듯 흐물거리던 이전의 눈빛과는 백팔십도로 달라져서는(그의 눈빛은 강렬하다기보다 금강석처럼 막강했다. 그녀는 그의 눈에서 한순간도 눈을 떼지 못했다) 그녀의 눈을 날카롭게 찔러보았다. 그리고 대답 대신 그녀에게 되물었다.

"그렇게 묻는 아가씨는 성에 가본 적이 있습니까?"

그녀는 K를 안심시키며 부드럽게 고개를 저었다.

"아니오, 요즘 성에 가고 싶다는 생각을 부쩍 하고 있죠. 당신만이 아니라 누구에게도 묻곤 하는데, 의외로 성에 가본 사람이 없더군요."

K 역시 그녀의 (뭔가 의미하는 듯한) 눈에서 눈을 떼지 못했다. 그러고는 기질대로 자신만만하게 호언했다.

"성은, 성에 가본 사람에게, 아니 성을 마음 저 깊은 구석에 가지고 있는 사람에게만 중요한 겁니다!"

그녀는 때를 기다렸다는 듯이 평소와는 다르게 의기양양하게 K의 정곡을 찔렀다.

"그럼, 당신은 성에 가본 것이로군요!"

K는 그녀에게 성 이야기를 하느라 일행과 찢어졌고, 그녀는 K의 성 이야기를 듣느라 더욱 그와 어깨를 맞대고 앉았다. 그리고 열여섯 살에 느꼈던 원초적 충동을 막지 않았다. K는 성벽에 새겨놓은 그의 이니셜을 말하는 순간 그녀를 부둥켜안았고, 삼십 초도 되지 않아서 그녀 속으로 밀고 들어갔다. 클럽 B의 좁은 골목 틈새로 금세 날이 밝았다.

*

　K는 골목에서의 섹스를 상상 속의 일로 믿었다. 그도 그럴 것이 사정을 한 것은 (바지 앞섶에 축축하게 얼룩진 정액 자국으로 보아) 분명한데 그 상대가 감쪽같이 (사라지고) 없었다. K가 정신을 차렸을 때, 골목은 훤하게 밝아 있었고, 그는 버려진 아이처럼 지린내 나는 더러운 벽에 기댄 채 축 늘어져 있었다. K는 골목을 빠져나오기 전 어스름 새벽에 일어난 사태를 잘 판단하기 위해 한동안 꼼짝하지 않았다. 부분적으로 그녀가 기억나려고 했다. 특히 의기양양하던 그녀의 눈빛. K를 으스러뜨릴 듯이 밀착해오던 그녀의 엄청난 힘. 그녀는 분명 K가 감당하기에 벅찬 여자였다. 그럴수록 K는 수컷의 자존심을 걸고 그녀를 공격했을 것이었다. 그녀의 기세도 뒤지지 않아서 온몸을 내던져 살 박히듯 K를 조여왔(던 것 같았)다. 그녀의 혀는 (파충류였나?) K의 혀를 뽑아가버릴 듯했고, 그녀의 질은 (끈끈이주걱이었나?) 그의 뿌리를 녹여버릴 듯했다. 시간이 갈수록 K는 갖은 용을 다 썼지만 결국 지게 되어 있었다. 그러나 그것은 황홀한 패배였다. K는 자신의 뿌리에 고통스러울 정도로 생생히 남아 있는 쾌락감의 정체를 기억해냈다. 그것은 K가 지선이한테서도 아내한테서도 그리고 그녀들 전후로 몇 번 주기적으로 관계를 가졌던 여자들한테서도 경험한 적이 없던 신비한 극치감이었다.

　K는 골목에서의 섹스가 더이상 상상 속의 일이라 인정할 수 없었다. 거기에 이르자 K는 오래 전부터 몸 깊숙이 스며 있던 알 수 없는 피의 기운이 한가운데로 몰리는 듯했다. 그것은 뭉게뭉게 피어오르는 연기

186

처럼 급격하게 형태를 만들어갔고, 마침내는 어떤 힘을 행사하기까지 했다. 그것은 그때까지 K가 의식하지 못했던, 그러나 분명히 그의 내부에서 오랜 시간 눈을 뜨고 있었을 뿐 한 번도 채워진 적이 없는, 빈 웅덩이 같은 것이었다. K는 불의의 습격을 받았을 때 수거미가 일시적으로 보이는 마비증(곤충학자들은 그것을 의사태발작이라고 불렀다)에 사로잡힌 듯 골목 입구에서 꼼짝하지 못했다. K는 그 어떤 강력한 일시적 습격이 아닌, 수백 년 동안 제 몸을 스스로 갉아먹고 삭여온 돌과 모래의 속성(모래의 소설가 아베 코보는 그것을 흡습성이라 불렀다)으로 인해 하룻밤 만에, 아니 한순간에 폭삭 주저앉을 수 있는 고성(古城)의 존재처럼 뿌리째 뒤흔들리는 자신을 느꼈다. 그깟, 섹스가 뭐 대수라고! K는 지금까지의 버릇대로 하찮게 그 느낌을 치부하면서도 몸에서 혼(魂)이 이탈하는 듯한, 무엇인가 심하게 어긋나는 듯한 분열증을 느꼈다. 그때, 그녀의 존재를 확인하고 싶다는 거센 충동이 그를 엄습했다. 그를 뚫어버릴 듯이, 아니 그를 꿰뚫고 있다는 듯이, 의기양양하게 빛나던 그녀의 푸르른 눈빛이 또렷하게 기억나면서 그녀의 입에서 성(城)이라는 말이 흘러나왔던 것도 생생히 감지됐다. 그렇다면 그녀는 더이상 상상 속의 존재가 아니었다. 다만 성과 마찬가지로 그녀는 K에게 희미하게 존재할 뿐이었다. 아니, 그녀를 아득한 세월 저편의 성에 비교할 수는 없었다. 지금 바로 이 순간, 통증을 일으킬 정도로 계속 그의 뿌리를 자극하는 열락감이 그것을 말해주고 있었다. 그녀는, 그와 아주 가까운 곳에, 실재(實在)했다. 어쩌면, 지금 이 순간에도 지척에서, 그를 숨어서 지켜보고 있을지도 몰랐다. 그 사실이 K를 한껏 고무시켰다. K는 잃어버린 중요한 무엇을 찾기라도 하듯 자신이 서 있는 골목 안을 샅샅이 돌아보았다. 자기 입에서 쏟아져나왔을 것이 분명한 악취 나는 토사물이 새롭게 눈에 들어왔을 뿐 골목 안에는 별다른 것이 없었다. 그러나 K는 이내 잃어버렸던 자신의 일부를 생각해냈다는 듯 가슴 벅차게 웃기 시작했다. 그리고 어느새 걸음을 옮기고 있는 자신을 깨달으며 가벼운 희열마저 느꼈다. 그런 종류의 희열은 참으로 오랜만이었다. K는 신문사로 곧바로 출근해서 출장 계획서를 작성했다.

5. 열차 칸 이동 법칙

열차 문이 닫히려는 찰나 그녀는 왼발을 잽싸게 발판에 쭉 들이밀었다. 멀리서 그 모습을 본 역무원이 요란하게 호루라기를 불며 달려왔다. 역무원이 닿기 전에 문은 다시 열렸고, 그녀는 날렵하게 열차 안으로 뛰어들어갔다. 성에서 역으로 돌아와 그녀는 열차 시간까지 이십 분 정도 여유가 있었다. 그런데도 열차를 놓칠 정도로 지체한 것은 K 때문이었다. 광장 건너편 여행사 사무소 앞에 미니밴이 정차하자 그녀는 냅다 역으로 뛰었다. 혹시 K가, 그녀처럼, 약간의 지체로 인해, 고속철을 놓치고 시간을 때우다가 역에 나타날지도 모른다는 일말의 기대감이 발동했던 것이다. 그러나 우연은 티브이 드라마에서처럼 자주 일어나는 법이 아니었다. 이중 나선형 계단에서의 마주침으로, 십오 년을 훌쩍 뛰어넘어 클럽 B에서의 재등장으로, 그리고 거기에서 그치지 않고, 오, 맙소사, 골목에서의 경이로운 합일로 그들에게 주어진 우연의 역할은 충분했다. 우연을 필연으로 만드는 것은 순전히 그녀에게 달려 있었다. K를 재발견한 것도, 접근한 것도, 성의 존재를 일깨운 것도, 그리하

여 K가 자기의 일부를 새기던 욕망, 그 욕망을 끌어내 걷잡을 수 없게
만든 것도 그녀였다. 그런데 그녀는 K에게 철저하게 자신을 숨겼다. 그
것은 그녀가 우연성의 법칙을 지나치게 즐기는 여자든가, 아니면 K(혹
은 그에 준하는 타인)과의 필연적인 관계를 원하지 않는 여자든가 둘
중의 하나였다. 그러나 문제는 그 둘에 있지 않았다는 데 있었다. 그녀
에게는 그런 이분법적 논리가 적용되지 않았다. 그것은, 열여섯 살 이
후 여러 국가, 여러 도시를 전전한 이력 때문이기도 했지만, 그보다는
그녀의 고질적인 질병, 관계집착증과 관계기피증을 극단적으로 오가는
그녀의 난해한 성격 때문이라고 해야 옳았다. 클럽 B에서 K를 재발견
할 즈음 그녀는 새로 형성된 출판계 클라이언트들을 상대로 보이지 않
게 노력중이었다. 방송·영화계, 미술계, 사진계, 출판계에 걸친 그녀의
다양한 클라이언트들뿐만이 아니라 그녀의 에이전시 동료들까지도 그
녀의 고질병을 눈치채지 못했다. 그녀는 성공한 젊은 전문직 여성이 그
렇듯 자신을 포장하는 기술, 그러니까 자신을 숨기는 능력이 완벽에 가
까웠다. 그러나 한 꺼풀만 벗기고 들어가면 그녀의 내면은 단테의 지
옥처럼 수많은 고리들로 연결되어 뭐가 뭔지 복잡하기 짝이 없었다.
몇 년에 한 번 그녀의 고질병 중 하나가 전면에 드러나곤 했는데, 일
주일 전 클럽 B에서 K를 만나던 즈음 그녀는 지난 이 년 동안 붙잡혀
있던 관계기피증에서 거의 빠져나오는 단계에 있었다. 바야흐로 그녀
에게 새로운 관계가 시작될 수 있는 때가 온 것이었다. K를 알아보았
을 때 그녀의 가슴을 덮쳤던 회열이 그것을 증명했다. 그러나 그녀에
게는 K에게 다가가는 방식, 지금까지 그녀가 알고 있던 것과는 다른
방식이 필요했다. 기적처럼 손에 넣은 금강석을 가벼운 실수로 강물에

빠뜨릴 수는 없는 것이었다. 그런데 결과적으로 그녀는 K를 놓고 말았다. 지린내가 진동하는 비좁은 골목 담벼락에 선 채로 섹스에 돌입해서 절정에 도달하기까지 K는 한 가지만 빼고 훌륭했다. K는 대단했다. 그녀는 그에게 그렇게 말해주었다. 그런데 그 한 가지, 절정 뒤에 K가 그녀 귀에 새겨놓은 짧막짧막한 분절음들은 그만 그녀 마음을 다시 성 밖으로 내몰았다. *그날 넌 날 버리고 가버렸지. 네 이름을 새기고 싶었는데, 지선아, 나쁜 여자야!* 그녀는 축 늘어진 K의 몸에서 힘겹게 떨어져 나오면서 십오 년 전 그녀와 K가 같은 속도로, 그러나 방향은 정반대로 내리 두 번 이중 나선형 계단을 오르내렸던 이유를 깨달았다. K를 버림으로써 그의 가슴에 평생 새겨진 지선이는 지금 어디에서 무엇을 하며 살고 있나?

고속철의 시발지인 해변도시에서 돌아오는 피서객들로 빈자리를 찾기가 쉽지 않았다. 그녀는 빈자리보다도 K를 반드시 찾아내기라도 하겠다는 듯이 열차 칸을 이동하며 열심히 두리번거렸다. 그러다가 식당칸을 지나 마지막 한 칸을 남겨놓고 연결 통로에 딱 멈춰섰다. *Je t'aime t'aime*······曼玉愛王家······*지나내꺼*······*Ich liebe dich*······ 그녀는 유독 낙서들로 가득 찬 연결 통로 벽 앞에서 머뭇거리다가 동전을 꺼내 그 끝으로 K의 이니셜을 새겼다. 그리고 무언가 빠진 것 같아 K로 시작하는 이름의 나머지 글자를 썼다. 쓰고 보니 Kafka가 되었다. 그녀는 장난친 김에 그 옆에 카프카와 더불어 떠오르는 여자의 이름을 새기려고 했다. 그런데 그것은 생각보다 시간이 걸렸다. F(약혼녀 펠리체)로 할 것인가, M(연인 밀레나)으로 할 것인가. 그녀는 고민 끝에, 그러나 단호하게 지선이라 새겼다. *Kafka & 지선이* 그녀는 마지막 칸으로 들어서며, 평생 하지 않을 하찮은 일을 기어이 하고야 말았다는 대단한 만족감으로 의기양양하게 씨익 웃었다.

*

요란한 호루라기 소리에 K는 오랜 기자생활에서 익힌 민첩성으로 창문 밖을 예리하게 살펴봤다. 역무원이 전력으로 질주했지만(그의 이동 거리는 대략 백 미터가 넘어 보였다), 정작 그가 도착한 곳에서는 아무 일도 없었다. 역무원의 백 미터 달리기 속도는 얼추 십육 초 정도였다. 십육 초 안에 해결될 일을 그렇게 요란하게 호루라기까지 불 필요가 뭐 있었나. K는 결국 불발로 끝이 난 게임에 열심히 몰두한 것이 억울하다는 듯이 몸에 밴 기자 근성을 발휘해 그 원인을 계속 물고 늘어졌다. 그러는 동안 열차는 출발해서 어느덧 제 속도를 내고 있었다.

K는 삼 주 전 한국 고속철 개통에 맞춰 특별취재반을 구성해 서울에서 부산, 서울에서 목포까지 시속 삼백 킬로미터라는 한반도 속도 혁명의 현장을 취재했었다. 애초에 환상의 쾌속 질주에 취재 포인트를 두었던 것이 웬 사내가 심장마비로 급사하는가 하면, 곧이어 철도 교량 위에서 또다른 사내가 투신자살을 하면서 계획과는 백팔십도 바뀌어 괴속 질주 취재기가 되었었다. K는 한국의 선진국 진입의 신호탄으로, 대륙 지도를 다시 그려야 할 만큼 신기원을 이룩한 한반도 고속철을 칭송하고 독자들에게 최상의 서비스를 제공하려던 것을 변경하기가 못내 유감스러웠지만, 그러나 바로 그 지점, 돌발 변수에 의해 언제라도 상

황이 뒤집혀버릴 수 있는 변화무쌍한 현실의 접점에 선 기자라는 직업을 뼛속 깊이 사랑했었다.

K는 마치 오랜 도피생활 끝에 현실감각을 잃어버린 사내처럼 삼 주 전의 일을 마치 십 년 전의 일인 양 회고했다. 열차란 그런 것이었다. 완행이나 급행이나 초고속이나 한결같이 몸을 앞으로 나아가게 하는 것 같지만, 사실은 끊임없이 기억을 뒤로 데려가는 것이었다. 그리하여 열차는 달리고, 탑승자들은 각자 짊어지고 온 인생이란 영화 필름을 어두운 기억의 암실에서 꺼내 차창을 스크린 삼아 돌려보는 것이었다. K는 십오 년 전 햇병아리 기자 시절 처음 원거리 출장 취재차 브르타뉴 바닷가의 수도원에 간 일이며, 그때 처음 경험했던 초고속 열차며, 예상보다 두 배나 빨랐던 속도 덕분에 취재 일정 나흘 중 하루를 벌어 성에 갔던 일 등등을 파노라마처럼 떠올려보다가 그에게 처음 열차의 존재를 알려준 고등학교 국어 선생(그는 삼 년 내내 '근대란 무엇인가'라는, 대입에 전혀 도움이 안 되는 질문을 줄기차게 입에 달고 살았다. 근대 운운하는 이 땅의 모든 국어 선생들에게 속절없는 영광을!)과 그 선생이 침을 튀겨가며 쓸데없이 열강했던 이광수의 『무정』속의 열차 칸 사건(그는 항상 괄호 열고 말하듯 열차 칸 사건 뒤에 '풍경'을 덧붙였었다)에까지 이르렀다. 『무정』의 열차 칸 풍경이야말로 소설의 백미였던 것. 곧 형식과 선영, 영채와 병욱이라는 네 명의 주인공을 제치고 열차가 주인공 중 주인공의 자리에 올랐던 것. 왜냐, 열차가 아니면, 열차 칸 이동이 아니면, 그들은 결정적인 순간에 어떻게 만난단 말인가. K는 그때 국어 선생의 이름은 가물가물했지만 군대에서 갓 제대한 복학생처럼 늘 쉰 목소리로 토해내던 그의 말들은 언제라도 기억의

저편에서 줄줄이 끄들려나왔다. K는 기억에 그치지 않고 이광수의 『무정』을 기삿거리로 활용할 방법을 곰곰이 되새겨보다가 열렬한 열차 애호가가 되어 있는 자신에 한껏 고무되어 언젠가는 열차에 관한 심층 기사가 아니라 한 권의 책(기왕이면 소설)을 써보겠다고까지 야무지게 생각했다. 그때 시원한 맥주 향내가 코끝을 스쳤다. 맞은편에 앉은 땅딸보에 배불뚝이 사내가 캔맥주를 따고 있었다. 사내가 한 모금 걸쭉하게 들이켜자 K는 자기도 모르게 마른입을 다셨다. 한 칸만 뒤로 가면 식당칸이었다. K는 맥주를 사러 가려고 일어서려다 열차 문을 열고 환하게 웃으며 들어서는 한 여자를 보고는 그만 그 자리에 조용히 주저앉았다. 그러고는 보름 전 골목에서와 마찬가지로 의사태발작중인 수거미처럼 꼼짝하지 못했다. K를 그렇게 만든 것은 두말할 나위 없이 그 여자, 웃는 얼굴의 의기양양한 푸르스름한 눈빛이었다. K가 주시하고 있는 것도 모르고(그는 열차 칸 맨 뒤쪽 그러니까 그녀가 문을 열고 들어온 바로 왼쪽 창가 좌석에 앉아 있었다), 그녀는 열차 안으로 성큼 들어서서는 여느 사람들보다 뒤통수가 훌쩍 올라와 있는 한 남자 옆으로 거침없이 다가가 앉았다.

K는 제 눈을 의심했다. 이번에도 상상이 작동하고 있는 것인가. K는 그녀에 관해 아는 것이라고는 아무것도 없었다. K는 맥주 생각을 싹 잊어버리고 그녀(의 뒤통수)에 열중했다. 다행히 그녀가 앉은 자리는 안쪽이어서 반쪽이나마 제대로 관찰할 수 있었다. K는 누구도 넘볼 수 없었던 현장감각으로 이 기회를 잘 포착하려고 했다. 그래서 그것을 무엇에 쓴단 말인가? K는 막 손에 넣은 사실의 진위에 면밀을 기하듯 자신의 생각에 냉정해졌다. 그녀는, 분명 속임수였다. 저 여자는 K가 만난

상상 섹스 속의 그 여자(아, 지선이)가 아니었다. K에게 성을 물어보던 그 여자(그는 점점 그녀를 지선이로 몰아가는 자신을 이해할 수 없었다), 온몸으로 그를 휘감고 그에게 몸을 열어주던 그 여자가 정녕 아니었다. K는 부정만이 자신을 구원해줄 것이라는 맹목성에 사로잡혀 눈앞에 보이는 실체를 인정하지 않으려 했다. 오, 맙소사! K는 그녀 옆에 남자가 앉아 있는 것만으로도 걷잡을 수 없는 질투를 느끼고 있는 자신을 깨달았다. 그녀는 남자와 얘기하느라 반쪽 옆얼굴조차 K에게 보여주지 않고 있었다! K는 혼을 앗아갈 만큼 자신의 몸을 휘감아버렸던, 그 몸의 뿌리까지 송두리째 녹여버렸던 그녀가 준 극치감을 되새기며 자리에서 벌떡 일어섰다. 그러나 그것은 생각뿐 K의 몸은 말을 듣지 않았다. K는 영락없는 위축된 수컷 거미, 무시무시한 생김새, 순식간에 벌레를 삼켜버리는 포악함, 끈적끈적 불쾌한 거미줄, 그리고 삼십 센티미터에 달하는 길고 날카로운 촉수를 가졌으되 불의의 충격에 꼼짝달싹할 수 없이 마비되어버린 한 마리 보잘것없는 하등동물에 불과했다. 그녀가 그를 알아보게 할 수는 없을까. K는 오직 그녀, 그녀의 반쪽, 그녀의 뒤통수만을 바라보고 앉아 있을 수밖에 없었다. 기다리는 수밖에 없었다. 암컷 그물을 찾은 수컷 거미가 그물 끝에서 똑똑, 또 똑똑, 일정한 리듬으로 노크하며 자신의 존재를 조심스럽게 알리듯, 한시도 눈을 떼지 않고, 금강석보다 단호한 눈빛으로, 그녀가 돌아봐주기를, 자신을 알아봐주기를 기다릴 뿐이었다. 그런데, 그때 전혀 다른 불안이 싹텄다. 그녀가 자신을 알아볼까, 인정할까? 혹, 당신은 누구세요? 하고 묻는다면?

5. 매혹된 영역

　의기양양한 미소를 입가에 매달고 열차의 마지막 칸에 들어선 순간, 그녀의 눈에 들어온 것은 K가 아니라 성의 영지를 빠져나올 때 유독 멀어지는 성채를 혼자 뒤돌아보던 중국인 청년 왕의 뒤통수였다. 밴에서 내리자마자 간단한 인사말도 건네지 않고 내빼듯 역으로 내달렸던 마지막 장면이 잠깐 눈앞을 가로막았다. 그때 뒤를 돌아보지는 않았지만 멀어지는 그녀를 바라보는 일행들, 특히 어이없어하는 왕의 시선이 느껴졌었다. 왕의 옆자리는 마치 그녀를 기다리기라도 하듯 얌전히 비어 있었다. 성에서 일본인 모녀가 왕을 그녀 옆에 앉히려고 암암리에 노력하던 장면도 덩달아 클로즈업되어 떠올랐다. 일본인 모녀의 의중이 적중했던 것인지, 왕은 성에 도착하기까지 지켰던 침묵을 깨고 그녀와도 일본인 모녀와도 제법 대화를 즐겼다. 왕과의 대화를 튼 것은 그녀였지만, 대화를 활발하게 이어간 것은 일본인 모녀였다. 왕의 앞뒤를 둘러보니 일본인 모녀는 눈에 띄지 않았다. 그녀는 발바닥에 휩싸여오는 짜릿한 전율을 느끼며 왕에게 걸어갔다. 왕은 그때까지 볼 수 없었던 또다른 표정, 수줍음으로 약간 상기된 얼굴로 그녀를 맞이했다. 그녀는 자리에 앉고 나서야 발바닥에 미세하게 흐르던 찌르르한 전류가 아까 닫히는 열차 문에 극적으로 왼발 찔러넣기를 하느라 무리를 했기 때문이라는 것을 깨달았다.

　왕은 의외로 말이 많은 사람이었다. 그녀는 차라리 잘 된 일이라고 생각했다. 사실 그녀는 마지막 객차 문을 열 때, K가 있을지도 모른다는 기대를 거의 내려놓고 있었다. 그것은 이미 K의 이니셜을 연결 통로 벽에 새기는 동안 그녀 안에서 서서히 빠져나가고 있었다. K를 뜻하면서도 누구도(K 그 자신조차도) 알아볼 수 없이 전혀 다른 것(아, 카프카!)으로 새겨놓으면서 그녀는 외떨어진 섬의 모래밭이나 궁벽한 성벽, 고택의 나무 기둥에 자신의 이름을 남몰래 새겨놓는 사람들, 정확히는 십오 년 전 성벽에 자기의 이니셜을 새겼던, 그것도 모자라, 십오 년 후 다시 찾아가 확인하고야 마는 사내의 심정을 느껴볼 생각은 눈곱만큼도 없었다. 자기의 흔적을 시속 삼백삼십 킬로미터로 달리는 초고속 열차 연결 통로 벽이든 모래 부스러기와 이끼들로 변해가는 성벽이든 기어이 새겨놓고야 마는 사람들의 욕망과 그녀의 그것과는 뚜렷한 차이가 있었다. 그녀가 새긴 K의 이니셜이란 그들의 의지적 흔적들에 의한 비의지적 흔적, 곧 화가들의 돌발 흔적에 해당되었다. 그것은 그녀가 하는 것이 아니라 바로 그 흔적, 그 표시가 해나가는 것이었다. 한마디로 그녀는 자신이 한다고 느끼지 못한 채 그 표시를 따라갔던 것뿐이었다. 그런데 감각의 논리 쪽에서 보자면, 그녀의 그와 같은 비의지적 표시행위는 흥미롭게도 그들의 의지적 표시행위보다 훨씬 깊숙이 환기시키는 힘을 가지고 있었다. K는 그녀에게 최초의 강력한 돌발 흔적이었다. 화가들에게 돌발 흔적은 땅을 들썩이게 하거나 나무들을 꿈틀거리게 하고 하늘을 번쩍이게 만드는 초강력적인 어떤 것을 의미했다. 반 고흐의 사이프러스 나무와 휘도는 별들이 그것들이었다. 그녀에게 K는 오랫동안 반 고흐의 사이프러스 나무였으며 휘도는 별들이었다. K는 다른 세계가 비죽이 솟아나듯이 그녀에게 돌발적으로 나타났던 것이었다. K는 열여섯 살의 그녀에게 최초의 새로운 감각—섹스 충동—을 열어주었으나, 그뿐이었다. 그것은 그녀에게 대혼돈이었고,

대재난이었지만, 그렇다고 K가 책임질 일은 아니었다. 그녀의 고질병은 거슬러올라가면 그날 비죽이 돌출한 낯선 세계와 무관하지 않았다. K가 지선이를 찾아 이중 나선형 계단을 오르내릴 때, 그와 같은 속도로, 그러나 방향은 정반대로, 그녀 역시 그날 이후 갈가리 찢어지고 말 사람들을 찾고 있었다. 그들은 그녀가 K의 벽으로 가는 바람에 길이 어긋나고 말았던 것이었다.

그녀가 그날 이중 나선형 계단을 포기하고 성 밖으로 나왔을 때 파란 하늘에 흰 구름이 흘러가고 있었고, 넓은 풀밭에서 양떼들이 한가로이 풀을 뜯고 있었으며, 이혼 성사중인 그녀의 아버지와 어머니, 그리고 그들 중 누구를 선택해야 더 유리할지 아직 결정을 내리지 못한 그녀의 우유부단한 오빠는 아무 일 없다는 듯 평화로이 하늘과 구름과 성과 풀 뜯는 양떼들을 바라보고 있었다. 그녀는 그들이 바라보고 있는 그 모든 것에 현격한 이질감을, 그녀를 둘러싼 그 모든 것에 참을 수 없는 배반감을 느꼈다. 세상은 그녀 없이도 아무런 미련 없이 흘러갈 뿐이었다. 그날은 무엇이라고 딱히 말할 수는 없지만 그녀 인생에서 아주 엄청난 것을 잃어버린 날, 동시에 아주 엄청난 일이 일어난 날로 그녀에게 각인되었다. 거기에서 K는, K의 벽은 슬그머니 그녀의 어두운 기억의 웅덩이 속으로 가라앉아버렸다.

왕은 생각보다 말을 잘할뿐더러 그녀가 지금까지 만나보지 못한 희귀한 직업에 종사하는 사람이었다. 왕은 중국계 네덜란드 국적을 가지고 세계적인 레오나르도 다 빈치 모조화가로 암스테르담에 살고 있었다. 어제 야간열차로 암스테르담을 떠나온 왕은 그날 밤 야간열차로 암스테르담으로 돌아갈 것이라고 했다. 왕이 성에 온 것은 바로 그에게 특별한 존재 가치를 부여해준 레오나르도 다 빈치의 문제의 그 이중 나선형 계단 때문이었다. 왕은 그녀가 역 광장 카페 파라솔 안에서 오전 세 시간을 시름시름 졸며 보내는 동안 레오나르도 다 빈치가 죽어간 성관(城館)과 다 빈치를 그곳을 데리고 온 프랑스 옛 왕의 또다른 궁성에도 갔었다. 왕은 그 궁성에도 이중 나선형 계단이 있다고 알려주었다. 왕의 성 이야기는 끝이 없었다. 그녀는 도무지 왕에게서 눈을 뗄 수 없었다. 왕이야말로 진정 성을 사랑하는 사람이었다. 유리창 밖 풍경은 빠르게 변해갔지만, 유리창에 비친 왕과 한결같이 그를 바라보고 있는 그녀의 모습은 변함이 없었다.

*

열차는 종착지에 가까워지고 있었다. 날이 저물어감에 따라 열차 스크린의 배경은 점점 어두워지고, 인물들의 면면이 선명히 부각되었다. 그녀는 꼼짝하지 않고 옆에 앉은 사내에게 열중했다. K는 눈으로 반쯤만, 그것도 보일락 말락 하는 그녀의 옆얼굴을 만지고 또 만졌다. 그러다 가방에서 수첩을 꺼내 안에 끼워넣었던 신문 조각을 빼냈다. 삼 주전, 그러니까 홍대 앞 클럽에서 그녀를 만난 다음날 경쟁지 문화면에 톱기사로 올라와 있던 저명한 불문학자의 성 순례기 일단이었다.

참다운 성을 만나려면 항상 눈을 감은 채 찾아가야 한다. 성은 일상인이 사는 집이 아니다. 성은 떠도는 사람, 찾아 헤매는 사람, 떠나는 사람, 사랑하는 사람의 집이다. 성의 주인은 좀처럼 만나기 어렵다. 그는 살아 있으면서도 이미 반쯤은 역사나 전설 속으로 사라져가고 있다. 모든 아름다운 여성은 성 속에 산다.

K의 신문에서 그 책은 경쟁지 문화면 톱기사로 다뤄졌다는 이유로 북리뷰 코너에서 간단히 제껴졌다. 예전엔 정치 문제도 아니고 책에서까지 특종의식이 필요하냐고 출판 담당 후배들이 간혹 볼멘소리를 했지만, 요즘엔 스스로 알아서 자료실 행 박스 속으로 미련 없이 던져버리고 뭐 새로운 물건 없나 하는 눈으로 서로를 민숭하게 쳐다볼 뿐이었다. K는 무명 저자의 책일지라도 자기의 소개로 일약 새로운 작가와 베스트셀러가 탄생하기를 열렬히 바라던 입사 동기 홍순철 기자를 씁쓸하게 회상하다가(그는 데스크에게 대놓고 퉁박을 맞곤 하다가 신문사 조직이 생리에 맞지 않는다며 일찍 퇴사를 한 뒤 출판계에 뛰어들었다) 출판 담당 기자의 책상 위에 수북이 쌓여 있는 책더미 속에서 그 책을 찾아냈다. 만약 그녀가 성 이야기를 꺼내지 않았다면 그 기사는, 그리고 그 책은 매일매일 쏟아지는 다른 여느 기사들의 책들과 마찬가지로 K의 눈에 닿는 순간 낡은 정보로 전락하고 말았을 것이었다. K에게 까맣게 잊고 지냈던 성의 기억을 환기시킨 것은 그녀지만, 그를 직접적으로 성으로 떼민 것은 바로 그 기사, 그 책이었다.

K는 두 시간째 요의도 느끼지 못한 채 그녀에게서 시선을 떼지 않았다. 오직 건너다볼 뿐 가까이 다가갈 수 없는 그녀는 K에게 성, 아니 그 성의 주인이었다. 눈앞에 두고도 들어가는 문을 찾을 수 없는 성. K는 두더지처럼 전전긍긍 그녀라는 성에 닿을 생각만 하고 있었다. K를 미

치게 만드는 것은 그를 제외한 모두가 그 성으로 들어가는 문을, 적어도 구멍을 알고 있다는 것이었다. 성이 거느린 수십 수백 개의 은밀한 구멍을 K만 모르고 있다는 것이었다. 그녀가 자신을 알아보지 못할 것이라는 불안도 잊은 채, K는 그녀를 향해 억누를 길 없는 분노에 휩싸였다. 그녀를 주시하느라 암컷 거미의 그물을 끈질기게 똑똑 노크하는 조망성(眺望性) 수컷 거미의 인내력으로 꼼짝하지 않고 있던 K와는 달리 맞은편에 앉은 배불뚝이 사내는 끊임없이 입질을 하며 먹이나 암컷을 낚으러 다니는 배회성(徘徊性) 수컷 거미처럼 뻔질나게 식당을 오고 갔다. 사내는 단 한순간도 취하지 않고는 못 배기는 사람처럼 자리에 앉을 때에는 손에 캔맥주가 들려 있었다. 그 덕분에 그 일대는 술냄새가 진동했다. K는 참지 못하고 자리에서 몸을 일으켰다. 놀랍게도, K는 일어서 있었다. 살얼음처럼 K를 감싸고 있던 마비의 기억은 온데간데없었다. K는 그 사실에 크게 고무되어 그녀를 아랑곳하지 않고 객차 문을 활짝 열었다.

　연결 통로 유리창 밖은 깜깜했다. 통로를 지나 식당칸으로 나아가다가 K는 누군가 숨어 있던 손에 의해 뒷덜미를 세게 낚아채이듯 뒷걸음질을 쳤다. 연결 통로 벽에 수많은 문자 기호들이 서로서로 끌어당기듯이, 아니 서로서로 밀쳐내듯이 빼곡히 들어차 있었다. 그 속에 K의 뒷덜미를 움켜잡은 어떤 것이 섞여 있었다. K는 뒷걸음질치던 발걸음을 멈추고 통로 벽에 새겨진 이니셜들을 일별했다. K는 윗입술을 슬쩍 끌어올리며 씨익 미소를 지었다. t'aime……曼玉愛王家……Ich liebe……Kafka＆지선이…… K의 눈은 정확했다. 아니 예리했다. K는 자기도 모르게 지선이라는 이름에 벌써 손가락까지 얹고 있었다. 방금 새긴 것 같았다. 십오 년 전 자신이 성벽에 새기려고 했던 이름을 K는 손가락으로 따라갔다. 그러다 갑자기 거기 누가 바라보고 있기라도 하듯 주변을 두리번거렸다. 연결 통로 유리창에 K의 모습이 올라와 있었다. K는 이니셜에서 손을 떼고 유리에 비친 낯선 사내에게 다가갔다. 그러고는 두 손으로 사내의 얼굴을 세게 감쌌다. K의 손가락 사이에서 사내의 얼굴이 심하게 일그러졌다. K는 온 힘을 다해 수컷 늑대거미처럼 유리창 사내에게 달라붙었다. 유리창에서 손을 뗐을 때 K는 겁탈당한 사내처럼 초췌해 보였다. 심하게 박탈감을 느낀 K는 식당칸으로 가려던 발길을 돌렸다. 사내가 지나간 유리창은 아스라한 먼 빛을 비추고 있을 뿐 한결같이 광막한 우주, 그 자체였다.

6. 허공의 유혹

미소짓는 얼굴은 여자 같기도 했고, 남자 같기도 했다. 또한 오른쪽 어깨를 정면으로 드러낸 상반신 누드는 암굴의 어둠 속으로 꺼져드는 듯했고, 그 굴 속에서 걸어나오는 듯했다. 손가락으로 허공을 가리키고 있는 그림 속 남자는 보면 볼수록 누군가를 연상시켰다. 왕은 십 분이 지나도록 나타나지 않았다. 그녀는 루브르 미술관의 레오나르도 다 빈치 그림 〈세례자 요한〉 앞에 서 있었다. 약속은 물론 장소를 그곳으로 정한 것은 왕이었다. 어제 왕은 그녀와 시간을 더 갖기 위해 암스테르담 행 야간열차를 포기했다. 그녀가 레오나르도 다 빈치에 대해 몰라도 너무 모르고 있는 것이 자신에 대한 모독으로 여겨지기라도 한 듯 왕은 그녀의 무지에 점점 표정이 굳어졌다. 그녀가 세상에서 싫어하는 것들목록 중에 〈모나리자〉가 있다는 사실을 왕에게 고백하지 않은 것은 천만다행이었다. 그러니 〈모나리자〉를 그녀가 제대로 알 리가 없거니와, 모나리자가 실제 누구인지, 그 미소가 왜 언제부터 명성을 날리게 되었는지 또한 그녀가 전혀 알 바 아니었다. 그건 그렇고, 그녀가 〈모나리자〉를 싫어하는 이유는 분명하지 않았다. 〈모나리자〉에 대한 사실 같지 않은 기억, 그러니까 옛날의 어렴풋한 기억이 하나 있을 뿐이었다. 〈모나리자〉를 겹겹이 에워싼 사람들과 그들에게서 발설되던 경박한 소음들과 그들의 헐떡이는 몸에서 흘러나오던 역한 땀냄새들.

그녀는 조용히 살고 싶었다. 〈모나리자〉 같은 것들과는 가능한 떨어져, 아무 상관 없이 지내고 싶었다. 그러나 세상은 그녀의 의지와는 상관없이 〈모나리자〉를 가만히 내버려두지 않았고, 해가 뜨는 한 세상 어디에선가는 지금도 〈모나리자〉에 대한 이본(異本)이 그려지고, 〈모나리자〉에 관한 글이 씌어지고 있을 것이었다. 그리고 그것은 그녀에게까지 전달될 것이었다. 그녀는 일 년에 몇 건씩 올라오는 〈모나리자〉 관련 책들을 외면하고 중개하지 않았다. 왕이 〈모나리자〉의 탁월한 복제화가인지는 확인하지 않아서 알 수 없었다. 왕의 입에서는 단 한 번도 '모나리자'라는 말이 나오지 않았고, 오직 건축 설계자, 그러니까 성의 건축에 개입한 신비로운 이중 나선형 계단의 설계자로서의 레오나르도 다 빈치의 이름이 거론되었다. 그런데 열차에서 내릴 즈음 왕은 비장한 목소리로 그녀에게 루브르 박물관에서 한번 더 만나자고 제안했다. 음, 레오나르도 다 빈치, 세례자 요한, 열시 반, 오케이?! 그녀는 프랑스 출판계의 양대 산맥 중 한 그룹으로 칠십 년 동안 명실상부 프랑스 인문학의 산실 역할을 했던 쇠라 출판사를 인수, 합병함으로써 세간의 이목을 집중시키고 있는 마리팀 출판사 아시아 저작권 담당자와 오후 미팅이 잡혀 있었다. 그 이외에 오전에는 특별한 일이 없었으므로 왕의 호의를 딱 잘라 거절할 이유가 없었다. *오케이, 열시 반, 루브르, 레오나르도 다 빈치, 세례자 요한!*

그녀는 파리의 출판가로 유명한 생제르멩데프레의 별 세 개짜리 호텔 미네르바에서 늦은 아침으로 초승달 모양의 잘 구워진 빵과 갓 뽑아낸 에스프레소 커피를 마신 뒤 강 건너 루브르 박물관으로 갔다. 그녀가 박물관의 유리 피라미드 입구를 통과한 것은 십오 년 전 부모의 이혼 이후, 그러니까 그들과 마지막 가족 여행으로 성에 다녀온 다음해 그들과 떨어져 오빠와 몽파르나스에서 대책없이 체류하던 열일곱 살 시절 이후 아마 처음이었다. 당시 그녀의 생모는 강남역 근처에서 잘나가는 치과 의사였고, 그녀의 아버지 역시 다국적 체인의 유능한 호텔 매니저였다. 성에 다녀온 뒤 그들은 정해진 대로 산뜻하게 갈라섰고, 그녀는 어느 쪽을 선택해야 좋을지 마지막 기로에 서 있던 심약한 오빠를 꼬드겨 파리에 남았다. 그녀 나이 열여섯 살에서 열일곱 살 사이 육 개월 동안, 세상은 그 어느 때보다 급박하게 돌아갔다. 그녀에게 아빠가 한 명 더 생겼고, 그에 질세라 엄마도 한 명 더 생겼다. 그들은 몽파르나스 역 부근 작은 아파트에 찡박혀 있는 그녀와 그녀의 나약한 오빠를 번갈아 찾았고, 그 어느 하루 그녀의 생모는 부모의 권리이자 의무를 내세워 단란한 가족의 표본으로 동반 쇼핑과 박물관 구경을 요구했다. 일 주일이고 이 주일이고 아파트 밖으로 나가지 않다가 먹을거리며 볼거리, 입을거리를 몰아서 쇼핑하던 그녀는 귀찮은 일을 하나 더는 정도의 의미로 생모의 요구에 응했다. 나폴레옹의 사각 궁정 한복판에

666개의 마름모꼴 유리를 조합해 만든 루브르의 유리 피라미드 앞에서 생모는 할 수 있는 온갖 포즈를 다 취했다. 사실 생모는 중국계 미국인 건축가가 만든 루브르 피라미드보다는 모나리자 앞에서 확실하게 한 방 새겨가고 싶어했다. 그러나 그녀는 피라미드로 들어오는 순간 최면에 걸린 듯 오직 〈모나리자〉를 찾아 줄지어 와서는 몇 겹으로 떼를 이루고 서 있는 사람들 벽을 뚫지 못했다. 그녀는 〈모나리자〉보다는 차라리 〈모나리자〉를 에두르고 있는 사람들을 배경으로 생모의 사진을 찍어줬다. 생모의 목적은 이번에도 그녀보다는 다른 데 있었다. 하지만 그날 생모의 허영 덕분에 그녀는 다시는 루브르에 가지 않아도 되었다. 두 달 뒤 그녀의 생부가 찾아와 생모와 똑같은 이유로 동반 쇼핑과 박물관 관람을 요구했고, 그녀는 쇼핑을 하고 그녀의 온순한 오빠가 생부와 동행했다. 미성년이었던 그녀와 그녀의 유아적인 오빠의 동거는 프랑스에서 불법이었다. 그녀의 생모와 생부가 경제 능력이 좋긴 해도 고비용을 감수하고 서울과 파리를 열심히 왕래한 데에는 그만한 사정이 있었다. 그녀와 그녀의 소심한 오빠에 대한 염려와 배려보다는 미성년 남매의 불법 동거가 혹 그들의 삶에 어떤 곤란을 끼치지는 않을까 노심초사 걱정스러웠던 것이다. 그들은 자기들이 직접 오지 못하면 낯모르는 유학생들을 보내 그녀와 그녀의 우유부단한 오빠와의 쇼핑과 식사를 주문했다. 그녀와 그녀의 굼벵이 오빠가 몽파르나스에서 머문 것은 채 육 개월이 되지 않았다. 그러나 그녀가 거기에서 만난 유학생들은 열 명이 족히 넘었고, 그 속에 그녀의 첫 남자 김민기도 있었다.

"그가 그렇게 좋습니까?"

그녀는 〈세례자 요한〉을 보면서 김민기를 생각하고 있다가 왕이 나타나자 깜짝 놀랐다. 왕은 농담이 어울리지 않는 드문 사람이었다. 알고 보니 왕은 약속 시간에 늦지 않았다. 다만 그녀와 조금 떨어져서 한 청년에게 사로잡힌 그녀를 건너다보고 있었을 뿐이었다.

"좋다기보다, 누군가와 닮았습니다."

"누구인지 물어도 될까요?"

"글쎄요, 확실치가 않아요, 단지 느낌만으로는……"

이상했다. 왕을 보니 〈세례자 요한〉은 김민기보다는 왕과 닮은 구석이 더 많아 보였다. 검은 동공이 꽉 찬, 얇게 쌍꺼풀 진 눈은 정말 똑같았다. 그러나 이미지랄까, 느낌만은 왕이 아니었다. 그렇다고 김민기도 아니었다. 고개를 비스듬히 기울이고 손가락으로 하늘을 가리키며 야릇하게 미소짓는 눈매와 입매. 세례자 요한은 오직 한 사람이 아닌 둘, 아니 그 이상의 이미지로 그녀를 뒤흔들었다. 왕은 그녀가 〈세례자 요한〉에게서 눈길을 돌리기를 기다렸다가 진행 방향이 아닌 입구 쪽으로 발걸음을 옮겼다. 그녀는 〈세례자 요한〉 옆에 주욱 걸려 있는 레오나르도 다빈치의 다른 그림들을 의아하게 뒤돌아보며 왕의 뒤를 따랐다. 크기로 보나 복잡하기로 보나 박물관 코스를 다 밟자면 하루로는 모자라는 판에 다 생략하고 훌쩍 빠져나가는 것이 아쉬울 것은 없었지만, 기껏 그곳에서 만나자고 한 왕의 의중이 궁금하지 않은 것은 아니었다.

왕은 자존심이 센 남자였다. 그녀는 그렇게 생각할 수밖에 없었다. 왕이 암스테르담 행 야간열차를 포기한 것은 순전히 그녀 때문이었다. 왕에게 그 순간만큼은 레오나르도 다 빈치보다 그녀가 우선했을 수도 있었다. 그러니까, 그녀에게 수컷으로서의 능력을 걸었을 수도 있었다. 그러나 왕은 그것을 빌미로 그녀를 성적으로 압박하지 않았다. 조급한 남자라면 여자 혼자 호텔에 들게 하지 않았을 것이었다. 애송이 남자라면 도무지 에둘러 갈 수가 없었을 것이었다. 그녀가 동의하지 않았는가. 타야 할 마지막 열차를 가뿐하게 보내도록 말이다. 달리 생각해보면 왕은 유혹의 달인이었다. 여자가 거절할 수 없도록, 아니 서서히 사로잡히도록 하는 데 무리가 없었다. 느끼하지도 거칠지도, 그러니까 넘치지도 모자라지도 않았다. 대부분의 왕의 옛 여자들이 그랬던 것처럼 그녀는 무난한 왕에게 거의 방심했다. 여자들에게 가장 위험한 것은, 그러니까 여자들이 범하기 쉬운 가장 큰 실수는 바로 방심에서 비롯되었다. 상대가 이성이되 동성적인 감정을 불러일으킬 때, 그러다가 동성적인 익숙함이 호감으로 발전할 때, 여자는 안심하고 방심했다. 왕은 그 점에서 탁월했다. 남녀 혼성, 아니 양성성의 표본이 세례자 요한이라면 그것은 그녀의 첫 남자 김민기가 아니라 왕이었다. 유리 피라미드 지하에서 에스컬레이터를 타고, 마치 승천하듯이, 지상으로 올라오는 동안 왕은 세례자 요한처럼 손가락으로 666개의 유리의 정점을 가리키며 야릇하게 웃었고, 그녀는 그가 가리킨 꼭대기를 올려다보며 홀가분하게 웃었다. 유리 저편, 꼭대기 저편, 파란 하늘에 흰 구름이 흘러가고 있었다. 그리고 검게 쏟아지는 햇빛. 흰 구름과 파란 하늘을 제외한 모든 것, 궁정의 지붕과 피라미드 유리 틀과 유리 밖의 군중들은 검게 보였다. 그녀는 고개를 너무 쳐든 탓에 일시적으로 현기증에 휩싸였다. 고개를 밑으로 내리려는데 한 남자의 실루엣이 그녀의 눈길을 끌었다. 그는 왕거미처럼 마름모꼴 유리에 달라붙듯이 서서 안을 들여다보고 있었다. 그때 에스컬레이터가 지상에 닿았고, 뒤에서 밀고 올라오는 인파에 휩쓸려, 동시에 왕의 보호에 이끌려 유리 피라미드 밖으로 떠밀려나왔다. 분수의 물줄기가 물안개를 일으키며 힘차게 창공을 가르고 있었다. 안개 사이로 보니 피라미드 안으로 들어가려는 인파가 광장 끝까지 줄지어 서 있었다. 그녀는 사람들의 행렬을 뚫고 거대한 유리 피라미드를 감싸며 기하학적으로 조성되어 있는 분수들 사이를 빠르게 걸었다. 방금 한 사내가 왕거미처럼 붙어서 있던 지점에 이르자 그림자 하나 어른거리지 않았다. 그녀는 어제 열차 칸을 샅샅이 뒤지며 K가 없다는 것을 확인했으면서도 여전히 K를 단념하지 못하고 있었다. 그러고 보니 〈세례자 요한〉은 이번엔 왕이 아니라 바로 K로 보였다. 십오 년 전의 K. 이중 나선형 계단에서 엇갈리면서 짓던 포즈, 손가락으로 위를 가리키며 서로 통했다는 듯이 미소짓던 표정. 그로 인해 그녀에게 생애 최초로 섹스 충동을 일으켰던, 그러나 신기루처럼 사라져버렸던, 그리고 하늘엔 구름만 흘러갔던, 아주 느리게 흘러가버렸던 열여섯 살의 낯선 오후의 느낌……

"레오나르도 다 빈치의 무엇을 그리죠?"

그녀는 〈세례자 요한〉 앞에서 미처 물어보지 못한 질문을 왕에게 던졌다. 어제 왕에게 성 이야기를 들으면서 곁가지로 그녀가 파악한 바로는 왕은 세계적인 복제화가였다. 원래 파리에서 활동했으나, 반 고흐의 복제화로 세계적인 성공을 거둔 '이미지네이션'이라는 세계 최대 복제 그룹에 스카우트되면서 암스테르담으로 무대를 옮긴 지 이 년째라고 했다.

"작품 말입니까, 작품 내용 말입니까?"

"아, 작품의 무엇을 보냐는 말입니다. 매번. 수시로 야간열차를 타고 달려오게 만드는 그 무엇, 아니 계속 그릴 수 있도록 당신을 붙잡고 있는 것이 뭐냐는 말입니다."

"한마디로 정의하기는 어렵습니다."

"가변성을 무시하고, 말한다면……"

"글쎄요, 하나의 성(城)이라고 해야겠죠."

"성이라구요?"

"그렇죠, 성!"

"의외군요. 성이라면, 성의 무엇, 희귀성? 아니 견고성인가요?"

"아닙니다. 회화의 오리지널은 그것이 처한 상태, 그러니까 특수성으로 인해 가치가 있는 것이지요. 희귀성이 바로 그것입니다. 이건, 미술사가들이 말하는 바이지요. 성은 복제가 불가능합니다. 아무리 본떠서 지었다고 해도 그 일부를 수용하는 것뿐이죠. 성은 그러므로 항상 오리지널의 정도를 넘어서게 마련입니다. 난, 본떠서 실패했다는 말은 못 들었습니다. 각자의 성이 있는 것이지요. 복제의 세계에서 치명적인 단점이 무엇인지 아십니까?"

"말씀하신 대로 희귀성 아닙니까?"

"그렇죠. 그러면 성의 세계에서 치명적인 단점이 무엇인지 아십니까?"

"글쎄요, 아무도 찾지 않는 것, 곧 소멸성, 폐허가 아닐까요?"

"그렇죠. 그런데 소멸을 가능하게 하는 것이 뭔지 아십니까? 견고성입니다. 그것이야말로 인적이 끊기는 것보다 강력한 것이죠. 아성이라고 하잖습니까? 견고성이야말로 성을 무너뜨리는 소멸성의 다른 양상이죠. 희귀성과 견고성, 그 둘을 아우르는 것."

"레오나르도 다 빈치에게서 찾는 거라면……"

"기품입니다. 레오나르도 다 빈치 그림의 기품 앞에서는 희귀성도 견고성도 봄날의 아지랑이에 불과하죠."

왕은 진정한 복제화가였다. 그녀는 왕을 따라 궁정(宮庭)의 마로니에 숲을 거닐면서 그렇게 생각했다. 때 이른 낙엽과 여물지 않은 채 떨어진 밤톨들이 발에 부딪쳤다. 왕의 최근 관심사는 레오나르도 다 빈치의 프랑스에서의 마지막 삼 년이었다. 라파엘과 미켈란젤로에 밀려난 예순 살의 레오나르도 다 빈치를 국빈으로 맞아 비호(庇護)한 것은 도마뱀을 지독히 사랑한 프랑스의 왕, 저 이중 나선형 계단으로 유명한 성의 주인이었다. 평생 위대한 화업(畫業)으로 쇠잔해진 노구의 몸에 지니고 온 것이 〈모나리자〉였고, 〈세례자 요한〉이었다. 그리고 프랑스에서의 삼 년, 그는 더이상 그림을 남기지 않았다. 바로 그 대목에 빠져서 왕은 삼 년째 레오나르도 다 빈치의 성들을 찾아다니고 있었다. 왕의 성 이야기는 언제나 레오나르도 다 빈치에서 시작해서 레오나르도 다 빈치로 끝이 났다. 어언 산책도 끝이 나, 그들은 몇 세기에 걸쳐 지어졌다가 대혁명의 불길로 한순간에 전소된 이래 끈질기게 빈 터로 남아 있는 옛 궁성의 북쪽 정원에 도달해 있었다. 정원은 대혁명의 넓은 광장으로 이어지고 있었고, 광장 가에는 대관람차가 돌아가고 있었다. 그녀는 대관람차에 관련된 잊을 수 없는 추억이 하나 있었다. 그녀의 심장이 얼마나 작고 여린지, 반대로 그녀의 엄살쟁이 오빠의 심술이 얼마나 막강한지 알게 해준 것이 어린이 대공원의 대관람차였다. 대관람차에 올라탈 때까지만 해도 그녀의 오빠는 세상을 우습게 아는 아홉 살짜리 당돌한 꼬마였다. 그건 그의 잘못이 아니라 그의 생부모들의 과잉보호와 방임 탓이었다. 일곱 살의 그녀는 대관람차를 타고 서서히 하늘로 올라가는 오빠가 한없이 부러웠다. 동화책에 나오는 『나무꾼과 선녀』의 한 장면을 보는 것 같았고, 『재크와 콩나무』의 한 장면을 보는 것도 같았다. 평소 얼마든지 제멋대로 하라고 키워진 그녀의 독재적인 오빠는 절대로 곤돌라에 그녀와 둘이 타는 것을 용납하지 않았고, 그녀를 아래에 세워놓고 황제처럼 손을 들어 흔들며 두 번 세 번 타고 또 탔다. 그녀의 차례가 오지 않은 것은 아니었으나, 그녀는 정작 혼자 하늘로 올라가버리면 어쩌나 걱정이 태산처럼 몰려와 발을 올려놓지 못했다. 어린 그녀는 마주 보고 있던 오빠가 한 칸 한 칸 하늘로 올라갔다가 다시 한 칸 한 칸 지상으로 내려오는 것을 보는 것도 나쁘지 않았다. 대관람차가 허공을 한 바퀴 도는 십여 분 사이 세상은 알게 모르게 크게 변해 있었고, 그녀는 그 달라진 세상의 오빠와 생부모의 손을 잡고 놀이공원을 나왔다.

"이것 보십시오."

대관람차의 환영에 사로잡혀 있던 그녀에게 왕이 촉촉한 이끼떼 한 조각을 내밀었다. 왕이 허리를 굽혀 밤나무 밑동에서 떼어낸 것이었다.

"놀랍게도 형태들이 다 다르지요. 그러나 이것들은 그저 이끼들일 뿐이지요. 레오나르도 다 빈치 같은 자연주의자이자 과학자가 아니면 누가 이토록 미세한 이끼 한 포기에 주목하겠습니까."

그녀는 머릿속으로는 대관람차에 얽힌 추억을 더듬으며 눈으로는 왕이 손바닥에 올려놓아준 이끼를 들여다보았다.

"마음에 들면 가져요."

그녀는 마음에 들고 말고 할 것이 없는 이끼를 갖기로 했다. 그녀는 왕이 복제화가가 아니라 거리의 철학자는 아닌가 의구심이 들었다. 별

210

것도 아닌 것에 대단한 의미를 부여하는 기술, 새로울 것이 없는 것에 신선한 호기심을 유발하는 기술, 왕은 진정한 예술가였다.

"당신이 갖기로 한 이상, 그것은 당신 손에 달렸어요. 당신의 체온이 그것을 변화시키죠."

이끼는 벌써 그녀의 손바닥에서 개체 변화를 시작하고 있었다. 수분이 증발하고, 색이 바래고, 부피가 줄어들고 있었다. 손바닥에 놓인 이끼를 들여다보고 있는데 숨바꼭질하듯 왕은 어딘가로 숨어버리고 대신 동굴 속에서 울려나오는 듯한 그의 외침 소리가 밤나무 길에 메아리치고 있었다. 그녀는 지하 계단을 밟고 왕을 쫓아내려갔다. 광장의 대관람차는 정지한 듯 서서히 돌아가고 있었다.

*

K는 허공에서 햇빛 쏟아지는 도시를 굽어보고 있었다. 도시는 강과 언덕과 도로와 광장, 그리고 육층짜리 비슷비슷한 건물들로 이루어져 있었다. K의 위치가 대관람차의 백십 미터 정상에 도달하자 정지상태가 의외로 길어졌다. K는 방금 거쳐온 강가의 성이자 요새, 감옥이자 박물관을 수직으로 내려다보았다. 그러느라 발끝으로 힘이 몰렸고, 그 탓에 앉아 있던 의자가 흔들거렸다. 그도 그럴 것이 K가 탄 사 인용 곤돌라는 혼자 앉아 있기에는 고도의 균형감각이 필요했다. K는 무게의 중심을 바로잡고 바람이 부는지 탁 트인 허공에 팔을 쭉 뻗어보았다. 바람이 느껴지지 않았다. 그런데 의자는 멈추지 않고 좌우로 계속 흔들

렸다. K는 가는 날이 장날이라고 혹 기계가 고장을 일으킨 것은 아닌가 오금이 찌릿찌릿 저려왔다. K는 거대한 풍차 날개에 실려가는 한낮의 공중 산책을 상상했었다. 그런데 산책은커녕 백십 미터 공중 감옥에 갇혀버리는 신세가 되고 마는 것은 아닌가, 그리하여 그날 저녁 자잘한 사건 사고란에 우습게 등장하는 것은 아닌가 언짢아졌다. 실제로 지난봄 대전 엑스포 놀이공원의 대관람차가 정지해 두 아이가 추락하는 사건이 일어났던 것이 뒤늦게 기억났다. K는 적극적으로 사태를 확인해볼 겸 바로 아래 곤돌라들을 좌우로 살폈다. 좌측 곤돌라는 서로 부둥켜안고 키스중인 연인의 요란한 몸태질로 심하게 출렁거리고 있었고, 우측 곤돌라는 꼬마 셋이 지명 찾기 놀이를 하는지 도시 사방을 서로 가리키며 환호하는 탓에 심하게 요동치고 있었다. K는 비로소 굳이 균형을 잡으려고 애쓰지 않은 채 편안하게 앉아 공중 산책자의 여유를 누려보려고 했다. 그나저나 오래 살고 볼 일이었다. K가 자발적으로 대관람차에 올라타리라고는 그 자신은 물론 그를 아는 누구도 상상하지 못한 일이었다. 이깟, 대관람차가 대수라고! K는 겨드랑이 간격을 최대한 벌려 등받이에 기대고 앉아서는 저 아래 개미처럼 움직이는 사람들을 만만하게 내려다보았다. 정원의 숲은 정오의 빛에 둘러싸여 그늘조차 뿌옇게 보였고, 정원과 연결된 대혁명 광장은 오벨리스크 첨탑의 황금빛이 점령하고 있었다. 그리고 방금 전 지나왔던 유리 피라미드는 여자의 음핵처럼 사방으로 음기를 뻗치고 있었다. 아까 K는 셀 수 없이 많은 마름모꼴 유리로 조합된 거대한 피라미드에 비친 하늘을 들여다보다가 한 조각 유리의 크기는 얼마나 되는지 심심풀이로 재보기 위해 두 팔을 벌려 왕호랑거미처럼 엑스자로 찰싹 달라붙었다가 망신당할

212

뻔했었다. 어디에 숨어 있었는지 제복을 입은 안전요원이 달려오는 바람에 K는 엉겁결에 토끼듯 그곳을 벗어났었다. 그리고 도착한 곳이 정원 밖 대관람차 매표소였다. K는 탈까 말까 생각할 여지도 없이 대뜸 티켓을 끊었다. 타고 보니 탈 것을 기어이 타고 말았다는 자족감에 빠졌다. 오래 전 꿈, 그러나 시나브로 식어버린 무덤덤한 꿈을 얼떨결에 실현한 기분마저 들었다. 누군들 한 번쯤 유년기 놀이동산의 대관람차를 선망의 눈길로 바라보지 않았을까. 누군들 한번쯤 파리-런던-뉴욕-서울이라 씌어진 열차를 타고 저 미지의 세계로 떠나는 꿈을 꾸지 않았겠는가. 열 살 무렵 K는 처음으로 부산의 놀이공원으로 소풍갔다가 대관람차에 넋이 빠져 대열에서 이탈해 미아가 될 뻔했었다. 부산에서 한 시간 반이나 버스를 타고 내륙으로 들어가야 하는 밀양의 산골 출신 K에게 미지의 세계는 서울이었고, 런던이었고, 파리였다. 열 살의 K는 돌고 도는 거대한 하늘 바퀴를 따라, 아니 돌고 도는 바람개비 날개를 타고 떠나고 싶었다. 그런데 대학생이 되어 서울로 올라왔을 때 K는 정작 대관람차 따위는 잊었다. K는 그 흔한 데이트 코스로 놀이공원에 가본 일이 없었고, 미지의 세계란 런던 파리 뉴욕이 아니라 반지하 골방에 던져지는 신문이었고, 신문을 수놓은 뉴스, 뉴스들이었다.

K가 대관람차의 존재를 다시금 인식하게 된 것은 몇 해 전 여름 런던 출장길에서였다. 시차에 맞춰 새벽 서너시경 데스크와 통화를 하고 템스 강 쪽으로 난 창으로 눈을 돌리면 런던의 눈이라 불리는 높이 백삼십오 미터의 거대한 대관람차가 어둠 속에 점점이 원을 그리고 있었다. 기사를 전송하고 날이 훤해질 때 커튼을 치고 잠이 든 뒤 오후에 침대에서 일어나 커튼을 열면 런던의 눈이 창문 가득 들어와 있었다. 그것

은 언뜻 보면 기념탑처럼 늘 그 자리에 멈춰 서 있는 것 같았고, 생각에 빠져 망연히 그것에 눈길을 주고 있다가 보면 서서히 위에서 아래로, 아래에서 위로 돌아가고 있는 것이 감지되었다. K는 그 사실, 지구가 태양의 주위를 돌 듯이, 동시에 지구가 저 자신을 돌리듯이, 밤과 낮과 밤처럼, 정지한 듯 돌아가는 대관람차의 순환성에 짐짓 머릿칼이 쭈뼛 일어서는 느낌이었다. 그러한 소름은 전혀 낯선 것이 아니었다. 또래보다 이른 서른세 살부터 귀밑머리가 허옇게 세기 시작한 K는 그것을 백발(白髮) 현상이라고 스스로 명명하고 자신의 건강상태를 점검하듯 위기의 순간을 본능적으로 포착, 특유의 인생관으로 그 수위를 조절해왔다. K가 삼십 년 가까이 잊어왔던 대관람차는 인생에 없어서는 안 될 어떤 것, 희망 같은 것이었다. 동시에 인생에서 빠지지 않는 어떤 것, 무상함 같은 것이었다. 미세하게 위치를 바꾸며 돌아가는 런던의 눈앞에서 K는 천국으로 오르는 계단에서 잘못 한쪽 발을 헛디딘 것처럼 위기를 느꼈다. 그러나 십오 년 동안 신문사라는 특수 조직에서 강철처럼 단련해온 생존의식으로 찰나의 위기감을 징검다리 건너뛰듯 질끈 털어버렸다. 하지만 일단 눈에 들어온 이상 대관람차는 수시로 K 앞에 나타나 그를 공격하고 위협했다. 지난 2월 요코하마로 근대 실크 문명의 역사를 그곳의 개항 역사관과 실크 뮤지엄을 중심으로 취재하러 갔을 때 K가 묵은 호텔 창에도 대관람차가 잡혔다. 태평양을 향해 지름 백 미터의 거대한 수레바퀴를 돌리고 있는 대관람차의 동선을 망망한 밤의 부두에 서서 주도면밀하게 바라보다가 K는 언젠가 한 번은 꼭 타고 말 것이라는 유치한 다짐에 이르렀다.

영원히 허공에 정지해 있을 것 같던 K의 위치가 오후 세시경까지 내려가 있었다. K는 어제 열차 칸에서 하마터면 어떤 여자의 뒤꽁무니를 쫓아가다가 실수할 뻔했던 일과 방금 유리 피라미드에서 안전요원에게 붙잡혀 망신당할 뻔했던 일이 떠올라 실없이 웃기 시작했다. 그리고 전화기 속에서 울부짖던 아내의 목소리와 애써 호통치던 데스크의 심드렁한 목소리를 생각하니 웃음이 더욱 거세져 참을 수 없는 지경이 되었다. K는 눈가에 얼룩진 물기를 찍어내며 울부짖기 직전 몹시 헐떡이던 아내의 숨결을 되새겼다. 아내는 죽지 않고 살아 있다는 것만으로 백배 천배 감사하다고 했다. 데스크는 단신일지언정 부음 기사냐 실종 기사냐를 놓고 부원들과 회의에 회의를 거듭하며 아랍계 테러집단의 납치 가능성도 배제하지 않고 있다가 K의 맨송맨송한 목소리를 듣고는 도리어 김이 빠진 듯 시큰둥한 반응이었다. 데스크는 K에게 그다지 적대적이지 않았지만, 그렇다고 조금도 호의적이지 않았다. 데스크의 심드렁하다 못해 냉소적인 목소리를 듣자 K는 오히려 불끈 힘이 솟았다. 당장이라도 비행기를 잡아타고 떠나고 싶었다. 그러나 K 역시 데스크 못지않게 상대의 약점에 매우 강했다. K는 회사에 누는 물론 부장님께 대단한 심려를 끼쳐드려서 죄송하다는 말을 꿀꺽 삼키고 잠적이 웬말이냐며 아무도 건드리지 않은 프레시한 물건을 보낼 테니 지면이나 큼직하게 비워두라고 큰소리를 쳤다.

    K는 다음날 저녁 비행기를 예약하고 나서 호텔 근처 궁성(宮城)을 거닐며 먹이를 찾아 초지(草地)를 어슬렁거리는 하이에나의 심정으로 최근 프랑스 출판계에 일대 충격을 던진 명문 쇠라 그룹과 무명에 가까운 마리팀 출판사의 인수, 합병 사건을 어떻게 요리할까 구상했다. 비유 혹은 접목의 대상으로 정교하고도 투명한 유리 피라미드를 보면 유

리 조각에 매달려보았고, 기와공장이라는 원래 이름을 궁의 그것으로
그대로 간직한 튈르리 정원 연못을 지날 때는 연못을 장식한 넵튠의
팔뚝을 가늠해보기도 했고, 그러다 대혁명의 불꽃이 피로 낭자했던 광
장 가에 이르러서는 허공의 계단에 냉큼 발을 올려놓기도 했던 것이
다. K는 비로소 행복했다. 기사를 쓰는 순간보다 더 깨어 있을 수는 없
었다. K는 펄떡거리는 물고기를 도마 위에 올려놓은 요리사처럼 열 손
가락이 간질거렸다. 어느덧 대관람차의 정상에 우뚝 앉아 있던 K의 위
치는 오후 여섯시경으로 내려가 원점에 이르고 있었다. K는 자신이 멈
추어 있던 정점(頂點)을 올려다보았다. 하늘은 푸르고, 흰 구름은 아득
히 흘러가고 있었다.

7. 그리고 성은 모래가 되어갔다

그는 바다를 등지고 그녀에게 걸어오고 있었다. 그는 조금 웃고 있었
다. 그녀는 이제야 그가 그녀를 알아보는가 그의 얼굴을 똑바로 쳐다보
았다. 방금 그녀는 그의 안내를 받으며 국내외에서 수집된 화석이 진열
된 전시장을 둘러보았다. 멀리 그의 등뒤에서 파도가 조금 치고 있었
다. 그의 두 손에는 물고기 화석이 들려 있었다.

"여기, 빛 가운데 놓을까요?"

정하웅이 물고기 화석판을 들고 물을 때까지 그녀는 모래 가루 날리
는 성의 난간에 서 있는 착각을 했다. 언제 그런 날이 있었기나 했던가
그녀는 의아한 생각이 들었다. 지금 그녀가 서 있는 곳은 동해안 영덕
어름, 경보화석박물관 이층 옥상이었다. 그리고 정하웅은 그녀가 조금

216

전 처음 명함을 받은 사람이었다. 그런데 그녀는 그를 보는 순간 전에 본 듯한, 그것도 그와 몸을 섞고 한 세월 살아온 듯한 기시감(旣視感)을 떨쳐버릴 수 없었다. 그는 그녀 앞에 마주 서서 그녀의 대답을 기다리고 있었다. 그의 손에는 그녀가 사진 촬영을 위해 요청한 물고기 화석판이 들려 있었다. 일, 이 분쯤 둘은 그렇게 마주 서 있었다. 정하웅은 그녀가 정확한 위치 지시가 없자 물고기 화석판을 바닥에 내려놓으려고 몸을 굽혔다. 그제야 그녀는 환영에서 깨어나듯 화들짝 놀라 그의 행동을 제지했다.

"아, 아니, 저기 그늘에 놓아주세요."

정하웅은 몸을 도로 일으켜세우며 그녀를 향해 미소를 지었다. 옥상 가장자리를 두른 낮은 담 그늘 안쪽에 물고기 화석을 자리잡게 한 후 그녀는 연거푸 네 컷을 찍었다. 눈은 렌즈에 대고 있었지만 머릿속은 방금 그가 지어 보였던 미소의 잔영에 멈춰 있었다. 정하웅의 미소는 오 년 전, 루브르 박물관 이탈리아 회화관에서 마주쳤던 미소, 레오나르도 다 빈치의 〈세례자 요한〉의 미묘한 눈짓과 흡사했다.

"이렇게 놓고 보니, 제가 보아왔던 것과는 전혀 다른 느낌이 드는군요."

그가 팔짱을 끼고 선 채로 화석판을 내려다보며 말했다. 그녀는 카메라 렌즈를 조절하며 이름을 물었다.

"레우시스쿠스."

"한번 들어서는 기억 못 하겠네요. 이집트어나 러시아어처럼요."

그녀는 화석판 하단, 떼죽음을 당한 물고기들의 몸체에 렌즈를 맞추었다. 렌즈 안에 들어온 물고기들은 열 마리가량 되었다.

"우리가 모르는 언어는 다 생경하죠."

물고기들은 먹이를 공급하는 중인지 아니면 물의 흐름에 쏠려가는 중인지 일정한 방향성을 보여주고 있었다. 그녀는 각도를 틀어서 대각선의 흐름에 초점을 맞추었다. 물고기들이 간격을 두고 꼬리에 꼬리를 잇고 있었다. 최근 그녀를 괴롭히는 최대의 난점은 기억, 아니 망각이었다. 고등학교 때부터 익혀온 그녀의 사진 실력은 전문가급이었다. 렌즈를 들여다보면서 몰두하는 것이야말로 어정쩡한 기억과 망각을 걸러주는 데 효과적이었다.

"벨로노스토무스, 아라리펠레피도테스, 트로피오메트라."

정하웅이 혼자 말하고 혼자 껄껄 웃었다.

"이렇게 지하철이나 대중 공공장소에서 일 분만 지껄이고 있으면 모두들 미친 사람인 줄 알고 제 얼굴을 쳐다보겠죠?"

그녀는 렌즈에서 눈을 떼고 지하철 의자에 앉아 멀뚱히 쳐다보는 사람처럼 정하웅을 바라보았다. 그는 마치 벽과 한 몸이 되어 있다가 홀쩍 튀어나온 사람처럼 홀가분한 표정이었고, 그의 등뒤에는 도마뱀이 새겨진 벽이 버티고 있는 것 같았다.

"이런 지질학 용어나 의학 용어 같은 전문용어들이란 게 다 그래요. 그러나 근원을 파고들어가면 서로 만나죠."

정하웅은 말하고 그녀는 물고기 화석 좌측 하단의 물고기떼 아가미 부위와 우측 상단의 물고기떼 꼬리 사이에 난 공백에 초점을 맞췄다. 아가미와 꼬리가 렌즈 양 끝에 살짝 걸트린 공백을 찍으려니 초점이 좀체 잡히지 않았다. 렌즈에 잡힌 공백 부위는 미켈란젤로의 〈천지창조〉 중 아담의 손가락을 연상시켰다. 레우시스쿠스. 그녀는 이름을 부르기만 하면 금세라도 살아 퍼덕거리기라도 할 듯이 물고기 화석을 부르며 마지막 한 컷의 버튼을 눌렀다. 렌즈에서 눈을 떼면서 그녀는 아담의 창조를 다시 불러냈다. 아담은 손가락으로 가까스로 연결되고 있는 것이 아니라, 어쩔 수 없이 떨어지고 멀어지면서 자신의 세계를 채워가고 있었다. 그런 의미에서 연결은 단절을, 공백은 충만을 보장했다. 그녀가 어깨에 메고 있던 포토백을 열어 신속하게 장비를 챙기는 동안 정하웅은 두 팔로 옥상 난간을 짚고 서서 흥미롭게 그녀의 움직임을 지켜보았다. 물고기 꼬리를 잡느라 컴컴한 렌즈 속에 몰입시켰던 시신경이 잠깐 그의 얼굴에 검은 반점을 덧씌웠다. 그녀는 황금빛 푸른 물결이 일으키는 광채에 휩싸여 모래 가루 날리는 이끼들의 지하 요새로 급속도로 끌려들어갔다. 암굴의 정적을 깨며 동굴 벽에 거세게 맺힌 고드름에서 물방울이 또랑또랑 떨어지고 있었다. 물방울은 하나의 점으로 떨어져 작은 샘을 만들었다. 샘가에 이끼떼가 자라고 있었다. 암굴의 작은 샘은 순식간에 초원의 우물이 되어 두터운 이끼들로 뒤덮였다. 그녀는 우물 속에 얼굴을 디밀고 왕, 왕, 하고 낯설게 소리쳐 불렀다. 우물은 그녀를 비출 뿐 메아리를 일으키지 않았다. 그녀는 축축한 이끼를 밟으며 우물 속으로 내려가기 시작했다.

"아, 제 호박거미 화석과 이끼 화석도 보고 싶다고 하셨죠?"

그녀는 우물의 환각에 깊이 빠져 있다가 깜짝 깨어나 물고기 화석을 들고 가는 정하웅을 따라 옥상을 내려갔다.

"여기가 어디쯤 되나요?"

"이곳을 기점으로 말하자면, 부산은 칠십칠 킬로, 울산은 사십오 킬로, 울진은 팔십일 킬로입니다."

정하웅이 동해안선을 따라 오른쪽을 가리켰다가 왼쪽으로 옮겨가며 그와 그녀가 서 있는 지점의 위치를 잡아주었다. 그녀는 물고기 화석을 촬영한 후 정하웅의 안내에 따라 건물 이층에 있는 커피숍에 들어서서 유리창 전면에 펼쳐진 바다를 향해 서 있었다. 종류가 다른 수많은 수석(水石)들이 커피숍 중앙에 전시되어 있었다. 바다를 보고 있자니 몸에 돋은 비늘이 홀연히 벗겨지듯 그녀는 왼쪽 뇌의 일부가 박탈되는 느낌이었다.

"아, 습관이란 무서운 것이죠."

정하웅은 자신의 한계를 알고 있는 사람이 그 지점에 도달해서 짓는 머쓱한 표정을 지었다. 그러고는 중앙에 있는 의자를 그녀에게 권했다.

"늘 이런 식입니다. 이것은 지금으로부터 몇억 년 전 그러니까 고생대 말기 페름기— 뭐, 그런 식의 규정을 일삼고 있죠."

그녀는 자리에 앉으면서 정하웅의 얼굴에 어리는 복잡미묘한 미소를 올려다보았다. 그 표정이 그녀에게 색다른 친밀감을 불러일으켰다. 그녀에게 어색한 것은 바로 그런 친밀감이었다. 사적인 기억을 유발시키는, 그럼으로써 자신의 의지와는 상관없이 선험적인 관계에 대한 환상을 심어주는 친밀감. 문제는 그러한 친밀감이 얼마 지나지 않아서 그녀에게 머리가 둘로 쪼개지는 듯한 사나운 고통을 동반한다는 것이었다. 그녀는 아무도 믿지 않는다는 듯한, 아무것도 개의치 않는다는 듯한 무심한 눈길을 그의 어깨 너머로 던졌다.

"자기 검열이 심해질 때가 있죠, 누구에게나."

그녀는 마주 앉은 정하웅의 얼굴이 아닌 그 어깨 너머 허공에 시선을 꽂고 마치 자신에게 이르듯이 말했다.

"여기에 와서 심해지고 있어요. 제가 원해서 없는 자리를 만들어서 왔으면서도 말이죠."

정하웅 역시 그녀를 정면으로 바라보지 않고 그녀가 던지는 시선에 대고 말했다.

"얼마나 됐죠?"

"이제 겨우 일 년 되어갑니다."

"일 년 전엔 어디에서 무엇을 했나요?"

"독일, 본에 있었어요. 본이라는 도시 아시죠?"

"물론이죠. 악성 베토벤이 태어난 도시 아닌가요?"

"그렇죠, 악성. 참 오랜만에 들어보는군요. 본에서는 베토벤을 몰랐던 사람도 어느 정도 베토벤의 귀를 얻게 되죠. 그러나 베토벤 음악을 좋아하는 사람이라고 해서 베토벤으로 즉시 본을 떠올리지는 않아요. 음악을 깊이 알지 않으면."

"음악을 깊이 알지는 못합니다. 지난달 잡지에 실린 베토벤 기행을 우연히 본 것뿐이죠. 제가 접하고 사는 게 여기저기 굴러다니는 책과 잡지, 영상 기획물들이거든요. 제대로 들춰보는 것도 아니고 손끝에서 스쳐보는 게 거의 전부죠. 거기서 본 인상적인 것으로는 베토벤보다는 본에서 출발한다는 아우토반이었습니다."

"아우토반에 관심이 있으시군요. 혹시 속도광은 아니세요?"

"오히려 속도와는 거리가 멉니다. 운전을 할 줄도 모르는걸요."

"의외인데요. 사진을 찍으려면 기동력이 있어야 하지 않습니까? 갖추어야 할 장비들도 많고."

"전문 사진가가 아니니 괜찮아요. 처음부터 길들여져서 그런지 그다

성(城)이 의미하는 것 또는 아무것도 아닌 것 221

지 불편을 못 느끼죠. 덕분에 세상 열차란 열차는 거의 다 타보았죠. 본에서 화석 연구를 했겠군요, 당연히."

"연구 단계는 아니고 학교를 다닌 거죠, 단순히. 저같이 지질학 전공자가 가는 곳은 런던 아니면 본, 이런 식으로 몇 대학이 정해져 있거든요. 중간에 잠깐 딴 짓을 하기도 했죠."

"딴 짓이라면?"

"복제화(複製畫)에 한 삼 년 미쳐 살았었습니다."

"화석과 복제화라, 전혀 관계가 없는 것 같기도 하고, 매우 밀접할 것 같기도 하군요."

"방학 때 암스테르담에 여행 갔다가 반 고흐에 빠져버렸죠. 아, 정확히는 반 고흐의 복제화라고 해야겠네요. 하나의 원본에 끈질기게 사로잡혀야 하는 화석의 폐쇄성에 질려 있던 참이었는데, 반 고흐 미술관 근처 반 고흐 카페에 들렀다가 반 고흐의 휘도는 별처럼 머릿속이 뱅뱅 돌았어요. 돌발적인 기습처럼 숨을 쉴 수 없을 지경이 되었고, 카페 여주인이 인근의 남자친구 아틀리에로 나를 데려가 침대에 눕혔습니다. 의식을 차리고 아틀리에를 돌아보니 반 고흐의 미완성 자화상이 눈에 띄었습니다. 나중에 안 사실인데 그 아틀리에의 주인은 반 고흐 전문의 세계적인 복제화가였습니다."

"반 고흐의 무엇을 그렸습니까?"

"글쎄요, 한마디로 정의하기는 어렵습니다."

"가변성을 인정하고, 찾는다면?"

"글쎄요, 돌발 흔적이라고 해야겠군요. 화가의 내적 비밀의 폭발이라고 해야겠지요. 저 같은 범인으로서는 감히 대결할 수 없는 경지였지요. 결국 저는 습작 수준의 아마추어 복제화가에 그치고 말았지만, 반 고흐나 레오나르도 다 빈치 전문의 일급 복제화가는 세계 곳곳에 성을 가지고 있을 정도로 부와 명예를 누립니다."

"아마추어 복제화가는 얼마나 됩니까?"

"글쎄요, 모래알처럼 많다고 하면 과장이 심하고, 세상에 존재하는 성의 수만큼 된다고 하면 적절할까요? 성도 성 나름이지만요."

그녀는 정하웅의 작품이라는 호박거미 화석과 이끼 화석을 보기 위해 그의 뒤를 쫓으며 이십 년 전, 아니 오 년 전 모래와 이끼 가루 날리던 성에 갔던 기억을 오랜만에 불러냈다. 그녀가 다시 옛날의 특기인 카메라 렌즈에 집착하는 사이 성에 관계된 기억들이 깡그리 지워져 있었다. 정하웅이 이끄는 대로 길고 어두컴컴한 공간에 들어서자 뿌연 모래 먼지 속에 K의 이니셜, 왕의 도마뱀을 유심히 들여다보는 한 소녀의 영상이 어른거렸다. 이중 나선형 계단의 내리막길을 뛰어내려가던 소녀와 반대로 이중 나선형 계단의 오르막길을 뛰어올라가던 남자도 기억의 속도를 내고 있었다. 그리고 급기야는 이끼들, 모래 가루들이 날리는 성채 밖 초원에서 망연히 바라보던 푸른 하늘과 흰 구름. 그날 소녀가 본 것은 진정 푸른 하늘과 흰 구름이었을까. 그녀는 이혼 성사중인 생부모와 그들 중 누구를 선택해야 좋을지 끝까지 갈팡질팡하던 그녀의 순진한 오빠와 그들의 일면을 닮은 자신까지 한순간에 부둥켜안게 하는 광경을 그리고 있었다. 굳건하기로 소문난 저 성이 쿵! 소리도 없이 무너져내린다면, 지진이 난 것처럼 그들은 조각난 땅뙈기를 붙잡고 서로 떨어지지 않으려고 안간힘을 쓸 것이었다. 그러나 성은 아주 조금씩 제 몸을 삭이고 줄여갈 뿐, 그리고 그것은 아는 사람만 알고 모르는 사람은 이후로도 전혀 알 바 아닌 무의미한 것일 뿐, 그 어느 때보다도 우람히 거기 서 있었다.

"이건, 순전히 제 작품입니다. 호박거미 화석이죠. 거미는 곤충보다 몸이 부드러워 화석이 되기엔 부적합하지만, 소나무 송진이 서서히 굳은 호박 속에서는 최고의 화석 상태를 보여줍니다."

그녀는 호박거미에게서 한시도 눈을 뗄 수 없었다. 거미를 감싸고 있는 황금빛이 보석처럼 영롱하고 아름다웠다.

"정말 황홀하죠? 기껏 이 년짜리 화석이라 전시장에 내놓을 수준은 아니지만, 가끔 랜턴을 들고 들어와 이 녀석을 들여다보는 기분은 뭐라 말할 수 없이 묘하죠. 꼭 제 자신이 나르시시스트가 된 것처럼 말이에요."

앞의 두 다리를 둥글게 세운 채 호박 속에 정지되어 있는 거미의 모습이 살아 있는 것처럼 생생했다.

"아, 그리고 이건, 오 년하고도 백 일이 된 이끼 화석입니다. 혹시 왕가위 감독의 홍콩 영화를 흉내냈다고 웃으실지도 모르겠습니다만, 앙코르와트 벽 틈새에 비밀을 감추고 오는 사내 있잖습니까? 저도 귀국길에 거기에 들렀다가 그냥 올 수는 없고 성벽에 남길 건 없어서 이끼를 추출해온 것입니다."

그녀는 이끼 화석에 손가락을 대다가 불에 덴 듯 짧게 비명을 질렀다. 어제 옛 서산 사람들이 구역별로 성벽을 쌓으며 자신들의 흔적을 글자로 새겼다던 현장을 찍기 위해 해미(海美) 읍성(邑城)에 들렀었다. 넓은 초원을 연상시키는 읍성 안의 중앙을 직선으로 가르며 탱자나무가 울울이 심어져 있었고, 가까이 가보니 탱자꽃이 텅 빈 성을 가득 채

224

울 듯 하얗게 피어 있었다. 그녀는 자기도 모르게 별처럼 빛나는 흰 꽃무리에 함부로 손을 댔다가 엄지손가락을 가시에 깊이 찔렸었다.

"이렇게 붓도록 가시를 품고 있었습니까?"

정하웅이 잡고 걱정하는 통에 그녀는 자신의 엄지손가락을 자세히 들여다보았다. 살 속에 가시가 깊숙이 박혀 손가락 살이 터질 듯 부풀어올라 있었다. 몇 시간 전까지만 해도 그 정도는 아니었는데, 더위에 어제부터 누적된 피로 때문에 삽시간에 악화된 것 같았다. 정하웅이 사무실로 가서 절개를 하고 연고를 바르자는 것을 그녀가 한사코 고사하자, 그는 무슨 생각에서인지 통증으로 엉겁결에 찡그리고 서 있는 그녀에게 여기까지 왔는데 동해의 짠 물맛도 보아야 하지 않겠냐며 길 건너 바닷가로 잠시 내려가보자고 했다. 아담한 암벽에 해송, 그 아래 흰 모래밭이 제법 길게 펼쳐져 있었다. 바다에서 올려다보니 산자락에 우뚝 솟은 화석 박물관이야말로 거대한 성 같았다. 그녀는 소독이랍시고 짠 모래 속에 두 손을 파묻어놓고 옆에서 정하웅이 성심껏 쌓고 있는 모래성을 바라보았다. 요새를 파고 방어벽을 쌓고 탑을 세웠다. 모래성에 관한 한 정하웅의 축성술은 수준급이었다.

"화석만 들여다보고 있으면 눈앞이 캄캄해질 때가 있어요. 그럴 때면 이곳에 내려와 눈을 식히다가 성을 쌓곤 했죠. 쌓아놓고 다음날 와보면 성은 흔적도 없어지지요. 그런데 아십니까? 흔적 없이 사라진 성이야말로 진짜 성이라는 것을 말입니다. 왜냐─"

"그대로 있다면 다시 성을 쌓는 일은 없겠지요."

그녀가 정하웅의 말을 가로채 대답했고, 그는 탑에 꽂을 깃발을 해초 속에서 찾았다. 그녀의 행동을 비웃기라도 하듯 엄지손가락은 계속해서 맹렬히 쑤셔댔지만, 시간이 갈수록 그녀는 통증보다는 가벼운 간지럼증에 시달렸다. 정하웅이 깃발을 찾아 탑에 꽂으려 할 즈음 그녀는 급기야 온몸으로 퍼진 간지럼증을 참지 못하고 파도에 대고 웃음을 터뜨렸다. 정하웅이 정성껏 축조한 성이 휘몰아친 파도 때문인지 그가 그만 탑을 평소보다 높이 쌓은 때문인지, 아니면 그녀의 거센 웃음소리 때문인지 웅장한 모래성이 호쾌하게 무너졌다. 그들의 웃음소리 뒤로 바람이 불고 파도가 쳤다. 파도에 밀려온 건초들이 무너진 성을 에워쌌다. 수평선 저 멀리 어둠이 밀려오고 있었다.

*

호야나무 가지에 새 둥지 한 채가 들어서 있었다. 삼백 년 동안 읍성을 지켜온 회화나무를 거기 사람들은 그렇게 불렀다. 고목은 어깻죽지 한쪽을 벼락에 찢기고도 흐린 허공에 위세를 떨치고 있었는데, 오십보백보 떨어져서 우러러보니 나뭇가지는 거대한 거미줄을, 새 둥지는 새잡이 거미로 유명한 타란툴라 수컷의 박제된 형상을 연상시켰다. 아니, 이십 년을 살면서 매년 탈피(脫皮)를 한다는 타란툴라는 지금 마지막 탄생을 도모하는 중으로 볼 수도 있었다. K는 새 둥지를 중심으로 눈을 부릅뜨고 천도교 신도들의 머리채를 묶어 매어달기 위해 박았다는 녹슨 대못과 철사줄을 찾아내려 했으나 원시에다가 일찍 노안이 시작된 터여서 삭정이와 문제의 철삿줄을 구별해내지 못했다. K는 일 년이면 한두 차례 읍성의 진남문을 통과해 탱자나무가 울타리를 짓고 있는 옛

해자((垓字) 길을 따라 호야나무 앞에 이르곤 했다.

　계절은 봄을 지나 여름으로 향하고 있었지만 호야나무 가지만은 여전히 삭막한 겨울에 붙잡혀 있었다. 고종 3년 1866년 천여 명의 신도들을 처형하게 위해 지었다는 감옥 터는 여전했고, 그 옆 저절로 돋아나 볼품없이 서 있는 키 작은 복숭아나무 한 그루만 복사꽃을 난만하게 피우고 있었다. 꽃을 보니 흐린 날 처형장의 음울한 기운이 K의 좁은 목구멍을 헤집고 심장 속으로 확 끼쳐드는 듯했다. K는 부장대우로 승진한 지 삼 년이 지나도록 대우라는 꼬리표를 떼지 못하고 있었다. 그는 체면 유지용으로 일 주일에 기사 한 건만 써내면 되었고, 특종과는 거리가 먼(아니 그 연배에 몸소 특종에 투지를 보이는 꼴도 볼성사나웠다) 역사 다큐멘터리 연작물에 열과 성을 다했다. 그러므로 한동안 동료들이 K를 두고 우려하던 '특종 전문 순악질 데스크'의 면모는 찾아보려야 눈 씻고 찾아볼 수가 없었다. 그깟 특종이 대수라고! 마지막 탈피중인 노회한 수컷 거미의 사지(四肢) 형상을 한 호야나무를 올려다보며 K는 쓸쓸하게 웃었다. 그때 고목 옆 탱자나무 울타리 너머에서 여자의 짧은 비명소리가 들려왔다. 호야나무를 에돌아 비명소리가 난 탱자나무 울타리 입구 쪽으로 가니 여자는 탱자나무 가시에 찔린 손가락을 감싸쥐고 향교 쪽으로 걸어가고 있었다. 방금 여자가 머물렀던 탱자나무에는 탱자꽃이 별처럼 하얗게 박혀 있었다.

　K는 여자가 올라간 계단을 밟고 언덕 위로 올라갔다. 절름발이 사내와 바람개비를 든 네댓 살짜리 꼬마와 그 어미가 K의 뒤를 따라 계단을 밟고 올라왔다. 솔숲 정자에 앉아 있는 여자의 옆모습이 보였다. 여자는 K보다 한 발 먼저 성을 돌았다. K가 정자에 도달하면 여자는 솔숲을

지나가고 있었고, K가 솔숲을 지나가면 여자는 서문 계단을 밟고 올라가 성벽 위를 걸었고, K가 서문 계단을 뛰어올라 성벽 위를 빠른 걸음으로 걸으면 여자는 진남문에 이르러 계단을 밟고 아래로 내려갔다. 그리고 진남문 밖에서 여자는 종적을 감추었다. K는 오 리에 달하는 성의 외벽을 걸어 돌면서 정차된 자동차 안을 들여다보기도 하며 여자를 찾았으나 여자는 어디에도 모습을 보이지 않았다. K는 이유 없이 여자의 뒤를 쫓는 자신의 행위를 납득할 수 없었으나, 그렇다고 그 행위가 썩 낯선 것은 아니었다. 아니 그 행위야말로 부지불식중에 일어나는 감정에 충실한 것이었고, 그만큼 진실한 것이었다. K는 닭 쫓던 개모양 허망한 마음으로 진남문 앞에 서 있었다. 후텁지근한 날씨에도 정장 차림을 한 그곳 원로인사 네댓이 K가 서 있는 진남문 안팎을 넘나들며 일장연설을 했다. K가 학자다운 골똘한 표정으로 진남문에서 직선으로 연결된 탱자나무 길을 조망하고 서 있자니, 원로인사 한 명이 그에게 접근해, 자신은 이 읍성이 고향인 전 역사 교사로 부산에서 죽기 전에 마지막으로 눈으로 직접 확인하기 위해 왔노라며, 자신이야말로 이 읍성의 산 증인인데 원한다면 자신이 알고 있는 모든 기억을 넘겨주겠노라고, 자신을 따르라고 K를 적극 잡아끌었다. K는 목까지 차오른 알 수 없는 상실감을 털어버릴 요량으로 원로가 하자는 대로 순순히 따랐다. 성 안팎을 우왕좌왕하며 드나들던 행인들이 K를 앞에 두고 원로에게 하나둘 몰려들었다. 관중의 열렬한 호응에 힘입어 원로는 평생 그래왔듯이 넥타이를 반듯하게 고쳐매고는 진남문 우측 성벽 하단 삼분의 이 지점을 가리켰다. 원로가 K에게 석재(石材)에 새겨진 글자를 읽게 했고, 그는 시키는 대로 '공주(公州)'라 읽었다. 원로는 가타부타하지 않고 같은 방향의 외벽으로 오십 미터쯤 걸어가서는 아까와 마찬가지로 성벽 하단 삼분의 이 지점을 가리키며 이번에는 K 옆에 바짝 붙어선 중년 부인에게 읽어보라고 주문했다. 부인은 글자를 직접 손으로 써본 뒤 '청주(淸州)'라 읽었고, 그제서야 원로는 강의를 시작했다. 여기까지는 공주 사람이 쌓았고, 여기까지는 청주 사람이 쌓았다는 뜻입니다. 저 유럽의 위압적인 성들과는 차원이 다르다는 것입니다. 이 성이야말로 철저한 지방자치제의 산물입니다. 이 석재를 보십시오. 아랫단 석재는 크고 위로 올라갈수록 작아지는 것을 볼 수 있습니다. 오늘날까지 흐트러짐 없이 형체를 유지하고 있는 비결입니다. K는 원로와 관중들 사이를 슬그머니 빠져나와 여자의 손가락을 찔렀던 탱자나무를 향해 걸어갔다. 그리고는 여자가 앉아 있던 북쪽 구릉의 정자에 닿았다. 여자는 비교적 오래, K가 여자의 뒤를 바짝 따라올 때까지 그곳에 머물렀었다. 만약 그곳에서 그녀를 보지 못했다면 K는 여자를 찾으려고 사방을 헤매지는 않았을 것이었다. K는 여자의 흔적, 혹 손수건이라도 떨어뜨리지 않았나, 여자가 앉았던 난간을 찾았다. 아무도 없는 줄 알았는데 기둥에 몸을 숨긴 채 어린 연인들이 부둥켜안고 있었다. 어린 사내녀석이 제법 사나운 수컷의 눈초리로 K를 찔러보았다. K는 자기도 모르게 다리를 떨었다. 묘한 수치심이 솟구쳤다. K는 고의로 방해하려고 한 것이 아니었음을 시사하는 겸연쩍은 웃음을 어린 연인들에게 지어 보이며 고개를 정자 밖으로 돌렸다. 그때 기둥에 새겨진 글자가 K의 눈에 선명히 들어왔다. 고북中 왔다 감. K는 어린 연인의 설익은 키스를 목격한 것보다 더 민망해져서 서둘러 그 자리를 떴다. 구릉을 완전히 벗어나 북서쪽 성벽 위를 걸으며 K는 오래 전 성에 새겼던 자신의 이니셜을 손가락으로 따라가고 있었다. K는 어떻게 성벽에 이니셜을 새길 생각을 했었는지 알다가도 모를 일이었다. K는 성벽 위를 거닐며 허공에 이니셜을 쓰고 있던 자신의 손가락을 눈앞까지 끌어와서는 곧바로 위로 치켜세웠다. 허공에 치켜올려진 손가락을 보고 있자니 슬금슬금 웃음이 터져나왔다. 어느덧 K는 성벽의 반을 돌아 호야나무 가까이 와 있었다. 의사태발작에 걸려 꼼짝 못 하고 있는 늙은 수컷 거미 한 마리. 그 옆 키 작은 복사꽃의 난만한 꽃무리. 성벽 아래를 지나가던 읍성 사람들이 성벽 위를 기품 있게 걸어가는 K를 예사롭게 올려다보았다. 그들의 머리 위로 이끼 가루처럼 푸른 돌가루가 날렸다. K는 입가에 매달았던 웃음을 거두고 석양을 향해 나아가듯 원점을 향해 걸어갔다. K가 걷는 걸음걸음마다 뼛가루처럼 가벼운 돌가루가 날렸다. 그리고 성은 모래가 되어갔다.

••• 버드나무 아래 고요히

쾨니히스베르크의 다리라는 것이 있다. 그래프 이론 연구의 최초 모델로 18세기 동프로이센의 수도 쾨니히스베르크에 전해내려오던 퍼즐에 기인한다. 그래프란 여러 점들을 선으로 적당히 연결한 것을 가리킨다. 쾨니히스베르크의 다리, 곧 그래프 이론이란, 쾨니히스베르크에 흐르는 프레겔 강에 의해 네 개의 마을로 분리되어 있는 영역을 이미 놓여진 일곱 개의 다리들을 한 번씩만 건너서 모두 방문하고 다시 원점으로 돌아올 수 있는가라는 의문에서 출발한다. 대중적으로 잘 알려진 그래프 이론으로는 6단계 분리이론이 있다. 네트워크 세상을 뒷받침하는 사회학 용어로 처음 만난 사람도 다섯 명만 거치면 다 알 수 있다는 것이다. 어떤 지역은 세 사람, 어떤 도시는 다섯 사람을 거치면 연결된다는 것이다. 6단계 분리론은 20세기 초 헝가리 작가 카린시의 소설 『연쇄 chain』에서 유래, 1960년대 후반 하버드 대의 스탠리 밀그램에 의해 인간관계 그래프 이론으로 세상에 재데뷔했고, 1998년 콜롬비아 대 사회학자 던컨 와트의 「좁은 세상 네트워크」라는 논문을 통해 '현대판 6단계 분리론'으로 심화 연구 진행중이다. 쾨니히스베르크의 다리든, 그래프 이론이든, 좁은 세상 네트워크든, 한마디로 요약하면, 세상 참 좁다, 는 뜻이 된다.

*

그날, 서울 신문로 구세군 회관 옆 골목 안 한 갤러리에서 대학 선배 류를 만난 것도 일종의 6단계 분리론에 의한 것이다. 번역자와 출판사 편집자로 만나 꽤 돈독히 지내오던 최일이 삼 년 전 아프리카 여행을 다녀온 뒤 아프리카 미술에 빠져 일 년이면 반을 아프리카에서 지내면서 아프리카 미술품을 들여오기 시작해 매년 아프리카 미술 전시회를 열었다. 이번에는 아프리카 판화전으로 연락을 해온 것이다. 전시회 오프닝 자리가 아니고는 따로 만날 시간을 내지 못한 채 일 년을 훌쩍 보내기 십상인 터라 축하도 할 겸 구릿빛으로 변한 얼굴도 볼 겸 나는 최일의 초대에 가능한 한 빠지지 않고 참석해왔다. 아프리카 판화전은 국내 최초 전시라 그런지 극심한 경제 침체기임에도 불구하고 오프닝 열기가 뜨거웠다. 일, 이층 전시작 대부분이 채색판화였고, 일층 일부분이 흑백 소품들이었다. 미술품을 수집할 정도로 미술 애호가이거나 주머니 사정이 넉넉한 것은 아니었지만, 큐레이터에게 지나가는 말로 들은 바로는 가격이 매우 저렴해 그 동안 바쳐온 열정에 비해 수확이 형편없었던 최일에 대한 은근한 부담감도 해소할 겸 흑백 소품 한 점을 구입하려고 했다. 이층으로 큐레이터를 찾아 계단을 오르다가 류와 마주쳤다. 나는 비슷하기는 했지만 설마 십삼 년 전 미국으로 결혼해 떠난 류일까 싶어 계단을 마저 밟으려고 했다. 그런데 류가 내 이름을 불렀다. 류의 개성이었던 약간 쉰 듯한 목소리를 듣는 순간 정신이 아뜩해지며 미세하게 소름이 돋았다. 반가움이라기보다는 어떤 이질감, 착시현상 비슷한 착각이 일었다. 조금도 변하지 않은 목소리는 십삼 년이라는 시간 고무줄을 툭 끊어놓는 듯했다.

여민선, 나 모르겠니?

류가 내 손을 두 손으로 덥석 잡았다. 그 바람에 류도 나도 한 걸음에 계단을 두세 참이나 내려왔다. 예전에 류는 먼저 손을 덥석 잡는다든지, 큰 소리로 누구의 이름을 부른다든지 하는 일이 없었다. 류는 언제 어디서나 품위가 있었다. 특히 그때 갓 배운 담배 피우는 모습이 일품이었다. 주위에 여대생 흡연자가 많지 않아서 류의 예외적인 행동이 더욱 시선을 끌었는지 몰랐다.

예상대로 넌 그대로구나. 우리 엠티 가서 십 년, 이십 년 후에 가장 변하지 않을 것 같은 사람을 뽑았잖아. 생각나지?

그때 우습게도 모두 나를 뽑았었다. 그 말은 그때는 내가 그들보다 조숙해 보였다는 뜻이기도 했다. 서로 손을 잡고 잡히고 있는 거리만큼 서로의 얼굴을 자세히 볼 수 있었다. 류의 눈자위에서 산발적으로 경련이 일었다. 나를 바라보는 눈동자는 빛을 내고 있었지만, 기색은 몹시 지쳐 보였다. 쫓기는 듯도 보였다.

어디 가서 차라도 한잔 하고 싶은데, 내가 미국에서 들어온 지가 며칠 안 되어서 아주 경황이 없다. 네 연락처를 주면 내가 곧 연락할게.

우리 그때 이박 삼일로 회포를 풀자, 응!

내가 명함이 없다고 하자 류는 자신의 손바닥에 내 전화번호를 적었다. 그리고 마치 나를 만나기 위해 그 자리에 나타났던 것처럼 최일에게는 간다는 말도 않고 바쁘게 갤러리를 빠져나갔다. 나는 최일과는 어떤 관계인지 류에게 물어보려던 것을 뒤늦게 떠올리며 한 발로 다른 발의 뒤꿈치를 툭툭 치며 절룩절룩 걸어가는 류의 뒷모습을 바라보고 서 있었다.

*

'서울 바람길 지도'에 시선을 꽂고 있는데 로비에서 인터폰 연락이 왔다. 내려가보니 뜻밖에 류가 와 있었다. 옆에 세워놓은 여행용 트렁크가 눈에 띄었다.

"어디, 가는 길이야? 아, 이제 가는 거야?"

트렁크를 가리키며 출국길에 들른 것인가 해서 묻자 류의 대답 대신 웬 꼬마가 뒤에서 튀어나오며 인사를 했다.

"안녕하세요, 이모. 정민이에요, 정민이!"

여덟 살쯤 되었을까. 한국말이 익지 않아서인지 말투는 네댓 살 어투였다. 사내녀석치고 실루엣이 매우 부드러운 아이였다. 한눈에 류의 아이라는 것이 느껴졌다. 일부러 숨어 있으려고 한 것은 아니었을 텐데, 결과적으로 내 눈엔 그렇게 보였다.

"어, 그래. 어디서 이렇게 멋진 꼬마 신사가 왔지?"

"멀리 달나라 별나라 왔죠, 이모 만나려구요."

아이는 나를 언제 봤다고 이모, 이모 부르며 능청을 떨었다. 외모는 류와 쏙 빼닮았는데 기질은 전혀 아닌 것 같았다.

"정민이 엄마는 좋겠다. 이렇게 멋진 아들이 있어서. 나도 이런 아들이 있으면 세상 하나도 안 부럽겠다."

아이는 나를 가운데 놓고 빙빙 돌며 좋아라 했다.

"그럼, 오늘은 이모 아들 할게요. 이모도 엄마랬으니깐."

평소 나는 아이를 좋아하지 않았다. 마흔 줄에 접어들도록 독신을 고집한 것도 아이 때문이라고 해도 크게 틀리지 않았다. 그런데 나도 모르게 변한 것인가. 나는 제법 아이가 싫지 않았다. 나이를 먹은 것인가. 나는 류의 아이를 꽤 잘 다루고 있었다. 동물과 아이는 자기를 좋아하는 상대를 본능적으로 알아채고 따른다고 하더니 류의 아이가 나에게는 그랬다.

"이모, 빨리 가요, 집에 가요, 집에 가. 정민이 배고파."

트렁크를 들여놓자 현관이 꽉 찼다. 트렁크를 맨 나중에 들여야 하는 건데, 어쩌다 순서가 바뀌어서 류와 아이와 나는 트렁크 때문에 비좁아진 현관을 가까스로 통과해 거실로 들어갔다.

*

아이는 고양이처럼 등을 세운 채 꼼짝 않고 창틀에 앉아 있었다. 귀를 쫑긋 세우고 언제라도 뛰어나갈 것 같은 자세가 꼭 뮤와 쌍둥이 같았다. 뮤는 손가락만한 이집트 고양이 미니어처다. 작년 이맘때 여행가방에서 꺼내 창틀에 올려놓은 뒤 내내 등을 곧추세운 그 자세였다. 녀석의 등을 자세히 보면 먼지의 켜가 잡혔다. 아이는 책과 장남감을 사주고 디브이디를 빌려 틀어주며 거실에서 놀라고 해도 극구 나를 따라 작업실로 들어와 뮤와 나란히, 그러니까 밖이 보이는 창틀을 떠나지 않았다. 아이를 놓고 사라진 뮤는 나흘째 소식이 없었다. 아이는 거의 말을 하지 않았다. 처음 재잘거리며 살갑게 달라붙던 아이가 그 아인가 의심스러울 정도였다. 일 주일이 지나면서 그것이 아이의 본모습이라는 것을 알게 되었다.

"곧 올 거야. 우리 내기할까?"

아이는 내 말에 조금도 반응하지 않았다. 오늘만 해도 나는 벌써 서너 번 같은 말을 아이에게 되풀이하고 있었다. 서른 살에 독립한 이후 아이는 말할 것도 없고 고양이나 개, 남자와는 더더욱 함께 살아본 적이 없는 나로서는 느닷없이 출현한 아이란 존재가 보통 부담스럽고 성가신 것이 아니었다.

"내일, 그래 내일에는 온다. 내 말이 틀리면, 네가 원하는 거 다 해줄게. 아, 너 갖고 싶어했던 거, 뭐더라, 그래 리얼 핑퐁 그거 사줄게."

어젯밤 집 근처의 할인매장에 갔다가 아이의 기분을 전환시켜줄 겸 삼층 장난감과 서적 코너에 데려다놓고 이층으로 내려가 먹을거리들을 사가지고 올라오니 아이가 리얼 핑퐁을 들여다보고 있었다.

"그런데 너 정말 그거 어떻게 하는지 알지?"

나는 건성건성 아이에게 말을 붙여보곤 했다. 아이가 하도 말을 하지 않으니 내 발이 저려 그렇게라도 노력하는 꼴이었다. 아이는 고개를 돌리지 않은 채 고개를 끄덕였다. 나는 아이에게 다가가 머리를 손바닥으로 쓱 문질러준 다음 서적대 위에 놓여 있는 두툼한 번역서를 갑자기 바쁜 척 소리나게 펼쳤다. 사실 내 사정으로 말하자면 삼십 일 만에 천 쪽을 번역해야 할 형편이었다. 작년 유럽을 강타한 천 쪽짜리 고급 추리소설은 이 여름 단단히 이름값을 할 모양이었다. 첫날 한 쪽을 옮기는 데 세 시간을 할애한 뒤 열 쪽 남짓으로 일 주일을 날려보냈고, 엊그제부터는 아예 손을 놓고 아이와 '바람길 지도' 사이만 오락가락하고 있었다.

"나가려야, 갈 수가 있나."

한강축, 여의도, 중랑천, 소위 바람이 지나가는 길이라고 표시된 곳은 예외없이 고층 빌딩과 아파트 빌딩군이 병풍처럼 막아서 있었다. 아이나 지도나 두고 보면 볼수록 갑갑한 노릇이었지만, 그래도 지겨운 밥벌이 번역일보다는 나았다. 모니터로 바람길을 들여다보고 중얼거린 걸 뮤한테 하는 말인 줄 알고 아이는 웬일로 녀석의 등을 손가락으로 집어서 옆으로 돌려놓았다. 아이가 관심을 보이는 뮤는 작년 영국 웨일스 지방의 소읍 헤이온와이 헌책방 답사를 마치고 돌아오는 길에 런던 대영박물관에 들렀다가 동행했던 송의 권유로 미니어처 중 가장 작은 녀석으로 사온 것이었다. 서울시 산하 도시환경공학연구소 연구원이면서 나와 함께 헌책동호회 엑스리브르 멤버인 송은 책뿐만 아니라 세계 유물 관련 미니어처 수집가였고, 일 주일 내내 그와 함께 행동을 하다 보니 내 눈에도 한두 개 들어오는 것이 있었다. 바람길 지도란 말은 처음 비행기 안에서 송에게 들었었다. 그리고 오늘 아침 컴퓨터를 켜면서 실시간 뉴스 리스트에서 마주쳤다. 송은 런던 히드로 공항을 이륙할 때

창 밖으로 템스 강과 하천과 도로가 뱀처럼 가늘게 눈에 잡힐 즈음 바람길 지도에 대해서 말했다. 그는 삼 년째 바람길 지도 프로젝트에 참여해왔으며, 연말에 시안이 마무리되는 대로 일 주일 동안 부산 헌책방 기행을 가자고 내게 제안을 했었다. 피난지의 뒷골목을 뒤지는 기분이 만만찮을 것 같았는데, 공항에서 헤어진 뒤 송은 온라인상으로만 두어 번 공식적인 인사를 내비칠 뿐 한 달에 한 번 갖는 오프라인 회동에 통 나타나지 않았다. 송이 가져간 또다른 뮤는 어디에 있을까. 나처럼 눈앞에 놓아두고 깨어 있는 거의 모든 시간을 함께하고 있을까.

"헤이 정민, 그런데 리얼 핑퐁이 뭐야? 리얼이 뭐지?"

"바보! 리얼은, 있는 거잖아."

"그럼 없는 건 뭐야?"

"바보! 있는 거는, 음, 눈앞에 있는 거잖아."

"아, 보이는 거?"

"바보! 그래, 없는 거는 눈앞에 없는 거야."

아이는 바보, 바보 하면서 울먹이고 있었다. 내가 짓궂었다. 아이는 류를 기다리고 있었다. 당연했다. 아이가 몇 번이나 그런 식으로 류를 기다리고 있었는지 알 수는 없었으나, 그렇게 기다리고 기다려서 류가 나타났었다는 기억을 완강히 확인하려고 하고 있는 것 같았다. 류는 하필 왜 나에게 아이를 맡길 생각을 했을까. 아무리 생각해도 의문이었다. 나는 친구도 아니고 잠시 대학에서 가까워졌다가 헤어진 단순한 후배일 뿐이었다. 그때의 만남을 선후배간의 각별한 애정이라느니 우정이라고 단언하기 애매했다. 류는 출국하려고 공항까지 나갔다가 영화기획사로부터 며칠 더 머물 수 있느냐는 주문을 받고 공항에서 가까운 내 집을 생각하게 되었다고, 나에게 온 것은 단지 그 때문이라고 말했다. 몇 편의 영화에 시나리오 작가의 이름으로 류가 올랐다는 것을 그때 알았다. 류는 부천 판타스틱 영화제에 가야 하는데 늦었다며 아이와 트렁크 좀 부탁한다고 말하고는 부리나케 내빼듯 가버렸다. 자정이 넘어 류가 들어오자 나는 아프리카 판화전 오프닝 날 궁금했던 것을 물었다. 류는 최일과 상관이 없는 사람이었다. 그렇다고 6단계 분리론과 거리가 먼 것도 아니었다. 류는 최일을 도와 전시를 기획했던 책임 큐레이터 강진우와 관계가 있었다. 강진우로 인해 류는 쾨니히스베르크의 다리를 거쳐 나에게 연결된 것이었다. 강진우는 바로 한동안 나의 결혼 상대였던 지승수의 중학교 때 단짝이었고, 지승수는 남궁영민과 K대학 무역학과 선후배 사이로 인도네시아 자원봉사를 함께 다녀왔고, 남궁영민은 H상사 뉴욕 주재원으로 한경식과 함께 근무했고, 한경식은 박진희의 남자친구였고, 박진희는 류의 이종사촌동생이었다. 귀국 비행기에서 우연히 나란히 앉아 오면서 안면을 튼 것이, 착륙 직전 강진우가 건넨 전시회 오프닝 초대장 겸 명함을 받아 손지갑에 넣었던 것이, 광화문 교보문고에서 아이의 책을 사러 나왔다가 손지갑에 비죽이 나온 명함을 꺼내본 것이, 우연히 그날이 그날이라 지나가는 길에 들른 것이 나와 십삼 년 세월의 그물을 건너뛰어 연결된 것이었다. 나, 여민선과 류, 류준애 사이에 강진우와 지승수와 남궁영민과 한경식과 박진희가 놓여 6단계 분리, 최일을 넣으면 7단계 분리를 이루고 있는 셈이었다.

"아, 궁금해서 못 참겠다. 리얼 핑퐁 사러 갈까?"

오늘은 어떤 일이 있어도 삼십 쪽은 번역하려고 마음먹었었다. 바람길 지도를 닫은 뒤 아이에게 손을 내밀자 아이는 얼른 뮤를 집었다.

*

　스탠리 밀그램이 카린시의 소설에서 가져온 6단계 분리론을 실험해 발표한 것은 1967년, 내가 태어나던 해이다. 카린시가 소설에서 제시한 원리는 인구 십오억 명 중 누구나 다섯 명만 거치면 연결된다는 것이었다. 지금은 인구 육십억 명을 넘어서고 있는 시점이다. 스탠리 밀그램이 연구한 인간관계 네트워크의 방법론은 편지였다. 삼백 통의 편지를 미 중부 어느 지역 사람들에게 뿌리고, 보스턴의 한 마을에 살고 있는 어느 여인을 잘 알고 있을 것 같은 사람에게 전하도록 반복적으로 그 편지를 보낸 것이다. 편지의 경로를 추적해보니 그 사람에게 도달하기까지 거쳐야 하는 평균 인원은 삼백 명 중 평균 5.5명이었다. 스탠리 밀그램이 우표 붙인 편지를 실험 도구로 사용한 지 삼십오 년 뒤, '좁은 세상 네트워크'의 주인공 던컨 와트의 방법론은 이메일이다. 와트에 의해 사회학 용어로 자리잡은 좁은 세상이라는 개념을 확인할 수 있는 손쉬운 예는 할리우드 배우들간의 인맥이다. 할리우드의 배우들의 인간관계 네트워크, 즉 인맥은 불과 2단계면 도달한다. 그런 의미에서 나와 류와의 6단계는 20세기 초의 인간관계 네트워크에 머물러 있다. 류의 아이와 나는 7단계, 그런데 나는 거의 그 아이의 보호자가 되어 있었다.

＊

　장마 사흘째, 가끔 유리창 밖으로 폭우가 쏟아졌다. 아이는 유리창에 끊임없이 흘러내리는 빗방울을 하루 종일 바라보고 있었다. 뮤가 없는 아이만의 뒷모습은 더욱 외로워 보였다. 아이는 리얼 핑퐁을 사러 간 날 뮤를 잃어버렸다. 울음 대신 입을 더욱 앙다문 아이를 데리고 집과 할인점을 두 차례나 오갔다. 일 년 동안 눈에 익어서 뮤가 없어도 눈에서 그 모습은 쉽게 사라지지 않았다. 송에게 연락을 해봐야겠다고 생각했다. 폭우가 쏟아질 때마다 창문을 닫기 위해 의자에서 일어섰다. 베란다 없이 곧바로 창문이라 비바람이 몰아칠 때면 빗방울이 작은 창문 안으로 들이쳤다. 디귿자 두 개가 마주 보고 있는 형태로 외벽 전면을 유리로 장식해서 밤에 밖에서 보면 거대한 유리 성채를 방불케 했지만 이 건물의 최대 단점은 가로형 작은 창문이었다. 멀리는 국회의사당 돔이, 가까이는 밤이면 초록색의 투명한 조명이 신비로운 성산대교가, 그리고 그 아래 힘차게 흘러가는 한강까지 전망이 시원한 반면 활짝 열어젖히는 창이 아니다보니 늘 통풍에 장애가 있었다.

　뮤는 잘 있나요?

　송에게 이메일을 보낸 지 이틀, 새벽에 답메일이 왔다. 바람길 지도 프로젝트 건에 대해서는 한마디 언급이 없었다. 그러니 부산 헌책방 순례 계획은 조만간 이루어지기 어려워 보였다. 누구에게나 하는 형식적인 인사말과 마지막 뮤에 대한 짧은 안부가 전부였다. 차라리 메일을 보내지 말걸 후회했다. 뮤에 대한 안부를 물은 것도 지극히 형식적인 것으로 느껴졌다. 송의 이메일 주소를 주소록에서 삭제했다. 송과 함께 했던 마지막 장면이 선명히 떠올랐다. 송은 진열장을 들여다보고 서 있는 내 옆으로 와서는 똑같은 녀석 둘을 집어들고는 서로 마주 인사시켰었다.

자, 한 녀석은 당신이, 다른 한 녀석은 내가 가져가죠. 앞으로 자주 이 녀석들 데이트 시킵시다.

두 손가락만으로도 송은 훌륭한 마임을 연출해낼 줄 알았다.

뮤―뮤, 야옹야옹이라는 뜻인가요?

내가 어느 번역 책자에서 본 기억으로 아는 척을 하자, 송이 프랑스어를 하십니까? 하고 물었다. 송의 그 말은 내가 영국의 몇 도시를 돌면서도 통 영어를 하지 않았던 것에 대한 반문 같은 것이었다. 내가 아는 프랑스어는 육 개월 전 선본 남자와 술집에서 마셔본 와인 명 두엇과 디브이디로 소장하고 있는 옛날 영화감독 이름 서넛 정도였다. 송은 프랑스 요리를 몇 가지 만들 정도로 프랑스어와 문화에 능통한 듯했다.

우리 귀에는 야옹야옹 울잖아요. 좋다는 것인지, 놀자는 것인지, 우는 것인지, 아무튼 야옹야옹 하잖아요. 그런데 프랑스 사람들 귀에는 뮤―뮤로 들린다네요. 우리도 그들처럼 뮤―뮤 해보죠, 뭐. 재밌잖아요. 뮤―뮤, 송아지 소리 같기도 하고, 어미소 소리 같기도 하고.

송을 떠올리며 나도 모르게 입가에 웃음을 매달고 있었다.

"나, 배고파."

거실에서 〈스파이더맨1〉을 보던 아이가 문지방에 와 서 있었다.

아이는 자고 나면 손가락도 발가락도 쑥쑥 자라 있어. 정말 신기하지. 안으면 배꼽께에 코가 닿던 아이가 언젠가부터 가슴께까지 올라와 있고.

류는 아이 어렸을 적 얘기를 할 때 무척 안정감이 있어 보였다. 캠퍼스에서 처음 류를 만났을 때 누구보다 돋보이던 기품이 언뜻언뜻 되살아나기도 했다. 류가 나가던 날 새벽, 물결처럼 싸아하게 전해지던 새벽 빗줄기의 여운이 쉬이 잊혀지지 않았다. 잠결에 폭우 쏟아지는 소리가 잠시 크게 들렸고, 이어 현관문이 닫히는 소리가 들렸다. 이 빗속에 어디를 간다는 거야. 생각이 입술에 맴돌 뿐 나는 이내 꿈속으로 잦아들었다. 민선아 미안해. 곧 데리러 올게. 깨우지 않으려는, 그러나 하지 않으면 안 되는 간절한 마음으로 류가 또박또박 속삭였다. 류의 콧김이 귓전에 맴돌 뿐 나는 더 깊은 꿈속으로 소용돌이치며 내려갔다. 아침에 눈을 떠보니 아이만 덩그렇게 남아 말없이 놀고 있었다.

*

실시간 뉴스에 의하면 서울 바람길 지도가 완성되려면 삼 년이 걸린다고 했다. 얼굴을 드러내지 않은 여섯 명의 좌파 지식인이 릴레이 식으로 집단 창작했다는 '유로큐'라는 새로운 종자의 소설은 보름을 빈둥거리던 나를 마침내 옴짝달싹할 수 없게 만들었다. 벌써 사흘째 나는 서너 시간도 눈을 붙이지 못한 채 번역에 빠져 있었다. 엘리베이터를 타고 올라오다가 벽에 방학중 어린이 플레이렉스 오픈 안내를 보았다. 아이는 오전 동안 인라인 강습을 받고 레고 블록을 가지고 논 뒤 정오가 되면 벨을 눌렀다. 문을 열어주고 부리나케 작업실로 들어가버리는 나에게 아이는 항의하듯 대뜸 배고프다고 하고는, 이후 수시로 배고프다고. 아니면 배 아프다고 등뒤에 와서 불렀다.

"배가 고픈 거니, 배가 아픈 거니?"

나는 거실과 부엌 사이에 서서 아이에게 늘 되풀이되는 물음을 던졌다. 언제까지 아이를 다독거리고 앉아 있을 수만은 없었다. 예상대로 아이는 세상에서 가장 골치 아픈 존재였다.

여기 뮤는 하루 종일 버드나무를 바라봅니다. 그 녀석 뒤통수를 바라보고 있으면 꼭 누군가를 기다리고 있는 것 같지요. 비가 개면 그 녀석을 데리고 버드나무 아래로 산책이라도 나가야겠습니다. 거기 뮤는 잘 있나요?

아이에게 간식을 주고 컴퓨터 앞에 앉으니 뜻밖에도 송에게서 이메일이 와 있었다. 답장하지 않기로 마음먹고 주소를 삭제했던 기억이 났다. *여기 뮤는 친구가, 아니 형이 생겼습니다,* 라고 쓰는 중에 아이가 또 등뒤에 와서 불렀다. 핑퐁 한 게임 하자는 것이었다. 나는 송에게 쓰던 메일을 중지하고 자리에서 발끈 일어섰다. 나중에 하자고 버티다가는 결국 아무것도 되지 않았다. 아이는 목적을 위해서는 단호하고 집요했다. 아이에게 배운 것은, 아이는 자기가 원하는 것을 꼭 하고야 마는 족속이라는 단순한 진리였다. 류가 아이를 떠난 것은, 아, 그럴 리는 없겠지만, 바로 아이의 그 점 때문일지도 모른다는 싱거운 생각이 문득 들었다.

"딱 한 게임이다."

나는 허리케인의 빨간 채를 잡았다.

"바보! 또 하자고 할 거면서."

당연했다. 나는 또 세 게임, 땀을 뻘뻘 흘리면서 9회까지 꼭 가고 말 것이었다. 그리고 그날 밤은 키보드 대신 알통이 밴 팔뚝에 손이 더 자주 갈 것이었다. 아이란 참 이상한 종족이었다. 배가 고픈지, 배가 아픈지 분간을 못 하는가 하면, 어떤 사안, 어떤 마음에 대해서는 귀신처럼 꿰뚫어보는 것이었다. 놀이방이 쉬는 날에 아이는 하루 종일 리얼 핑퐁에 열중했다. 덕분에 아이는 유연한 허리 동작과 번개처럼 때리는 시간차 공격, 일 주일 만에 프로 선수를 방불케 했다.

아이는 손오공의 파란 채를 잡고 자세를 취했다. 곧 손오공에게서 스매싱이 터졌다. 정확하게 예상하고 스매싱을 날린 뒤 스매싱 스코어를 확인할 때 아이의 눈매는 아홉 살 꼬마의 것이라고 믿기지 않을 정도로 노회하고 예리했다. 게임 명에는 '리얼' 핑퐁이라고 당당하게 이름붙어 있지만 실제 탁구채만 진짜고 탁구대와 공, 네트는 가짜, 티브이 화면에 뜬 것을 사용해야 했다. 탁구에서 가장 중요한 것 한 가지만 꼽으라면 탁구채인지, 탁구공인지 헷갈렸다. 그러나 핑퐁이라는 상징성으로 보면 탁구채보다는 탁구공이 가까웠다. 탁구공은 탁구채가 없이는 안 되는 것이었다. 그렇다고 탁구대가 없어도 되는 것은 아니었다. 탁구를 치려면 우선 포즈가 중요했다. 포즈를 잡으려면 우선 탁구공보다는 탁구채가 필요했다. 탁구공 없이도 탁구대 없이도 탁구 연습은 가능했다. 그래서 리얼 핑퐁의 진수는 탁구채에 있는가보았다.

"스매싱!"

벽을 사이에 두고 나는 컴퓨터 키보드를 두드리고 아이는 양손에 빨간 채와 파란 채를 들고 번갈아 휘둘렀다. 아이는 프로 선수처럼 날쌔게 스매싱을 날렸다. 그러면 어디선가, 아니 화면에서 와아! 하고 가짜 환호가 터졌다. 가끔 물을 마시러 거실에 나가보면 아이는 포효하는 어린 맹호의 눈으로 티브이 화면을 노려보며 씩씩거리고 있었다. 리얼 핑퐁 게임에 빠져들기 전 아이의 눈은 언제나 나사가 풀린 듯 나른해 보이기만 했었다. 어깨까지 축 늘어뜨린 채 졸린 눈으로 굼뜨게 치켜볼 때면 나도 모르게 화가 치밀어 아이의 볼을 세게 꼬집어놓기도 했었다.

"내가 졌다!"

아이가 압승했다. 온몸이 땀에 젖어 아이와 나는 거실 바닥에 뻗어버렸다. 무엇을 끝까지 밀어붙였던 것이 언제였던가. 아이가 리얼 핑퐁에 집중하는 이유를 굳이 따져볼 것도 없었다. 혼신으로 맞섰던 것이 통쾌했던지 아이는 스르르 잠이 들었다. 류는 어디로 간 것일까. 아니 뮤는 어디에 있는 것일까. 송에게 답장을 마저 써야지, 생각하면서 낮잠에 빠져들었다.

*

버드나무 아래로 가요.

송의 메일이 아니었으면 강에 나갈 생각을 하지 못했을 것이었다. 난지도 앞 한강변을 지나갈 때면 버드나무 군락이라고 씌어진 푯말이 눈에 띄곤 했었다. 자연 군락인지, 버드나무가 작은 숲을 이루고 있었다. 볼 때마다 언젠가 한번 가봐야지 생각이 들곤 했는데 몇 년째 그냥 지나치곤 했었다.

여기 뮤도 잘 있습니다. 그런데 뮤에게 형이 생겼답니다. 탁구를 아주 잘 치는 아홉 살짜리 개구쟁이랍니다.

뮤를 잃어버렸다는 말은 쓸 수가 없었다. 그러면 거미가 쳐놓은 줄처럼 아슬아슬할뿐더러 눈에 잘 띄지도 않는 송과의 관계가 더 약화될 것 같았다. 송을 크게 마음에 두고 있는 것도 아니면서, 어느 순간 송에게 집착하는 나 자신을 이해할 수 없었다. 그 심리는 버드나무와의 관계와 같은 것일지도 모른다는 생각을 했다. 송과 나의 버드나무. 어느 날 갑자기 버드나무 군락지가 사라져버린다면? 강변을 달리다가 잠시 마음을 주고받던 존재를 잃어버리는 것은 분명 슬픈 일이었다.

아이가 미국으로 돌아갈 때까지 부산에는 못 갈 것 같습니다.

송이 뮤와 함께 거닐곤 한다는 곳이 내가 알고 있는 버드나무 군락지는 아닐 것이었다. 송에게 바람길 지도의 진척도를 물으려다가 슬쩍 부산행 이야기를 꺼냈다. 기다리고 있었다는 듯이 송에게서 금방 답장이 왔다.

그 동안 기회가 없어서 말씀을 못 드렸는데 저 한 달 전에 이혼을 했습니다. 그 일로 아내가 미국에서 왔는데 아이 문제로 어제까지 좀 복잡했습니다. 마음을 비웠으니 이제 곧 바람길 지도 시안도 완성될 것입니다. 부산에는 꼭 가고 싶습니다.

밤의 강변은 사람들로 발 디딜 틈이 없었다. 아이가 인라인스케이트를 타고 내 옆을 지나갈 때면 손을 번쩍 들어올렸다. 그때마다 나도 아이에게 손을 번쩍 들어 화답했다. 헤이온와이에선가, 런던에선가 송으로부터 얼핏 아내가 미국에 있다고 들었던 것이 스치듯 떠올랐다. 비가 그친 뒤 연일 사십 도에 육박하는 찜통 더위에 열대야로 사람들은 거의 반 넋이 나가 있었다. 기상관측소의 발표에 따르면 지난 겨울 티벳의 강설량이 턱없이 부족했던 탓이라고 했는데, 앞으로 보름간은 살인적

인 폭염이 지속될 것이라고 해서 사람들의 반 남은 넋마저 쏙 빼놓고
말았다. 술에 취해 횡설수설하는 것인지, 더위를 먹어 헛소리가 나온
것인지 옆에 주저앉은 사람들의 언성이 시비조로 높아지곤 했다.

"티벳의 강설량과 우리 열대야와 뭔 상관이 있냐고 대체 제길헐!"

인라인을 신은 채 바닥에 털썩 주저앉았다가 아이는 사내가 지껄이는
소리에 겁도 없이 그 사내가 듣도록 큰 소리로 '바보, 바보!'라고 말했
다. 그러잖아도 무더위에 찌든 짜증으로 몸이 근질근질했다는 듯이 사
내는 이빨를 잘근잘근 짓씹으며 사나운 눈길을 보내왔다.

"어이, 꼬마야! 지금 뭐라고 했지?"

"바보, 바보!"

내가 막아서기도 전에 아이가 사내 쪽에 대고 거푸 말했다.

"그래, 누가 바보라는 거냐, 응?"

아이는 끄떡도 하지 않고 사내가 일어서서 오는 것을 노려봤다.

"어머, 저기 아빠 온다. 어휴—!"

내가 급히 사내에게 맞서려는 아이를 재촉해 뒤로 벗어나자 사내가
순간 황당하다는 듯이 돌아봤다. 자정이 가까운 시간인데도 강을 찾
는 사람들의 행렬은 끊이지 않았다.

"아무한테나 바보라고 하면 어떻게 하니?"

아이에게 핀잔을 주며 주차장 쪽으로 걸었다.

"아저씨 바보, 바보. 폭풍을 불러온 나비도 몰라."

아이가 입술을 비죽거렸다.

"폭풍을 불러온 나비?"

"이모도 몰라요? 티벳에서 눈 조금 내린 거하고, 지금 우리가 죽을

만큼 더운 거하고 무슨 관계인지."

"관계? 잘 모르겠는데? 넌 그걸 어떻게 알았니?"

아이란 존재는 들여다보면 볼수록 요지경 속이었다. 어른애 분간 못하고 저 하고 싶은 말을 건방지게 뱉어내는가 하면, 우연성의 최소 단위 법칙인 나비효과까지 훤히 꿰뚫고 있는 것이었다.

"아빠, 아빠가 말해주었어요. 아빠는 바람 박사거든."

아, 그러고 보니, 아이와 아빠 얘기를 한 적이 없었다.

"숲속의 작은 나비가 날갯짓을 한번 하면 산들바람이 만들어지고, 산들바람은 건들바람을 만들고, 건들바람은 바다를 지나 센바람을 만들고, 센바람은 사막을 지나 모래바람이 되고, 모래바람은 더 큰 바다를 지나 거친 파도바람을 만들고, 파도바람은 또다시 더운 사막을 지나 노대바람을 만들고, 노대바람은 또 숲을 지나 돌개바람을 만들고……"

바람 이름도 가지가지였다. 내가 바람이 어디까지 이어지나 신기한 듯 바라보자 아이는 별것 아니라는 듯 공룡에 관해서도, 또 곤충에 관해서도, 또다른 것에 관해서도 그 정도는 안다고 으쓱했다. 아이가 창틀에 앉아서 하루 종일 무슨 생각을 하는지 조금은 알 것 같았다.

"어, 그런데 여기가 어디야?"

아이의 바람 이야기를 듣다보니 버드나무 군락지에 다다랐다.

*

오늘 다섯번째 『골짜기의 백합』을 샀습니다.

엑스리브르 오프라인 모임을 마치고 와서 송에게 답장을 했다. 오늘의 회합 장소는 홍대앞 온고당 서점이었다. 거기에서 1982년 도서출판 영에서 가정판 세계문학전집으로 발행한 발자크 소설『골짜기의 백합』을 샀다. 내 책꽂이엔 이미 네 권의 동명 소설이 있었다. 출판사도 번역자도 생소했으나 이번에 건진『골짜기의 백합』은 발자크의 고향이자 소설의 무대인 투르와 파리 사진들과 소설 곳곳에 삽입된 원화들이 놀라울 정도로 충실하고 상태가 좋았다. 서두를『골짜기의 백합』으로 시작했지만 정작 송에게 하려는 말은 뮤, 아니 류의 아이 이야기였다.

허락도 없이 뮤를 멀리 보냈습니다.

버드나무 군락지에 다녀온 다음날 이른 아침 안개 속에 류가 왔다. 류는 날이 새기를 기다렸다가 벨을 누른 것 같았다. 정확히 삼 주 만이었다. 버드나무 아래에서 새벽에 돌아와 나도 아이도 곤히 잠이 들었었다. 아이를 깨우지 않도록 나는 류를 서재로 데리고 들어왔다. 홍차에 우유를 가득 부어 건네주고 아이가 엉덩이를 걸치고 앉아 있곤 하던 창틀에 기대어 류가 말하기를 기다렸다.

사실은 나 이혼하러 왔거든.

나는 조금도 놀라지 않았다. 누구의 이혼 소식이, 설사 당사자가 내 형제나 부모라 해도, 이제는 놀랄 일은 아니었다. 뮤가 앉아서 바라보던 창 밖으로 눈을 돌렸다. 안개로 한치 앞이 안 보였다. 오늘도 더위가 사람 몇 잡아갈 것 같았다.

아무도 모르는 곳에 아이를 숨겨두고 싶었어. 용서라는 말보다, 이해해달라고 말하고 싶다. 나, 너무 무모했지?

십삼 년의 세월을 뛰어넘어 나를 믿고 의지한 류에게 오히려 고맙다고 해야 할까. 당혹감보다는 연민이 나를 사로잡았다.

내가 잘못했어. 하지만, 그러니까 이제라도 아이에게 잘하고 싶어.

십삼 년 전, 사진으로 선을 보고 결혼하러 미국으로 가던 류를 나는 오랫동안 이해하지 못했었다. 류는 아무렇지도 않아 보였는데, 아니 오히려 행복해 보였는데, 정작 두세 다리 건너에 있던 나는 몹시 불안했었다. 아니 몹시 불쾌했었다. 마치 류가 팔려가는 듯한 기분을 떨쳐버릴 수 없었고, 내가 생각하는 결혼은 그런 것이 아니라는, 그렇다고 뚜렷이 결혼관이 서 있었던 것은 아니었지만, 그래도 결혼은 그렇게 이루어지는 것이 아니라는, 그러므로 류의 결혼행위는 위반 혹은 모독이라는 터무니없는 생각이 솟구쳐 심기가 불편했었다. 그래서 기억에서 류를 빨리 털어버렸는지도 몰랐다.

넌 정말 그대로야. 그게 이상하게 나를 편안하게 해준 것 같아.

처음 찾아왔을 때처럼 류는 로비에서 헤어지길 원했다. 아이는 류와 조금 떨어져 서서 트렁크를 만지작거리며 고개를 들지 않았다. 그러고 보니 리얼 핑퐁을 두고 내려온 것이 생각나서 올라갔다 오려고 하니 아이가 말렸다. 그러고는 주머니에서 뮤를 꺼냈다.

뮤가 없어도 뮤가 앉았던 자리에서 나는 두 모습을 봅니다.

예의상으로라도 송의 이혼에 대해 위로의 말을 건넬 법했는데, 나는 언급을 피했다. 대신 평소 안 하던 횡설수설이 길어졌다. 그것은 류에게도 마찬가지였다. 그렇지 않고서는 싱거운 웃음뿐, 나는 도무지 할말이 없었다.

십칠 년 만에 만났던 선배가 떠났습니다. 선배를 통해 흥미로운 게임을 하나 알게 되었는데, 케빈 베이컨 게임이라고 미국에서는 한물간 게

임이라지요. 한국에서는 유오성 게임이라고 얼마 전 다시 유행했다고 합니다. 인간관계 네트워크, 인간관계 지도를 알아보는 게임이라고 하는데, 좀체 관계 맺기를 꺼리는 요즘 사람들이 왜 새삼 그 놀이에 열광하는지 흥미로울 뿐입니다. 선생님께서는 벌써 그 속을 훤히 알고 계실지도 모르겠네요. 다음 오프라인에서 만나면 저와 한 게임 하시든지요. 아, 선생님께서 소장하고 계시다는 한국어 초판본 『골짜기의 백합』을 그때 보여주시겠어요?

*

던컨 와트의 좁은 세상 네트워크 연구는 현재 진행형이다. 나와 류의 6단계 분리론은 수정되어야 한다. 십삼 년의 세월을 지우면, 나와 류는 거의 분리되지 않는다. 나와 류, 나와 류의 아이, 나와 송의 인간관계 지도는 시간의 그물 속에 아득히 열려 있을 뿐이다. 흐르는 강물처럼, 버드나무 아래 고요히.

* 이 작품을 위해 강병남, 정하웅 씨가 공동 집필한 「네트워크 세상 읽기」(『과학동아』 2003년 1월호)를 참조했음을 밝혀둔다.

••• 호퍼의 주유소

1

세상의 막다른 길에서 만난 주유소. 새벽이면 갈라진 바위틈으로 아스라이 물기가 흘러나오듯 아득하게 탱고 음악이 흐르는 곳. 희곤은 노루목이라는 이름 대신 그곳을 호퍼의 주유소라 불렀다.

호퍼의 주유소를 끝으로 전나무숲이 시작되었다. 숲을 지나면 신라시대 두 탑과 수중 왕릉과 제철소 산업항 부두와 도선사(導船士)가 있는 P시가 나왔다. 높이 이십 미터를 웃도는 전나무들이 백 미터가량 빽빽이 들어선 숲은 P시와 K시를 가르는 경계, 행정용어로 접도 구역이었다. 열여덟 살 때 우연히 마르셀 프루스트의 『잃어버린 시간을 찾아서』라는 소설을 읽은 이후 소설가를 동경해오던 나는 틈만 나면 칩거할 만한 곳을 찾아다니곤 했다. 삼 년 전 새도시 변두리에 신설된 대학

문학부에 전임강사로 취직이 된 뒤에는 방학이 시작되면 노트북을 가방에 넣고 산사나 외딴 섬으로 잠적을 하곤 했는데, 작년 여름엔 K시에 사는 동생을 방문해 며칠 묵은 뒤 해안이 있는 P시 쪽으로 가는 중간에 호퍼의 주유소에 당도했다. 화장실에도 다녀오고 이혼 문제로 언짢게 헤어진 동생에게 전화도 할 겸 주유하는 동안 차에서 내리자 뜻밖에 주유소와 나란히 지어진 Q모텔이 눈에 들어왔었다.

빈방 있음. TV와 욕실 완비. Q모텔 유리문에는 일 년 전 나를 끌어들였던 광고 문구가 그대로 붙어 있었다. 한적한 도로 가에 세워진 저녁의 주유소와 외따로 떨어져 불 켜진 밤의 공중전화부스, 간이휴게소 식당과 열차가 달려가는 들판, 여객선의 고동 소리, 이착륙중인 비행기와 공항 관제탑. 스위스 출신의 인기 에세이스트 알랭 드 보통이 『여행의 기술』이라는 책에서 지적했듯이 그런 것들을 보면서 시(詩)를 발견하는 사람이라면, 그 사람은 방랑벽을 거실의 안락의자만큼이나 숭배하는 사람, 시인이나 소설가의 운명을 타고난 사람이었다. 인간의 수명이 백이십 살로 늘어나고, 인간 배아 복제 실험이 성공하고, 사이버 전쟁이 실전을 지휘하는 이 삼차원 디지털 시대에 누가 아득한 아날로그 시대의 전유물인 시를 꿈꾸겠는가. 그러니 그 사람은 애초에 시대의 리듬과는 엇박자로 사는 사람, 또는 한때 시대 흐름에 너무 민감했던 나머지 오랜 신경증을 앓고 있는 사람일 터. 나로 말하자면 그 둘 사이에서 줄타기를 하듯 사는 사람, 사라진 쥐라기 공룡이나 현존하는 신라시대 탑의 삼차원 동영상을 컴퓨터로 즐기는가 하면, 프루스트의 『잃어버린 시간을 찾아서』 같은 초기 모더니즘 소설을 매일 밤

침대 머리맡에 두고 펼쳐보는 낭만적-디지털 세대의 한 사람이었다. 그러므로 나는 작년과 마찬가지로 올해도 '빈방 있음……'이라는 시대에 다소 뒤떨어진 문구를 보고는 지체없이 유리문을 밀고 Q모텔 안으로 들어갔다.

햇빛의 강도와 건기가 몇 도 높아진 것 이외에 주유소도 모텔도 작년과 비교해 그대로였다. 대머리를 보완하듯 콧수염을 정성껏 기르고 여름에도 늘 양복에 조끼까지 말끔하게 갖춰입는 주유소 주인 황씨도, 날이면 날마다 가짜 속눈썹에 열을 바치며 손톱을 공작의 날개처럼 총천연색으로 물들이던 모텔 주인 안여사도 여전했다. 검소하다 못해 엄격해 보이는 303호의 회색 창과 암갈색 침대. 아래위층 복도를 가운데 두고 나란히 마주 보고 있는 열 개의 객실 사이에 흐르는 한낮의 정적, 그러다 몇호실에선지 뒤통수를 후리듯 정적을 깨뜨리며 간헐적으로 새어나오는 여자의 신음 소리. 작년 여름과 겨울에 비교해볼 때 달라진 것은 아무것도 없어 보였다. 해질녘이면 일제히 숲에 들고 이른 아침이면 허공으로 쏜살같이 날아오르는 새들과 그 지저귀는 소리 이외에 별다른 구경거리가 없는 모텔에서 나는 이따금 창문으로 호퍼의 주유소를 내려다보곤 했었다. 세상 어디보다 밤이 일찍 시작되는 곳, 그리고 세상 어디보다 아침이 일찍 밝아오는 곳이 호퍼의 주유소였다.

땡볕이 내리쬐는 한낮의 주유소는 시간이 멈춰버린 듯 이따금 들어오는 차도 주유원도 그림자를 남기지 않는 유령 같았다. 303호는 작년 여름, 그리고 지난 겨울처럼 비어 있었다. 마치 나를 위한 성소(聖所)

처럼. 하긴 그 옆 302호나 304호, 그 아래 203호와 그 양 옆도 비어 있을 확률이 높았다. K시청 토목계 만년 과장으로 퇴직한 황씨가 호퍼의 주유소를 개업할 무렵 시청 건너편 유흥가에서 으랏차차 호프집을 운영하던 안여사가, 몇 년을 드나들면서도 은근한 눈길 한번 보내지 않던 황씨가 슬쩍 흘려준 황금 같은 정보, 곧 전나무숲 앞 휑뎅그렁하게 버려진 옛 대단위 낙농지 해바라기월드를 벚꽃동산으로 조성해 관광지로 활용한다는 알짜배기 뉴스에 주유소 옆 자투리 땅을 사들여 핀란드 식 삼층 목조건물을 지은 것이 오늘날의 Q모텔이었다. 이제나 저제나 해바라기월드가 세상의 주목을 받을까 기다리는 안여사의 간절한 바람과는 달리 드넓은 구릉은 수십 발의 대포탄이 밤낮없이 터지는 전쟁영화 세트장으로 딱 한 번 떠들썩하게 세상의 조명을 받았을 뿐 점점 더 황폐한 불모의 잡초밭으로 변해갔고, 호퍼의 주유소로 보나 스산한 잡초밭으로 보나 Q모텔의 운명은 언제 좋은 시절이 올지 불투명했다.

창문에서 내려다보니 빨간 모자를 쓴 아가씨가 주유중인 운전자의 창문을 톡톡 두드리고 있었다. 빨간 모자의 아가씨는 키와 체구로 보아 황씨의 처조카딸 선우와 용모가 흡사했다. 모자는 아마 그녀와 내가 작년에 쓰던 것일 터. 선우와는 만나지는 못해도 이메일로 겨울까지 연락이 닿았었다. 제임스 조이스의 『율리시즈』를 밤마다 한 페이지씩 영어로 읽는다던 스물두 살의 영문학도. 그녀는 지금쯤 조이스의 나라 아일랜드에 가 있을지도 몰랐다. 와이퍼를 갈 필요가 있었던지 운전자는 빨간 모자 아가씨의 설명을 순순히 듣고 있었다. 멀리서도 나는 펄이 들어간 진주색 자동차가 희곤의 것과 같은 것임을 한눈에 알아보았다. 그래서인지 나는 와이퍼를 들고 서 있는 당사자라도 된 듯한 착각이 들었다. 설핏 손가락 끝이 쩌르르 떨리기까지 했다. 부친상을 당해 갑자기 자리를 비우게 된 선우를 대신해 얼떨결에 와이퍼를 들고 경험 삼아 나 홀간 판매를 하면서 나는 만원짜리 스물일곱 개를 팔았다. 주인 황씨는 그 정도면 평균을 조금 웃도는 성과라고 했다. 오늘은 몇 개나 팔았는지 빨간 모자 아가씨가 운전자에게 가볍게 고개를 숙였다.

괜찮으시다면 주유하는 동안 와이퍼 테스트를 해드리겠습니다. 나도 모르게 작년으로 돌아가 나직이 입술을 조아렸다. 그때 나는 하루에도 수십 번 차창을 두드리며 외지에서 온 낯선 사람들에게 마술을 걸듯 동일한 주문을 외며 마음을 조였었다. 대부분의 운전자들은 냉담한 얼굴로 창문을 열지 않았고, 열어도 고개를 젓거나 외면했다. 문이 열릴 때면 간절한 주문이 받아들여진 것처럼 가벼운 희열이 솟구치기도 했다. 그 기분으로 나는 스스로 생각해도 징그러울 만큼 매끄러운 미소를 짓고 상냥한 목소리로 운전자에게 와이퍼의 수명과 신제품의 성능을 설명하곤 했다. 서른을 훌쩍 넘긴 나이에 민망하지 않은 일이 아니었지만, 하나둘 미소가 먹혀들면서 나는 할당된 날을 채워가고 있었다. 내가 교환해준 와이퍼로 앞유리를 쓰윽 닦고 주유소를 빠져나가는 차의 뒷모습을 볼 때면 흐뭇한 미소가 감돌기까지 했다. 희곤은 내가 차창을 두드린 손님 중 아흔번째 운전자였다. 창문이 열리고 마주친 두 얼굴은 순간 말을 잃었다. 누가 먼저랄 것도 없이 서로 눈길을 숲으로 돌렸다가 마주했을 때는 철렁 내려앉아 미동도 않던 가슴이 미약하게 다시 뛰어오르고 있었다. 어떻게 계단을 밟았는지, 어떻게 303호 도어를 돌렸는지 문이 닫히기도 전에 둘은 한 몸 한 입술로 엉겨붙었다. 전나무숲으로 벼락처럼 어둠이 졌다.

콧수염 황씨가 탱고를 추는 모습은 본 적이 없었다. 그러나 황씨는 내가 머무는 보름 동안 단 하루도 빠짐없이 새벽에 탱고 음악을 틀었다. 구식이긴 했지만 폼나게 차려입은 황씨의 양복 정장은 주유소 관리인보다는 탱고 댄서에 더 잘 어울려 보였다. 안여사가 그토록 열을 올리는 공작 날개 손톱과 가짜 속눈썹은 애석하게도 그녀의 보배인 시원한 눈을 제대로 보지 못하게 가렸다. 그러나 그것이 아니라면 그녀는 하루에도 예닐곱 차례 유리문을 밀고 들어오는 다채로운 커플들과의 싱숭생숭한 맞대면을 피할 도리가 없었을 것이었다. 가짜 속눈썹과 공작의 손톱이야말로 상대방이 그녀의 얼굴을 제대로 알아볼 수 없게 만들뿐더러, 그녀 역시 상대방의 얼굴을 빤히 바라보지 않도록 차단해주는 베일과 같았다. 나는 새벽녘이면 콧수염 황씨와 공작 부인 안여사가 달밤에 탱고를 추는 꿈을 종종 꾸었다. 그 모습은 때로는 만월 속 토끼들의 방아질처럼, 또 때로는 샤갈의 수탉과 염소들의 춤처럼 우스꽝스러웠지만 달빛에 흐르는 음악만은 영화 〈탱고 레슨〉의 그것처럼 격렬하면서도 기품이 있었다. 새벽녘 탱고의 꿈에서 깨어날 때면 나는 꿈에 희곤과 한 몸이 되어 밤새 숲속을 휘젓고 다니기라도 했던 것처럼 그의 몸이 느껴지곤 했다.

희곤이 본 것, 그의 표현이 정확했다. K시를 벗어나 호퍼의 주유소 간판이 겨우 눈에 들어올 즈음 숲은 여자의 거대한 음모(陰毛)처럼 보였다.

262

호퍼의 주유소에서 극적으로 나를 만날 즈음 희곤은 1959년과 1996년 두 차례 해체와 복원 작업을 거친 뒤 심하게 균열증세를 보이고 있는 신라시대 삼층석탑을 심층 조사하고, 디지털 비디오카메라로 삼차원 동영상을 촬영하기 위해 문화재관리국 발굴 지원단이 있는 K시로 파견나와 아침저녁으로 전나무숲을 지나다녔다. 평소 말이 없는 대신 희곤은 섹스를 할 때 제법 많은 말을 했다. 희곤에 대해 새롭게 알게 된 거의 모든 것들은 그와의 섹스를 통해서였다. 이전에도, 그의 신상이나 생각은 물론 그의 가족관계를 넘어 그의 아내의 섹스 습관까지 알게 된 것은 바로 그와 섹스를 하면서였다. 희곤은 절정의 흥분을 조금 더 연장시키기 위해 고도로 정력을 조절하듯 숲을 아주 천천히 지나간다고 말했다. 희곤은 나를 만나기 전까지 일 주일에 한 번 호퍼의 주유소에서 주유를 하고, 주유하는 동안 밖으로 나와 담배를 피우며 숲을 바라보았다고 했다. 그가 섹스를 하는 동안 숲 이야기를 빠뜨리는 일은 없었다. 삼 년 만에 희곤을 다시 만나게 된 것도 전적으로 그 숲 때문이라는 생각이 들 정도였다. Q 모텔에 드는 사람들 모두 섹스를 하면서 숲에 집착을 할까 뜬금없는 생각이 들기도 했다. 멀쩡하던 두 사람의 혀가 자석처럼 달라붙고, 두 사람의 몸이 하나의 심장이 되어 뜨겁게 타오르게 되는 것은 분명 마력이었다. 그것은 숲처럼 하늘을 향해 열려 있다가 그것을 의식하는 순간, 호퍼의 주유소처럼, 의미가 되어버리는 기호, 친화력 같은 것이었다. 때로 사랑이라고 잘못 알려지기도 하는—

2

어쩔 수 없이 헤어졌던 두 연인이 집과 직장으로부터 멀리 떨어져 우연히 만난다면 할 수 있는 일이란 무엇일까. 그렇다. 희곤과 나는 섹스이외에 다른 어떤 것도 틈입할 수 없다는 것을 몸으로 보여주었다. 단일 분도 지체할 수 없었다. 시한부 인생처럼 일 분 일 초가 아까웠다. K시에 파견나온 석 달 중 희곤에게 남은 시간은 고작 나흘. 희곤이 떠나고도 나는 일 주일을 그곳, 호퍼의 주유소 옆, Q모텔에 머물러야 했다. 희곤이 방을 나가는 순간 소설은 당연히 벼락처럼 씌어질 듯하다가도 도마뱀 꼬리처럼 가물가물해지고 남는 건 탑신의 와해를 재촉하는 불순한 콘크리트 이물질의 균열과 열기, 그 불유쾌한 공허감과 아스라한 결락감이었다. 나는 K시의 위태로운 동생에게도, 그렇다고 동생의 남자가 있는 P시로도 내려가지 않고 어둑신한 전나무숲 가만 서성거렸다. 그리고 겨울.

겨울날 오후 네시에서 다섯시, 호퍼의 주유소는 세상의 막다른 길, 막다른 시간처럼 검은 숲 앞에 버티고 서 있었다. 내가 새도시 변두리에 신설된 대학에서 소설사와 문예비평과 문학사회학을 가르치는 동안 동생은 영어와 피아노와 골프와 운전을 배웠다. 동생이 몰두한 것 중에 운전을 제외하고는 정비공으로부터 시작해 카센터를 운영하고 있는 제부와 어울리는 것은 없었다. 하나씩 새로 시작할 때마다 동생은 나에게 문자메시지를 보내왔다. 처음 동생이 흥미를 보인 것은 춤이었다. 춤이나 한번 배워볼까? 그것은 물음이라기보다 혼잣말 같았다. 동생이 나에게 물어온 것은 대게 열 가지 안팎이었다. 여러 각도로 몸을 움직여야 하는 춤이야말로 손가락 하나 까딱하지 않으려는 무기력과 의욕 상실에서 출발한 동생의 우울증을 덜어주는 데 도움이 될 것이었다. 그러나 우울증을 고치려다 춤바람에 빠지면 그 또한 헤어나기 힘든 불치병이 아닌가. 나는 자원봉사 쪽으로, 긍정적이고 건설적인 운동 쪽이 어떨까 제안했다. 동생은 웬일인지 봉사라는 말에 강하게 거부 의사를 표했다. 내가 죽지 않고 살아주는 것만으로도 봉사가 아니겠어? 뜬금없고, 알 수 없는 말이었다. 그러나 더 묻지 않기로, 알아주기로 했다. 그러면 운전을 배워보면 어때? 그것 역시 즉시 무시당했다. 자동차 냄새라면 신물이 나. 그럼 영어를 배워봐. 아님 일본이나 중국어, 아니 터키어 같은 것도 재밌을 것 같은데. 외국 여행갈 계획도 세워보구. 얼마 전 티브이에서 보니까 몰디브라는 데는 지상낙원이 따로 없던데. 아 참, 언젠가 텍사스에 가고 싶다고 했잖아. 동생은 〈파리 텍사스〉를 보면서 그렇게 말했었다. 나는 그때 대학 2학년, 동생은 출산을 보름 앞둔 만삭의 몸이었다. 아, 프랑스말을 배워볼까? 파리에도 가고 싶었어. 파리에 가서도 몰디브에 가서도 영어를 하면 되니까 영어를 배우는 것이 좋겠다는 결론이 났다.

　동생은 공부에 도무지 관심이 없었다. 나와 겨우 열한 달 터울로 쌍둥이처럼 자랐지만 동생은 고등학교를 겨우 마치고 신도시 인근 자동차부품 대리점에서 아르바이트를 하던 중 그때 막 인근 카센터의 정비사로 취직한 제부를 만나 곧바로 동거에 들어갔다. 중학교 때 어머니가 교통사고로 돌아가신 뒤 누군가 집안일을 해야 했고, 그건 나 아니면 동생의 몫이었다. 당연히 동생이 자청해서 일을 도맡아 했는데, 나와 대학 진학을 앞두고 있던 오빠와 명퇴 위기에 몰려 밤 열시까지 자리를 지키던 정수회사 신도시 지부장 아버지를 뒷바라지해야 하는 중대한 임무도 임무였지만 무엇보다 골치 아픈 수학과 영어를 하지 않아도 된다는 것이 동생에게는 크나큰 혜택으로 다가왔던 것이다. 제약회사에 다니던 오빠가 입사 동기와 사내 결혼을 해서 회사 근처로 분가해 나가고, 아버지가 정수기 필터 교환원 김여사와 재혼을 하고, 내가 대학원 진학을 앞두고 대학 가까이 원룸에 들어가자 동생 부부는 캐나다로 이민을 떠나는 제부의 친구가 운영하던 카센터를 물려받기로 하고 K시로 내려갔다. 동생은 책으로 배우는 것은 끔찍하게 싫어한 반면 손으로, 눈썰미로 깨치는 데에는 천부적인 재주를 가지고 있었다. 손뜨개부터 퀼트, 패치, 블랙진에 나비와 꽃무늬를 그려넣는 나염 아트까지 동생은 한번 보기만 하면 다음날로 척척 만들어냈다. 제부의 거래처 사람들과 부부 동반 모임을 정기적으로 가지면서 여자들에게 직접 만든 기막힌 선물들을 안겨주었고, 여자들에 의해 남자들의 마음까지 사로잡았다. 동생 없이는 친목 도모가 되지 않을 정도로 동생의 존재는 희귀하게 대접받았다. 동생이 그들의 한 중심이 되었을 때, 나와 내 가족은 이전의 동생과 얼마나 다른지, 서서히 변해서 얼마나 멀어졌는지, 깜짝 놀란 눈으로 다시 보게 되었다. 언제나 자신 없는 목소리에, 늘 뒷걸음질칠 자세가 몸에 배어 있던 동생은 어디에도 없었다.

여름에 이어 겨울방학이 되자마자 K시에 내려온 것은 동생의 간절한 요청이 있어서이기도 했지만 사실은 숲의 마력, 달리는 희곤의 실체 — 호퍼의 주유소와 Q모텔 303호와 천사백 년 된 두 탑 — 를 확인하고 싶어서였다. 삼 년 전 희곤과 헤어지기 직전 나는 사랑에 대한 두 가지 시제(時制) — 여전히 희곤을 사랑한다와 한때 사랑했었다 — 사이에서 오락가락했다. 희곤과 섹스를 하는 동안에는 확실히 그를 사랑하고 있다는 확신이 들었지만, 눈앞에서 그가 사라지는 순간 그 확신은 신기루처럼 가물가물해지고 한때 사랑이라는 것을 했었지라는 체념과 냉소만이 확고부동하게 자리잡았다. 헤어지는 것에도 예의라는 것이 있다고 한동안 나는 믿었던 모양이었다. 그것으로 희곤과의 관계는 일 년에서 이 년, 삼 년 사 년 계속되었고, 그것으로 나는 갓 서른에서 서른 중반을 바라보는 나이에 이르렀다. 앞으로 나아가기에도 뒤로 돌아서기에도 어려운 나이가 되어버린 것이었다. 내가 예의 따위를 대단치 않게 생각하게 되었을 때, 겨우 초등학교에 입학했던 외아들을 데리고 나에게 자리를 비켜주듯 서둘러 뉴질랜드로 영어 연수를 떠났던 희곤의 아내가 돌아왔다. 만년 대학원생으로 사회와는 담쌓고 살던 희곤의 아내가 어린 아들의 영어 교육에 그토록 지극정성이었던가, 그에게 들은 바가 없었다. 돌아올 것 같지 않던 아내가 돌아오자 희곤과 나는 공동의 아내라도 되는 것처럼 그녀에게 예의를 다했다. 사랑을 하되 넘치지 않게, 섹스를 하되 표나지 않게. 아내가 돌아오고 난 뒤 희곤은 섹스를 하면서 하는 말이 줄어들었다. 나는 희곤이 진행하는 섹스가, 아니 그의 몸이 더이상 특별하게 느껴지지 않았다. 물과 기름처럼 희곤의 몸에서 나는 겉돌고 있었다. 나는 다른 몸, 다른 섹스를 생각하기도 했다. 발설하기도 했다. 다른 남자와 섹스를 해보면 — 그 말이 다른 여자와 섹스를 하는, 곧 아내와의 섹스를 겨냥한 것이라도 되는 것처럼 희곤은 순간 멈칫했다. 그것으로 나는 그와 쉽게 헤어졌다. 마치 고목의 삭정이가 제 가벼운 무게도 견디지 못하고 슬며시 본체에서 떨어져내리듯 존재감이 느껴지지 않았다. 너무 가볍고 깨끗해서 내 꾀에 속은 기분마저 들었다. 그리고 나는 희곤의 몸을 욕망하지 않는 나 자신을 언제까지고 의아하게 바라보았다. 그런데 삼 년 만의 섹스는 가장 황홀했던 순간과 한치의 오차도 없이 일치했다. 하지만 일시적인 애욕뿐, 애정이 없었다. 희곤이 신라시대 탑에서 철수한 뒤에도 내가 호퍼의 주유소, 세상의 막다른 숲 가에 서 있는, 잔인하리만치 고독한 풍경 속에 계속 머물러 있을 수 있었던 것은 바로 그 사라진 애정의 힘 때문이었다.

금세라도 무너질 듯 하늘에서 눈발이 내리던 날이었다. 나는 급기야 동생을 데리고 P시로 향했다. 그때 동생은 제부가 보라는 듯이 이혼서류를 늘 자동차에 가지고 다녔다. 제부는 철저히 서류에 무관심했다. 박물관 앞을 지나 삼거리. 호퍼의 주유소로 가는 길과 석굴로 가는 산길 중 하나를 선택해야 했다. 그러나 두 길은 해발 745미터의 산을 가운데 두고 갈라진 길이어서 결국 P시에서는 다시 만날 수밖에 없었다. 동생은 숲 쪽으로는 고개도 돌리지 않으려고 했다. 나는 단호히 호퍼의 주유소 쪽으로 방향을 잡았다. 처음부터 의도적인 것은 아니었다. K시에 도착해 동생의 아파트에 들어가자마자 동생은 서툰 실력으로 피아노 연주를 시작했었다. 한 곡 정도는 들어줄 만했지만, 그 이상은 점차 듣기가 고역이었다. 그러나 초보운전 딱지를 붙이고 터미널로 마중을 나왔을 때 조금 밝아진 동생의 표정을 생각해서 서너 곡을 자못 감동적으로 경청했다. 〈언체인드 멜로디〉〈아이 웬투 유어 웨딩〉〈원 섬머 나

잇〉…… 중학 시절 오빠의 카세트레코더에서 흘러나오던 노래들을 나는 방바닥에 엎드려 가사 해독을 했고, 동생은 옆에 앉아 공깃돌 놀이를 했었다. 눈을 감고 동생이 연주하는 흘러간 팝송을 들으니 색다른 기분이 들었다. 그토록 싫어하던 영어를 배우려 하고, 마치 열서너 살 소녀처럼 세상에 대해 샘솟는 동생의 때늦은 호기심을 바라보자니 서글픈 마음이 들었다. 기분 전환으로 영화 〈델마와 루이스〉의 두 여전사가 해방을 꿈꾸듯 둘이 멀리 여행이라도 가는 것처럼 호퍼의 주유소에서 기름을 넣고 Q모텔 303호에 들어 하룻밤을 보내고 싶어졌다. 그리고 새벽의 탱고 소리에 잠 깨어 이른 모닝커피를 마시고 숲을 지나 희곤의 탑을 돌아보고 동생의 연인이 사는 P시에 가볼 작정이었다. 그리고 이혼서류를 찢어버리든지 바닷속에 던져버리든지 할 작정이었다. 아니면 도장을 찍든지—

작년 여름 희곤이 떠난 뒤 나는 숲을 지나 P시로 내려갔었다. 동생의 남자를 만나기 위해서였다. 목숨을 내놓을 정도면 두 사람은 함께 살아야 하는 것이 아닌가. 숲을 지나면서 나는 그것이 살아오면서 동생을 위해 무엇인가를 시도한 첫번째 일이라는 것을 쓸쓸하게 깨달았다. 나는 동생이나 가족을 위해 사는 사람이 아니었다. 반면 동생은 결혼 전은 물론 사십을 바라보는 지금까지 가족을 위해, 어느 때는 나를 위해 사는 사람 같았다. 아버지의 노후를 위해 아버지의 태생지인 D읍에 작은 텃밭을 마련한 것도 동생이었고, 변두리 이름 없는 신설 대학이기는 해도 전임강사가 되도록 대학은 물론 석박사 뒷바라지를 해준 것도 따지고 보면 동생이었다. 동생은 겨울이면 따뜻하고 포근한 스웨터를 짜서 보내왔고 여름이면 까슬한 질감의 카시트를 만들어 보내왔다. 동생은 태어날 때부터 그렇게 희생하고 봉사하라고 정해진 것 같았고, 그러니 모두 자연스럽고 당연하게 여겼던 듯싶다. 나와 아버지와 오빠는 한번도 동생의 역할이 이상하다거나 부당하다고 느낀 적이 없었다. 동생이 이상하다는, 그러니까 아무것도 나와 가족들을 위해 하지 않는다는, 그러니까 우울증인 것 같다는 말이 들리기 시작하자 아버지나 오빠, 그리고 올케는 한결같이 영 재미없는 헛소문이라는 듯 시큰둥하게 일축했다. 당장 몇 만원도 가용 못 하는 개인 파산자가 기하급수적으로 늘어나는 세상에 등 따숩고 배부른 사람의 철없는 어리광쯤으로 여겼다. 나나 오빠네나 소위 명문대학을 나오고도 아파트 한 채 마련하지 못해 전세살이로 근근이 살아가는 형편인 반면, 동생은 쉬는 날이라고는 명절 하루뿐 근면성실한 제부 덕분에 긴요한 때마다 친정은 물론 시가붙이들을 위해 거금을 내놓으면서도 K시에 아파트와 상가는 물론 몇 년 후 들어설 고속철 역사 주변에 수천 평의 대지를 매입한 상태였다. 물론 타지 출신인 제부가 텃세 거세기로 유명한 K시에서 재산을 일구고 노른자위 상권을 거머쥐기까지 인상 좋고 아낌없이 퍼주기 좋아하는 동생의 넉넉한 성격이 크게 작용한 것은 부인할 수 없었다. 제부도 그것을 모르지 않아서 어디를 가나 동생을 앞세우며 은근히 아내의 덕성과 부부 금슬을 자랑했다. 그런데 우울증이라니? 거기에서 그치지 않고 동생은 자살까지 기도했다. 제부는 그러잖아도 작은 눈이 더 졸아든 채 먼산만 바라봤다. 동생도 제부도 책과는 담을 쌓은 사람들이었는데 조카는 누구를 닮아서인지 어려서부터 영재 소리를 듣더니 일찌감치 과학고등학교 기숙사에 들어가버려서 아무것도 몰랐다. 동생의 남자를

찾아가면서 처음으로 동생을 진지하게 생각했다. 그리고 사랑이라는
한 이름의 다양한 증세를.

3

도선사(導船士). 선박을 항구로 안전하게 입항시키는 수로(水路) 안
내인. 동생이 아니었으면 세상에 그런 직업이 있었나 모르고 지나갔을
터였다. 동생의 남자는 세계 희귀 직종의 하나인 도선사, 초대형 선박
전문 파일럿이었다. 알고 보니 그는 국내 몇 안 되는 억대 연봉의 고소
득 전문가였고 이십 년 가까이 대양을 주름잡던 일등 원양항해사였다.
이태 전 봄, 고향이자 제철소를 낀 산업항이 있는 P시에 자리잡아 정착
했고, 그해 여름 P시 외곽 초등학교 교사였던 아내를 임파선 암으로 잃
었다. 가을 목포에서 열린 국제도선사협회 세미나에 참석한 뒤 외가붙
이가 있는 영광에 들러 불갑사에 올랐다가 동생을 만났다고 했다. 불갑
사는 어디인가? P시로부터도 K시로부터도 아주 멀리 떨어진 곳, 물가
에 피처럼 번진 상사화가 가슴속 먹먹히 물드는 곳이라고 했다. 일등
항해사는 산사 뒤편 저수지로 이어지는 오솔길에 떨어져 있던 석산(石
蒜)이라는 이름의 붉은 상사화 한 송이를 조심스레 주워 동생에게 건네
주었다는 것. 둘을 위해 자리를 비켜주기라도 한 듯 그 순간 그들 옆에
는 아무도 없었다는 것. 그래서 봄에는 진노랑 상사화가 핀다는 것을
일등 항해사로부터 호젓하게 들었다는 것. 그것을 보러 내년 봄에 다시
그곳에 와야 한다는 약속 아닌 약속을 했다는 것. 그리고 봄.

동생은 생김새도 그랬지만 기질적으로 나와 아주 달랐다. 나는 사우나를 즐기지 못하는 반면 동생은 하루라도 사우나를 가지 않으면 정신이 흐려지기라도 하는 듯 매우 갑갑해했다. 동생의 남자에 대해 듣기 위해 나는 K시에 머무르는 동안 동생을 따라 사우나에 가야 했다. 미혼이나 기혼 상관없이 애인은 적어도 셋쯤 되어야 한다고 당당히 외치는 시대에 남자친구 하나쯤 어떠랴 싶지만 막상 동생에게 남자 얘기를 들으니 호기심보다는 비위에 맞지 않는 음식을 앞에 놓고 먹어야 하듯 속이 거북했다. 나는 서른여섯 살이 되도록 한 번도 동생에게 남자 얘기를 한 적이 없었다. 동생은 이 세상에는 고산지대의 고사목이나 산중에 저 홀로 피었다 아무도 모르게 지는 진달래처럼 사랑에는 도무지 관심이 없는 사람이 있다고, 그리고 그 사람이 바로 나라고 믿고 있는 듯했다. 동생과 나는 같은 언어를 사용하지만, 다른 생각, 다른 세계, 어쩌면 다른 계급의 삶을 산다고 암암리에 믿고 있었는지도 몰랐다. 내가 동생의 희생을 아무렇지도 않게 생각해왔듯이, 동생도 나의 이기심을 자연스럽게, 때로는 고귀하게 생각해온 것인지도 몰랐다.

호퍼의 주유소, Q모텔에서 동생과의 하룻밤은 불발로 돌아갔다. 그곳은 나와 희곤의 장소이기도 했지만 동생과 그 남자의 장소이기도 했다. 동생은 삼거리에서 숲으로 이어지는 완만한 구릉지로 들어서자 차를 돌리라고 소리쳤다. 못 볼 것을 본 양 사시나무 떨듯 몸을 움츠리며 날카롭게 외치는 비명이 절박하다 못해 매서웠다. 나는 마주 달려오는 차량들의 흐름을 조절하며 핸들을 돌릴 틈을 엿보았다. 그러는 동안 멀찍이 전나무숲이 눈에 들어왔다. 눈이라도 내릴 것처럼 어둑신한 하늘 아래 거대한 음모(陰毛)의 전모를 드러내듯 숲은 위력적이었다. 동생의 숨결이 점점 거세졌다. 호퍼라는 미국 화가가 있었어. 나는 가빠지는 동생의 숨결을 잡아줄 방도를 찾다가 희곤이 말해준 에드워드 호퍼의 〈주유소〉 얘기를 불쑥 꺼냈다. 그 화가는 세상의 막다른 길가에 세워진 주유소, 간이 휴게소, 모텔, 자동 판매식 식당, 철로 옆의 집 등을 그렸지. 신라시대 삼층석탑에서 철수하던 날 희곤은 가방에 넣어다니던 『여행의 기술』이라는 책을 나에게 건네주었다. 호퍼는 하나같이 집에서 먼, 이방인들의 공간에 이끌린 거야. 희곤이 떠나고도 며칠 동안 침대맡에 놓여진 책을 열어보지 않다가 떠나는 날 가방에 넣으면서 몇 장 열어보았다. 희곤이 노루목이라는 이름 대신 붙인 호퍼의 〈주유소〉가 그 속에 삽입되어 있었다. 이방인들끼리는 아무 말 없이도 외로움을 공감하는 장점이 있지. 동생은 내 말을 듣고 있는 것 같지 않았다. 당연했다. 호퍼니 그림이니 따위가 귀에 들릴 리가 없었다. 나는 책 읽어주는 여자에게 남은 마지막 몇 문장처럼 담담하게 호퍼에게서 내가 본 것을 말했다. 그 화가의 그림 속 풍경은 하나같이 외로운 장소, 외로운 사람들뿐이지만, 그 외로움을 들여다보고 있으면, 그 외로움 때문에 오히려 자신의 외로움이 극복되지.

동생의 소원은 도선사를 죄책감 없이 사랑하는 것이었다. 난, 외로움이 뭔지 몰랐어. 그해 가을 그 사람을 만나기까지. 남편 아닌 다른 남자 앞에서 가슴이 두근거리기만 해도 안 되는 거였지. 그런데 길에 떨어진 꽃 한 송이가 뭐라고. 나는 그 붉은 꽃을 경대 위에 올려놓고 가을과 겨울 내내 봄을 기다렸어. 가을 꽃은 아주 느리게 시들어. 꽃이 시들면 꽃이 아니라고 생각했었는데, 꽃이 시들어도 꽃은 꽃이라는 것을 알게 되었지. 봄은 그리 멀지 않았어. 난 꿈이라는 것을 꾸어본 적이 없었지. 꿈은 아무나 꾸는 것이 아니라는 걸 나는 일찍부터 알고 있었거든. 꿈은 사람을 외롭게 한다는 것을 알았던 것은 아니야. 외로움 역시 나와는 거리가 먼, 어떤 사치스런 감정이라고 생각했지. 내 팔뚝 좀 봐. 언니 것과는 비교할 수 없지. 난 그 봄 통나무 같은 내 팔뚝이 부끄러워지기 시작했어. 사랑은 산소 같은 것이지만, 또한 사랑은 벼락같은 것이었다. 그래서 사랑은 살게도 하지만, 또한 사랑은 죽게도 하는 것이었다. 사랑은 매번 첫사랑이고, 동시에 매번 마지막 사랑이라는 것을 동생은 서른 중반이 되어서 깨달은 것이었다. 그리고 첫사랑은 산소처럼 가볍고 깨끗하지만 마지막 사랑은 죄처럼 무겁고 고통스럽다는 것을 알게 된 것이었다. 그, 일등 항해사, 항구의 지휘자, 동생의 남자를 만나보고 싶었지만 아쉽게도 그는 내가 도착하기 전날 블라디보스토크 항으로 출장을 떠나고 없었다.

희곤의 탑으로 가는 길, 잠자리떼가 쌍으로 날았다. 처음 희곤과 헤어진 직후 학교든 영화관이든 거리든 지하철이든 심지어 가족이든 쌍을 이룬 것들을 보는 것은 고통이었다. 희곤은 반대로 홀로인 존재들, 특히 대로든 휘어진 돌담길이든 육교든 심지어 계단이든 애써 똑바로 걸어가는 여자의 뒷모습을 보면 가슴이 찢어졌다고 했다. 그리고 쌍을 이룬 것들, 자신처럼 속으론 아내와 절벽을 사이에 두고 살면서 겉으로는 아무렇지도 않게 화목하게 웃음지으며 사는 것들을 보면 죄책감에 시달린다고 했다. 그리고 삼 년. 호퍼의 주유소에서 만난 희곤과 나는 처음처럼, 불처럼, 사랑했으나, 그러나 그것으로 어떤 것도 달라지지 않는다는 것을 냉정하게 확인할 뿐이었다. 나는 나의 냉담한 사랑보다는 차라리 동생의 뜨겁다 못해 시커멓게 타버린 사랑을 그리워할 정도였다. 사랑의 장소, 그것도 죽음과도 맞설 것 같던 절정의 장소를 찾아가는 것은, 새로운 사랑을 시작하는 일만큼이나 힘겨운 일이다. 삼 년이 걸릴지 십 년이 걸릴지 모를 일이다. 호퍼의 주유소 앞에서 차를 돌리면서 나는 사랑 없이 살 수는 있어도 사랑만으로 살 수 없다는 것을 동생이 아주 늦게 깨달았으면 하는 짓궂은 바람이 들었다. 그리고 내가 일등 항해사를 만나지 않은 것이 다행이라고 생각했다.

새벽녘, 여름 안개 속에서나 겨울 눈보라 속에도 아스라이 탱고 음악이 흐르는 곳, 하늘을 찌르는 전나무숲이 신라시대 삼층석탑과 수중 왕릉과 제철소 산업항과 도선사가 있는 P시와 문화재관리국 발굴단 지부와 박물관과 위태로운 동생이 있는 K시의 경계를 이루는 접도 구역, 어느 가을의 꽃 한 송이와 간이휴게소와 불 켜진 밤의 공중전화부스와 부두의 고동 소리를 안락한 거실의 소파보다 숭배하는 사람들이 멈추고, 머물다 가는 곳, 나는 동생에게 노루목이라는 이름 대신 그곳을 호퍼의 주유소라 불렀다.

••• 푸른 모래

밤새 모래 알갱이가 떨어져내렸다. 사각사각. 그녀는 모래바람을 들이마셨다. 모래숨을 쉬고, 모래똥을 누었다. 사각사각. 길 하나가 언덕 너머로 사라졌다. 푸른 뱀…… 어스름 새벽빛 속에서 그녀는 혼잣말로 중얼거렸다.

*

태양빛에 반사된 바다는 광물적이었다. 바라볼 때마다 납빛이었다가 구릿빛, 금빛, 푸른 먹빛으로 변해갔다. 그녀가 서 있는 곳은 부산 달맞이고개 너머 바닷가 버스 정류장이었다. 그녀는 한 시간 전 서울에서 고속철을 타고 부산에 도착했었다. 부산역이라는 안내방송이 차내에 울려퍼졌을 때 그녀는 잘못 걸려든 꿈에서 깨어나듯 깜짝 놀랐다. 그제서야 그녀는 그때까지 초연했던 것이 이상하게 느껴지기 시작했다. 그녀는 어떻게 부산까지 온 것일까. 그는 어렵지 않게 그녀를 알아볼 수 있을 것이라고 했다. 전시회 도록과 신문에 나온 그녀의 사진을 통해 그녀의 얼굴을 보았다고 했다. 동굴 벽화에 사로잡혀 십 년 만에 사막에서 돌아온 그녀를 사람들은 사막의 꽃이라, 환각에 홀린 여자라 불렀다. 그녀의 전시회는 사막 한가운데에 있는 석굴 사원의 벽화를 재현한 것이었다. 그녀는 신문과 방송의 사진 취재에 응할 때마다 헤아릴 수 없이 많은 부처들 속에서 꽃 한 송이 홀연히 피어올린 「산화가」 옆에서 비스듬히 포즈를 취하곤 했었다. 신문에 나온 그녀 사진의 표정은 약간 슬픈 듯 허탈한 모습이었다. 그녀는 환각을 잃어버리고 있었다. 얼마 못 가 그녀는 그마저 완전히 잃어버리고 말 것이었다. 환각은 꺼져가던 그녀에게 생명을 던져 주었었다. 사막에서 돌아오기까지 십 년이 걸렸다. 그런데 다시 돌아가야 했다. 사막은 곧 겨울이 시작될 것이었다. 침통해 있던 그때 찰나의 빛처럼 그로부터 편지가 도착했다.

  푸른 모래 너머로 태양이 안식하는 곳, 당신을 이곳으로 초대합니다.

  기이한 편지였다. 그녀는 짧은 그의 편지에서 일반적인 감상자 이상의 초월적인 힘을 느꼈다. 그녀는 곧 그에게 답장을 했고, 이틀 후 그에게서 두번째 편지가 왔다. 그는 흥분하고 있었다. 연극학회에 참석하느라 사흘 동안 바닷가를 떠났었다고 했다. 그는 잠들기 전에, 그리고 잠에서 깨어나면서 그녀에게 편지를 썼다.

당신이 오시는 순간 이 바다와 푸른 모래는 당신의 것입니다.

그녀는 하루하루 그에게 가는 꿈을 꾸었고, 그는 그녀의 숨결을 놓치지 않았다. 그로부터 열번째 편지가 도착하고 그녀는 결연히 부산행 고속철 티켓을 끊었다.

하루쯤 타인이 되어 살아보는 겁니다. 위험은 더 큰 위험, 파국을 막아줍니다.

그러나 그녀는 두려웠다. 사막에서 십 년, 그녀에게 더이상 두려울 것은 없었다. 다만, 그녀는 사막이 아닌 세상, 직접적으로는 그, 사람이 두려웠다. 열차가 멈추고, 승객들이 내리고, 맨 나중으로 그녀도 내렸다. 트렁크를 끌고 플랫폼을 천천히 걸어나가던 그녀의 발걸음이 커다란 먹구름을 앞에 두고 있는 듯 점점 느려졌다. 그녀는 그와 만나는 순간을 조금만 늦추고 싶었다. 아니 그녀가 걸어가고 있는 플랫폼이 좀더 길게 계속되었으면 했다. 그러나 그녀는 어느새 에스컬레이터에 한 발을 올려놓고 있었다. 그가 마중을 나와 있기로 했었다. 그곳에 이르도록 그녀는 그와 통화를 하지 않았다. 고속철을 타기 전까지는 이메일을, 고속철을 타고 나서는 문자메시지로 소통했다.
어디에 계세요?
에스컬레이터에서 내려서 개찰구로 이어지는 통로를 걷고 있을 때 그에게 문자메시지가 왔다.

개찰구를 향해 걸어나가고 있습니다.

공항 입국장처럼 개찰구 밖은 마중 나온 사람들이 까맣게 에워싸고 있었다. 그는 거뭇거뭇 모여선 사람들을 뚫고 화살처럼 비스듬히 나와서는 그녀의 어깨를 툭 쳤다.

안녕하세요?

고음의 허스키한 목소리. 그녀는 그때처럼 그 말이 낯설게 들린 적이 없었다. 그는 두말할 것도 없이 식구를 마중 나온 가족처럼 그녀의 손에서 트렁크를 빼앗아서는 주차장으로 향했다. 주말 오후 부산역 앞은 마지막 가을을 보내려는 행락객들과 근처 예식장을 찾은 결혼 하객들로 도로와 골목이 북적였다. 그는 인파를 뚫고 길을 만들어나가느라 좀처럼 그녀에게 얼굴을 돌리지 않았다. 그녀는 빠르게 이어지는 그의 발걸음을 따라잡으며 그의 얼굴을 보려고 했다. 그는 땀을 흘리고 있었고, 그녀는 원래의 발걸음대로 속도를 늦췄다. 그가 편지에서 유혹한 대로, 나를 네게 잠시 맡긴다, 고 편하게 생각하기로 했다. 그는 그녀의 트렁크를 자동차에 싣고 그녀가 조수석에 편안하게 앉도록 배려를 한 뒤 운전석에 앉았다.

세상에, 이런 일이 있을 수 있군요.

그의 한마디에 그녀는 안도의 한숨을 내쉬었다. 그녀가 생각하고 있는 것을 그가 똑같이 소리내어 말했던 것이었다. 그는 여전히 땀을 흘리고 있었고, 그녀는 손으로 가슴 계곡을 흘러내리는 땀줄기를 닦았다. 꼭 한 번 그를 만나보고 싶었다. 부산의 모 대학에서 현대 연극을 가르치며 푸른 모래를 뜻하는 포구의 산기슭 아파트에 십 년째 혼자 살고 있다는 편지 속의 그를 옆에 두고 그녀는 눈을 감았다. 해송 사이로 가장 밝은 달을 볼 수 있는 곳. 그리고 작열하는 태양 아래 끝없이 펼쳐진 푸른 모래.

*

밀려들어왔다가 밀려나가는 물결을 따라 사내아이들이 구릿빛으로 튀어올랐다. 그녀는 이마에 손부채를 만들어 바닷가 아이들을 바라보며 그를 기다렸다.

세꼬시를 좋아하세요?

그가 만나 첫번째로 건넨 인사 다음으로 그녀에게 물어본 말이었다. 사막에서 온 그녀는 세꼬시에 대한 특별한 기억이 없었다. 그러나 세꼬시를 싫어한다고 말할 수도 없어서 고개를 약간 끄덕였다. 그는 광안대교를 건너 해운대 달맞이고개를 넘어 송정 앞바다의 죽변이라는 세꼬시 횟집으로 그녀를 데리고 갔다. 허리가 구부정한 노인이 나와 그를 맞았다. 반평생 죽변 식당을 지킨 주인이라고 나중에 그가 말했다. 그녀는 삼층 건물의 삼층 방으로 안내되었고, 곧이어 세꼬시가 각각 한 접시씩 앞에 놓였다. 그녀는 밥처럼 앞에 놓인 세꼬시 한 접시를 처음 만난 그와 마주 앉아 늦은 점심으로 먹었다. 흰 살 끝에 잘게 가시가 씹혔다. 가시를 씹느라 그녀는 좀처럼 입을 열지 않았다. 간간이 창 밖의 파도 소리, 조용한 식사였다. 그녀가 반을 먹고 반을 남기자 그가 그녀의 남은 세꼬시를 자기 앞으로 가져가서 마저 다 먹었다. 그들은 삼층에서 내려왔고, 그녀는 식당 주인과 아는 체를 하는 그를 남겨두고 밖으로 나왔다. 길을 건너 해변 쪽으로 갔다. 그녀를 바닷가에 세워두고 유리문 안쪽에서 지켜보고 있는 것인지 그는 식당에서 금방 나오지 않았다.

*

바다는 구릿빛, 푸른 먹빛, 그리고 납빛으로 출렁였다. 그녀는 모래를 보고 있었다. 낙타의 등이 보이고, 낙타의 허벅지가 보이고, 그리고 그의 등이 보였다. 그의 등. 그녀는 그의 등을 어루만졌다. 처음엔 한 손가락으로. 그리고 다음엔 두 손가락으로. 다음엔 다섯 손가락, 손바닥으로 그의 등을 쓸어내렸다. 그의 등이 깨어나고, 서서히 움직일 때마다 그녀는 떨어지는 모래 알갱이를 보았다. 모래 알갱이가 떨어지고, 쌓이고, 쌓여서 산이 되었다. 그는 움직이는 모래산, 그녀는 길 하나가 산 너머로 사라지는 것을 보았다.

*

그가 길을 건너 그녀가 서 있는 바다 쪽으로 걸어왔다. 언제부터인지 연인으로 보이는 두 남녀가 버스를 기다리고 있었다. 그녀는 먹빛 바다와 구릿줄처럼 번쩍이는 광선을 거느린 물결과 물결 사이사이를 타고 넘는 사내아이들을 바라보았다. 그가 건너오고 있는 길은 바닷가 이차선 도로. 그러나 그녀는 그가 영원으로부터 걸어오는 것처럼 아득하게

284

보고 있었다. 마침내 그가 그녀 옆에 서고, 그녀는 그 순간을 오래 기다렸다는 듯이 정류장 보도에서 모래밭으로 내려서려고 했다. 그런데 연인으로 보이는 또다른 남녀가 심하게 구겨진데다가 끝자락이 뜯기기까지 한 형편 없는 우산을 양산 삼아 받치고 하필 그녀가 내려서려던 지점에 엉덩이를 대고 옹송그려 앉았다. 쭈글쭈글 구겨진 우산 속 남녀는 별나게 의미 있는 시간을 보내려는 듯했다. 그녀의 치맛자락이 펄럭였다. 바람이 부는 것을 그제서야 느꼈다. 구두를 신은 채 모래밭으로 들어가 밀려오는 파도 쪽으로 휘적휘적 걸어갔다. 해 지는 반대쪽 해안선 끝에 해송이 줄지어 서 있었다. 철 지난 바닷가, 해풍에 몸을 일으키는 푸른 모래의 빛과 떨림. 그는 그 떨림을 견디다 못해 그녀에게 편지를 쓴 것이었다. 그는 그녀를 향해 다가오면서 모래를 가리키지 않았다. 다만 그는 그녀가 바라보기만을 기다리고 있었다. 단골 식당 노인과 길게 나눌 대화가 뭐 있겠는가. 버스 정류장에서 멀어질수록 그녀는 해안선의 한중간에서 멀어지고 있음을 알았다. 그녀는 바짝 뒤따라오는 그의 발소리를 유일한 소통으로 여기며 파도 가까이, 해 가까이 걸어가고 있었다. 햇빛에 부서지는 물결처럼 반짝임으로만 전해져오던 사내아이들의 움직임 속에 내지르는 소리가 점점 선명하게 들렸다. *뚜이부뚜이. 뚜이부뚜이. 요우메이요우. 뚜이부뚜이……*

*

그녀는 막 파도가 휩쓸고 간 모래를 한 움큼 파 쥐었다. 파도는 곧 다시 밀어닥칠 것이었다. 살이 도려내지듯이 그녀의 손이 지나간 자리가 푹 파였다. 그녀의 손. 사막에서 갈라지고 터지고 다시 아문 손. 고목의 뿌리 같은, 아니 연약한 화산돌을 닮은, 그러나 바윗돌보다 단단한 손. 그러나 손끝에 닿는 모래가 얼음처럼 차가웠다. 그녀보다 그가 움찔 어깨를 떨었다. 그녀는 쭈그리고 앉았던 몸을 일으키면서 손에 쥔 모래를 그를 향해 내밀었다. 그가 손바닥을 벌렸고, 그녀는 꽃 한 송이 얹어주듯 젖은 모래를 올려주었다. 그의 손바닥과 그녀의 손끝이 살짝 스쳤다. 바람 때문인가. 그의 손이 떨렸다. 그가 그녀의 손을 와락 잡을 뻔했다. 그녀는 바다 쪽으로 급격히 고개를 돌렸다. 물결이 거칠게 꿈틀거리고 있었다. 귓불에 찬바람이 느껴졌다. 그녀는 그의 손바닥에 솟은 작은 모래언덕을 바라보았다. 그는 속수무책으로 그것과 그녀를 바라볼 뿐이었다. 그들은 한동안 움직임 없이 손바닥 모래를 가운데 두고 그렇게 마주 서 있었다. 그녀는 그의 맥박을 느끼고 있었다. 그의 심장이 빠르게 움직일수록 손바닥 위의 작은 모래산은 허물어지고 부서져 그의 손가락 사이로 모래 알갱이들이 떨어져내렸다. 보다 못한 그녀가 모래밭을 냅다 달렸다. 모래 알갱이를 흩뿌리며 그도 그녀를 따라 달렸다. 잡히지도, 잡을 수도 없이 그들은 얼마 못 가 멈추어 섰다. 달리고 멈추고 달리고 멈추고. 때로는 달리는 것이, 그리고 멈추는 것이 웃음이 될 때도 있었다. 그녀는 모래를 흩뿌리며 걷잡을 수 없이 웃어대기 시작했다. 해는 바다에서 조금 더 멀어졌고, 사내아이들은 먹빛으로 가물거렸다. *해 아직 남아 있다. 네 노래를 불러라. 해 아직 남았다. 내 노래를 불러라.*

286

돌계단이 사방으로 퍼져 있었다. 한 계단 길이 또다른 계단 길과 만나서 두 갈래길로 나누어지고, 나누어진 두 계단 길이 또 한 계단 길에 이르렀다. 계단 길이 만나고 헤어질 때마다 바람이 몸을 바꾸었다. 그녀는 그를 따라 바닷가 좁은 계단 길을 걸어가고 있었다. 발밑에서 파도가 바윗돌을 철썩이며 때렸고, 겉돌던 바람은 모두 그 파도에 힘을 실었다. 가끔 그녀가 앞서기도 했지만, 대부분은 그녀가 그의 뒤를 쫓았다. 어디에서 오는 것인지, 어디로 가는 것인지, 사람들의 발길이 끝없이 이어졌다. 가는 사람 아쉬워 울고, 오는 사람 좋아 울고. 그녀 뒤에서 계단을 밟고 올라오던 사람들 입에서 감탄이 새어나왔다. 하모하모. 그녀는 그들만큼 좋은 것을 느끼지 못했다. 그녀와 그에게 주어진 시간은 정확히 스물네 시간. 그녀는 그날 낮 열두시 삼십분 부산역 플랫폼에 내린 것과 마찬가지로 다음날 열두시 삼십분 부산역 플랫폼을 떠나기로 되어 있었다. 나무아미타불 관세음보살. 그녀는 사막에 두고 온 석굴들을 생각했다. 그리고 지금쯤 바이올렛 석양빛에 물들고 있을 월아천을 생각했다. 백양나무 사이로 바라보곤 하던 막고굴 구층루 북대불전(北大佛殿). 계단을 밟고 끝없이 올라갈 것만 같던 그가 뚝 멈춰섰다. 그녀가 고개를 들자 거대한 석불이 바다를 향해 위용을 자랑하며 서 있었다.

해수관음대불님이시대이. 소원을 빌그래이, 소원을 빌어.

애비로 보이는 중늙은이와 열대여섯 살 사내자식이 그녀의 발걸음을 재촉하며 바짝 쫓아 올라오다가 석불을 올려다보더니 연신 합장을 해

됐다.

니 할무이가 여 와가 소원 빌어 낼 낳았다 앙이가.

중늙은이 애비가 말했고 그 자식이 물었다.

어무이도 여 와가 소원 빌어 낼 낳았능기요.

도량으로 들어서는 계단 입구가 한 떼의 사람들로 발 디딜 틈이 없었다.

니 에미 얘긴 와 하노?

중늙은이 애비가 버럭 타박을 했고, 그 자식이 황망히 고개를 숙였다. 그가 한 발을 잘못 들어 짚었는지 뒤로 떨어질 뻔했다. 그녀는 엉겁결에 두 손으로 그의 허리를 받쳤다. 한 떼의 무리들이 물결처럼 그를 밀치고 가파른 계단을 줄지어 내려오기 시작했다. 그는 그들의 통행을 돕느라 계단 옆으로 바짝 몸을 붙여 섰고 그녀는 계단에서 떨어지지 않으려고 그 뒤에 바짝 붙어 섰다. *뚜이부치. 뚜이부치. 씨에시에. 씨에시에.*

*

장어 한마리가 S자를 그리며 질퍽한 시장바닥을 쏜살같이 기어 달아났다. 장어가 담겼던 투명 비닐봉지가 그것이 빠져나가면서 바닥에 나둥그라졌고, 안에서 물이 콸콸 쏟아져나왔다. 그에게 장어 값을 받던 장어장사 사내가 지폐를 도로 그의 손에 밀쳐주고는 한달음에 껑충 뛰어 장어를 덮쳤다. 사내의 손아귀에 잡힌 장어는 요리조리 빠져나가려고 격렬하게 꿈틀거렸다. 순식간에 어시장 사람들이 몰려들어 장어장사 사내와 장어의 한판 경기를 지켜보았다.

하모, 갈고리 모양맨쿠로 엄지와 검지손꾸락을 이래 벌려가 장어 머리 아래를 콱 움켜쥐뿌리는 기라, 옳지!

손에 장어 값을 쥐고 선 그는 침을 꼴깍 삼켰고, 그녀는 슬그머니 뒤로 물러섰다.

거, 어딧놈인지, 참 실팍지구만!

구경꾼 사내가 자기의 아랫배께를 꾹 찌르며 흥미진진하게 바라봤다.

타지놈 아닝교.

구경꾼 사내 건너편에서 다른 목소리가 들려왔다.

어데예, 여어는 여어것만 상대한다 아닙니꺼. 여어, 오색이 안 보입니꺼.

살간드러운 여자 목소리가 확 끼어들며 건너편 사내의 목소리를 대번에 묵살했다. 장어장사 사내와 마찬가지로 무릎까지 올라온 고무장화를 신은 그의 마누라였다.

어제 자갈치 시장에 갔다가예 구경 한번 억수로 잘했심더.

홀쭉한 체구에 장사치답지 않게 중절모를 지그시 눌러쓴 시장통 노인이 장어장사 사내의 손을 주시하며 한 소리 보탰다. 장어장사 사내의 얼굴이 시뻘겋게 달아오르자 꺾어질 듯 격렬하게 요동치던 장어가 꼬리를 늘이기 시작했다.

몬 구경인데예?

콧등에 수박씨만한 점이 하나 박힌 또다른 시장통 사내가 미끌미끌 흘러내리는 장어에게서 시선을 떼지 않고 물었다. 장어장사 사내가 그의 얼굴 가까이 장어를 치켜올렸다.

맨손으로마 장어잡기 갱기가 벌어졌다 아입니꺼.

그의 눈앞에서 장어의 타액이 질질 흘러내렸다. 그는 물론이고 모여선 사내들의 눈동자가 장어의 미끌미끌한 몸피에 반사되어 이글거렸다. 그녀는 목구멍을 치받고 올라오는 이물감에 혀끝이 조여왔다. 그녀는 메스꺼움을 참지 못하고 몸을 완전히 돌렸다. 그는 그녀가 돌아서는 것도 모른 채 장어가 내지르는 점액질에 시선을 고정시킨 채 다시 한번 침을 꿀꺽 삼켰다. 장어장사 마누라가 나머지 한 녀석이 튀어나오지 않도록 비닐봉지를 여미는 동시에 주둥이를 벌려주자 사내는 마누라의 구멍 속으로 장어를 능숙하게 쏙 디밀어넣었다. 비닐봉지 속으로 들어온 장어는 꼬리를 살랑살랑 흔들어보다가 비닐봉지 안의 깊이를 재보겠다는 듯이 수염을 날리며 S자로 크게 몸뚱이를 휘젓더니 그대로 바닥에 몸을 찰싹 붙이고는 미동도 하지 않았다. 그녀가 시장통 입구 담벼락에 헛구역질을 하고 돌아서니 그가 묵지근한 비닐봉지를 들고 그녀를 찾고 있었다.

*

한 청년이 농구공을 들고 아파트 입구에서 그를 기다리고 있었다. 청년을 발견한 그는 잠시 난감한 표정을 지었다. 그녀의 짐을 차에서 내려놓고 그는 청년에게 가서 몇 마디 나누었다. 청년은 공을 가리키며 함께 가자고 하는 것 같았다. 그는 같은 말을 차근차근 되풀이하며 청년을 달래는 것 같았다. 그녀는 그들의 대화에 무심하려 했다. 그가 청년의 등을 돌려세웠으나, 청년은 쉬이 돌아서려 하지 않았다. 마침내 그가 그녀를 가리키며 청년에게 돌아갈 것을 부탁하는 것 같았다. 그녀는 그가 내려놓은 트렁크 손잡이를 잡고 아파트 뒤 산자락을 바라보았다. 그는 편지에 하루 종일 인적 없는 산기슭 아파트 끝자락에 홀로 살고 있다고 썼었다. 창 밖으로 풀과 나무와 새들이 보이고, 가끔 거미가 창틀에 와 놀다 가는 곳, 시간이 정지된 듯 고요하고 고적한 곳, 그 속에서 그는 해풍이 싣고 오는 바람의 냄새를 맡는다고 썼었다. 그녀는 결정적으로 자신을 움직이게 만든 그의 속삭임을 떠올렸다.

나를 네게 맡긴다! 하루쯤 타인이 되어 살아보는 겁니다. 다른 사람이 되어보는 겁니다, 하루쯤!

산기슭은 급속히 어두워졌다. 그가 그녀의 트렁크를 차에서 내려주고, 청년과 대화하는 몇 분간, 그녀가 그의 편지로 이미 알고 있던 산기슭에 눈길을 주는 동안 청년과 그 사이로 어둠이 내려앉고 있었다. 아파트 주차장을 가로질러 한 나이든 사내가 빠르게 걸어와서 청년을 끌듯이 데리고 가자, 그는 마침내 그녀에게 왔다.

*

장어 봉지를 식탁 위에 올려놓고 장어장사 사내가 적어준 손질법을 묵독한 다음 그는 소매를 걷어붙였다. 봉지 속 두 마리 장어는 긴 U자 형태를 나란히 유지하며 눈 하나 꿈쩍하지 않았다. 그가 장어의 배가 닳은 비닐봉지를 손가락으로 꾹 눌러보았다. 배를 눌렀는데 꼬리 쪽이 살랑 움직였다. 그가 다시 손가락으로 장어의 배를 꾹꾹 눌렀다. 장어가 뾰족한 주둥이를 앞세워 느리게 고개를 쳐들었다. 그리고는 눈동자를, 역시, 옆으로, 그녀 쪽으로 힐끗 돌렸다. 그녀는 뜻밖에 장어와 눈이 마주쳤다. 흐릿하면서도 가시처럼 찌르는 힘이 있었다. 그녀는 긴장했다. 시장통에서 시달렸던 헛구역질이 다시 올라오는 듯했다. 도마와 칼, 양푼 등속을 꺼내놓고 상아색 얇은 고무장갑을 한 손 한 손 끼우며 그가 청년에 대해 궁금하지 않느냐고 물었다. 비닐봉지 표면에 맺혔던 물방울이 줄줄 흘러내렸다. 그녀는 딱히 그런 것은 아니라고 짧게 대답했다. 가슴이 답답해졌고, 눈동자가 돌아갔고, 눈앞이 캄캄해졌다. 하지만 그녀는 그에게 말하고 싶으면 말해도 좋다고 주위를 두리번거리며 덧붙였다.

전 어렸을 적부터 운동을 좋아했어요.

그가 비닐봉지를 공처럼 두 손으로 감싸며 말했다. 그는 저녁이면 농구공을 옆구리에 끼고 단지 내 학교 운동장으로 가곤 했다. 두 살 아래 남동생과 어렸을 적부터 운동장에서 공놀이하던 버릇을 삼십 년이 지난 지금까지 계속하고 있는 것이었다. 운동장에는 늘 아이들이 있었고, 그는 아이들과 스스럼없이 어울려 농구를 했다. 아이들이 없을 때에는 텅 빈 운동장에서 혼자 드리블을 하며 덩크슛을 하다 오곤 했다. 그런 어느 날 청년이 혼자 공놀이하는 그를 지켜보고 서 있었다. 청년은 열아홉 아니면 스무 살 정도로 보였다. 다음날도 그 다음날도 그는 공놀이를 했고, 청년은 그 시간에 나와 구경을 했다. 말을 붙이기에 청년은 그다지 부드러운 인상이 아니었으나, 그는 함께 공놀이를 하지 않겠냐고 말했고, 그때부터 청년과 그는 매일 저녁 학교 운동장에서 공을 가지고 뛰었다. 농구를 하면서 그는 청년이 꽤 나이가 들었고, 어딘가 부족하다는 것을, 정신과 육체가 지체된 사람이라는 것을 알았다. 방학이 되어 그가 외지로 장기 여행을 떠나면서 농구는 중단되었고, 청년과의 만남도 끊어졌다. 개학을 하면서 그는 동료들의 권유로 골프를 시작했고, 일 주일에 세 번 골프 연습장에 나갔다가 우연히 청년을 다시 만났다. 청년의 아버지가 골프 연습을 하고 있었고, 청년은 대기의자에 앉아 허공에 넋을 빼놓고 있었다. 그는 청년이 궁금하던 차에 그렇게 다시 만난 것이 반가웠다. 청년은 그를 알아보고 몹시 기뻐했다. 농구를 함께 했듯이 청년은 그의 골프채를 요구했다. 청년의 아버지가 펄쩍 뛰며 달래고 말렸다. 순식간에 골프 연습장이 소란해졌다. 청년의 아버지 말대로, 청년의 손에 골프채가 잡히면 어떤 일이 일어날지 몰랐다. 그가 잠시 물러섰다. 청년이 떼를 썼다. 아버지가 데리고 나가려고 해도 청년은 황소처럼 꿈쩍하지 않았다. 그가 다시 나섰다. 골프채를 한번 주어보기로 했다. 아버지는 무슨 일이 일어나도 책임지지 않는다고 돌아섰다. 그의 뜻대로, 그날 아무 일도 일어나지 않았다. 그러나 그날 이후 그는 골프 연습장에 가지 않았다.

*

장어는 순식간에 흙범벅이 되었다. 비닐봉지를 창 밖 산기슭으로 내던진 것과 동시에 그녀는 베란다로 뛰쳐나갔다. 그는 어디선가 화살이 날아와 박히는 짧은 순간을 얼떨결에, 그러나 차례차례 인지해나가듯 창 밖으로 내던져진 비닐봉지와 찢기면서 격렬하게 쏟아지는 물과 물 밖으로 힘차게 빠져나오는 장어와 토악질중인 그녀를 바라보았다. 장어가 돌과 흙을 후비며 몸을 뒤틀 때마다 붉은 핏기와 함께 희끗희끗한 배때기살이 보였다. 부르르 떠는 그녀의 입에서는 침이 질질 흘러내렸고, 그는 한 손으로 자신의 아랫배를 꾹 누르며 자기도 모르게 축축해진 입술을 아프게 깨물었다. 그녀는 미안하다는 말을 하지 않았고, 그는 괜찮다는 말을 하지 않았다. 장어만이, 피를 튀기며, 흙 속으로, 흙과 함께 요동치고 있을 뿐이었다.

*

그녀는 시커먼 물웅덩이 속으로 빨려들어가지 않으려고 안간힘을 썼다. 한 방울의 포도주가 세상을 변화시키듯 그녀를 바꿔놓았다. 포도주 한 모금이 아니었으면 그녀는 밤의 파도를 향해 그의 산기슭을 달려내려가지 않았을 것이었다. 한 잔의 포도주가 아니었으면 그녀는 파도치는 밤의 방파제 위로 기어올라가지 않았을 것이었다. 그녀는 방파제 위에서 가슴을 쩍 벌렸다. 휘청거리는 그녀를 그가 붙잡아주려고 했으나 그녀가 몸을 옆으로 빼면서 그의 손이 그녀의 팔에 미치지 못했다. 그녀가 조금만 더 흔들렸다가는 그가 저 아래 소용돌이치는 물 속으로 떨어져내릴 것이었다. 십 년 전 그녀의 약혼자에게 닥쳤던 것처럼 가벼운 장난이 돌이킬 수 없는 불행을 부른다는 것을 그녀는 불현듯 떠올렸다.

그때 그녀는 자신에게 운전을 가르쳐주던 약혼자의 무릎에 장난삼아 올라탔고, 마주 달려오던 차는 속도를 줄이지 못한 채 그의 핸들을 두 바퀴, 세 바퀴 돌려놓아버렸었다. 약혼자의 얼굴은 연기 속에 묻혀버리고, 그녀는 연기 속을 맴돌다가 사막 끝으로 갔다.

이마무라 쇼헤이를 아세요?

그녀가 그를 올려다보며 소리쳤다. 지난 여름 사막에서 돌아와 처음으로 본 영화였다. 바람에 그녀의 목소리가 갈라졌다. 그녀는 비틀거리는 다리에 힘을 주고 장님처럼 더듬더듬 방파제 바닥에 엉덩이를 대고 앉았다. 그는 차라리 물 속으로 함께 뛰어들었으면 하는 절박한 표정으로 돌에 바싹 달라붙은 그녀를 아스라이 내려다보았다.

누구요?

그가 어정쩡하게 서서 그녀에게 몸을 기울이며 소리를 높였다.

일본 영화감독 쇼헤이요!

그녀가 외치고 그가 귀에 손을 모으고 그녀가 내지르는 소리를 들으려고 했다.

아, 그 노인! 그런데 왜요?

파도 소리에 장단을 맞추어 다리를 손바닥으로 팍팍 치고 앉아 있던 그녀가 갑자기 과감해지기 시작했다. 장어를 창 밖으로 내던져버린 것은 정말 잘한 일이었다. 그 생각에 그녀는 한껏 뿌듯해졌다. 어린애처럼 두 다리를 물장난치듯 방파제 사석에 번갈아 쳐댔다.

여기 이렇게 앉아 있으니, 황당하기도 하고, 그 사람이 만든 웃기는 영화가 생각나기도 해서요.

그녀는 누가 간지럼이라도 태우듯이 웃기 시작했다.

기분 좋아요?

손을 뻗으면 닿을 듯한 거리임에도 그의 목소리가 파도 소리에 가려 아득하게 전해졌다. 대답은 하지 않고 그녀가 그에게 되물었다.

혹시, 〈붉은 다리 아래 따뜻한 물〉, 봤어요?

그가 고개를 젓는 것을 그녀는 보지 않은 채 어두운 망망대해를 하염없이 바라보았다. 오징어배 한 척 없는 깨끗한 어둠이 바다 위로 끝없이 펼쳐져 있었다.

*

붉은 다리 옆에 한 여자가 귀머거리 할머니와 살고 있다. 여자에게는 이상한 병이 있는데, 욕망이 차오르면 몸에 물이 고이는 것이다. 도시에서 실직자가 된 남자가 노숙을 하며 사귄 사내로부터 알게 된 비밀, 훔친 금불상을 찾는 일을 가슴에 품고 그 보물이 숨겨진 장소인 어촌을 찾아간다. 그곳에서 쇼핑중에 우연히 한 여자가 치즈를 훔치는 장면을 목격하고, 그와 동시에 그 여자의 다리 사이로 흘러내는 물을 본다. 치즈를 훔친 여자는 쏜살같이 밖으로 빠져나가고 그는 여자의 뒤를 밟아 붉은 다리 옆 여자의 집까지 간다. 붉은 다리, 그리고 그 옆의 집. 바로 남자가 찾던 집, 금불상이 숨겨진 비밀의 장소이다. 남자는 여자 주위를 배회하다 여자의 안내로 그 집에 들어가고 여자는 때마침 몸에 꽉 차오른 물에 당황한다. 남자는 여자의 몸에서 분출하는 물을 보고 흥분을 참지 못해 얼떨결에 그녀와 섹스를 진탕 한다. 그후로 남자는 어촌에 남아 고기잡이 뱃일을 시작하고, 여자는 욕망이 차오르면, 해에 거울을 비춰 남자를 부른다. 남자는 허공을 가로질러오는 거울 빛을 보는 즉시 자전거 페달을 열심히 밟아 여자에게 달려가 여자의 몸에 차오른 물을 섹스로 빼준다.

*

여기 앉아봐요!

그녀가 그에게 아주 조금 자리를 내주며 손짓을 했다. 그는 그녀 옆에 바짝 앉고 싶은 마음 반, 발을 떼었다가는 시커먼 물웅덩이 속으로 그대로 직행하리라는 두려움 반으로 방파제 위에서 애를 태웠다.

저 아래로 떨어지면 구해줄 건가요?

그녀는 과감하다 못해 또 한번의 장난기가 발동하는 자신을 위태롭게 느끼고 있었다. 그러면서 〈붉은 다리 아래 따뜻한 물〉의 마지막 장면, 두 남녀를 생각했다. 지금, 그녀가 앉아 있는 바로 그 방파제, 그 어둠, 그 물웅덩이, 그 물결이었다. 몸에 차오른 물을 견디지 못해 여자는 차에서 내려 얼키설키 쌓아놓은 방파제 사석을 밟고 우물 속으로 들어가듯 아래로 내려가고, 남자도 여자를 따라 내려간다. 파도가 치고, 몸에서 물을 빼내려는 여자의 고함 소리와 여자를 돕는 남자의 황홀한 신음 소리가 파도를 덮치고, 바람을 덮친다. 마침내 물이 저 아래 그녀와 그로부터, 시커먼 물웅덩이로부터, 심해, 심연으로부터 분출하기 시작한다. 세상에서 가장 강력한, 세상에서 가장 높이 치솟는 분수처럼 그녀의 물이 허공을 가른다.

저 아래 떨어지면 곧바로 죽음……, 아흐!

입으로 죽음을 지껄이지만 그녀의 눈은 쾌락에 젖어 흠뻑 웃고 있었다. 그는 메마른 입술을 달싹이며 그녀와 소용돌이치는 시커먼 물웅덩이를 어지럽게 바라보다가 그녀 쪽으로 몸을 던졌다. 두 개의 물줄기가 하나로 소용돌이치는 소리, 그녀는 산기슭에 엉겨붙은 검붉은 장어 두 마리를 어둠 속에 선명하게 보고 있었다. 휘영청 밝은 달이 어두운 바다 위에 높이 떠 있었다.

*

바람이 불면 모래가 울었다. 모래가 울고, 파도가 울었다. 철썩 철썩. 그녀는 어둠을 보고 있었다. 어둠의 길, 굴 하나를 보고 있었다. 그는 그 속에 있었다. 파도치는 굴 속, 어둠이 조금 밀리고, 빛이 홀연히 자리를 잡았다. 철썩 철썩. 빛은 살에서, 그의 등에서, 숨쉬는 그의 어깨에서 비롯되었다. 어둠이 깊을수록 그녀는 뚜렷이 볼 수 있었다. 파도가 부서졌다. 그녀는 파도를 들이마시고, 모래똥을 누었다. 그는 바람처럼 울었다. 잠이, 아주 깊은 잠이 찾아왔다. *나를 잠시 네게 맡긴다.* 그녀는 밝아오는 푸른빛 속에 혼잣말로 중얼거렸다. 길 하나가 모래 속으로 사라졌다.

작가의 말

　작품 말미에 이런 글을 쓴 적이 있다. 이 책의 마지막에 실린 단편
「푸른 모래」를 쓰고서였다.

　'홀린 듯 썼다. 쓰고 나니 무엇을 썼는지, 누가 썼는지 아득했다. 이
렇게 씌어지는 소설도 있었다. 소설이 씌어지는 동안 푸른 빛 속에 있
었다. 신비로운 빛이었다. 어쩌면 나를 영원히 구원해줄 운명의 빛일지
도 모른다는 환각에 사로잡혔다. 소설을 떨치고 나니 실체를 찾아 나서
야 할 것만 같다. 어디까지가 소설이고 어디까지가 현실인지 무엇이 환
각이고 무엇이 실체인지 경계를 찾을 필요는 없다. 다만, 느낄 뿐이다.
소설 쓰는 일이 가끔 고통을 넘어서기도 한다. 그래서 가끔, 행복하다.'
　　　　　　　　　　　　　　　　　　　　　　　—2004. 12. 작품 노트

　지난해 나는 좀 과하다 싶을 정도로 소설을 썼다. 장편 연재를 제외

한 중단편을 무려 여덟 편 발표한 것이었다. 빚 갚음을 하는 심정이 아니라면 그렇게 써내지는 못했을 것이다. 서재를 벗어나 탁자가 있는 곳이면 어디든 앉아 썼다. 산중 암자에 들어가 수도자처럼 면벽한 채 자고 나면 쓰기도 하고, 바닷가를 배회하며 쓰기도 하고, 비행기 속에서도, 달리는 기차 안에서도 썼다. 신 내린 무당처럼 소설이 술술 씌어져서 그랬느냐 하면 매번 그와는 거의 정반대였다. 늘 한 가지 생각밖에 없었다. 그럼에도 불구하고 소설을 쓸 수밖에 없는 이유는 무엇인가. 내가 진 이 빚은 정녕 무엇인가? ; 소설가로 데뷔해 살아온 이래 나는 늘 '소설'에게 미안했다.

우연인지 필연인지 이 책은 「네 마음의 푸른 눈」으로 시작해서 「푸른 모래」로 끝난다. 『버스, 지나가다』에서 환각적으로 개진된 '운명이 되려다 만 것들'이 보다 뚜렷한 푸른빛을 띠게 된 셈이다. 그러나 푸른빛이란, 아무리 뚜렷해도 신비로운 것, 먼 것, 차가운 것. 신비로운 것은 비현실, 아니 초현실적인 것이 아닌가. 아니, 아니다. 벼락 속에서도, 폐허 속에서도, 폭풍 앞에서도, 안개 속에서도 나는 오직 현실만을 생각했다. 현실이란 무엇인가. 그것은 사실과 무엇이 다르고 무엇이 같은가. 「네 마음의 푸른 눈」의 주인공 일산 아이는 말한다, 유일하게. Nothing is real.

얼마 전 제임스 조이스의 도시 더블린에 갔다가 뜻하지 않게 예이츠에 홀려 더블린을 버리고 그가 묻힌 아일랜드 북서부 슬라이고 지방까지 흘러갔다. 이니스프리 호수 섬을 돌아 벤 불벤 산 아래 세인트 콜롬바

즈 페리쉬 교회 묘지에 이르러 그의 묘 앞에서 한참을 꼼짝 않고 서 있었다. 오래 전 내 심장을 마비시켰던 시구(詩句)와 우연히 마주쳤던 것이다 ; 삶에도, 죽음에도 차가운 눈길을 던지라. 말 탄 자여 지나가거라.

한때 나는 '한 곳에 가만히 앉아 있기를!' 간절히 청원했었다. 그러면서도 나는 '푸른 꽃을 찾을 수만 있다면!' 하고, 분연히 일어서곤 했었다. 푸른 꽃, 푸른 장미, 푸른 모래, 푸른 눈(目)…… 너무 멀리 배회한 것일까. 『버스, 지나가다』를 내고 삼 년 동안 나는 여전히 낯선 곳을 향해 끊임없이 떠나고, 또 돌아왔다. 모두 메아리처럼 소설이 되어 돌아온 것은 아니지만 소설과 떼려야 뗄 수 없는 내 삶, 그러니까 소설적 삶의 중심이 되었다. 예이츠를 만나고 더블린으로 돌아오는 길, 아니 서울로, 누추하나 사연 많은 내 새로운 거처 백마(白馬)로 돌아오는 길, 나는 자꾸 내 눈과 내 발을 의심했다. 아니 내 마음을 두드려보았다. 나는 지금 어디를 지나가고 있는가. 삶에도, 죽음에도 내 눈길은 과연 얼마나 차가웠던가.

삶이 혹은 죽음이 소설을 지나간다. 그러나 때로 소설이 삶을 앞서 이끌기도 한다. 소설을 쓰러 갔다가 새로운 세상을 만나곤 했다. 양수리 수종사, 홍대 앞 클럽, 망원동 유수지, 부다페스트 언덕, 서산 해미읍성(邑城), 프랑스의 중세 고성(古城), 프랑스와 한국의 고속철, 내장산 구암사, 앤드류 버킨의 영화 〈Salt on Our Skin〉, 에드워드 호퍼의 그림 〈주유소〉, 서용의 둔황 벽화, 송정 앞바다, 기장 어시장, 그리고 부산의 청사포…… 소설 곳곳에 미지의 인연들이 살아 숨쉰다. 시공을 초월해, 종족과 장르를 넘나들며 그들은 나에게 화살을 던져주었다. 보잘것없으나마 이 소설집이 놓일 자리가 있다면 모두 그들 몫이다. 그들, 그리고 그에게 이 책을 바친다.

다시 떠나야 할 시간이다. 이제야 비로소,
말 탄 자가 되어,
차가운 눈으로!

2006년 2월
일산 백마에서
함정임

| 수록작품 발표지면 |

네 마음의 푸른 눈 ······ 『21세기문학』 2002년 봄호

문어(文魚)에게 물어봐 ······ 『문학동네』 2002년 겨울호

부다페스트에서 순이는 ······ 『현대문학』 2003년 1월호

벼락 치는 4월 오후 세시 ······ 『작가세계』 2003년 여름호

엷은 안개 사이로 ······ 『문학동네』 2004년 봄호

꽃 피는 봄이 오면 ······ 『한국문학』 2004년 봄호

소금 한 줌 ······ 『현대문학』 2004년 6월호

성(城)이 의미하는 것 또는 아무것도 아닌 것 ······ 『파라21』 2004년 가을호

버드나무 아래 고요히 ······ 『숨소리』 2004년 가을호

호퍼의 주유소 ······ 『세계의문학』 2004년 가을호

푸른 모래 ······ 『문학사상』 2004년 12월호

문학동네 장편소설
네마음의 푸른눈
ⓒ 함정임 2006

초판인쇄 | 2006년 3월 23일
초판발행 | 2006년 3월 30일

지 은 이 | 함정임
펴 낸 이 | 강병선
책임편집 | 조연주
펴 낸 곳 | (주)문학동네
출판등록 | 1993년 10월 22일 제406-2003-000045호

주   소 | 413-756 경기도 파주시 교하읍 문발리 파주출판도시 513-8
전자우편 | editor@munhak.com
전화번호 | 031) 955-8888
팩   스 | 031) 955-8855

ISBN 89-546-0133-2 03810
* 이 책은 한국문화예술위원회의 문예진흥기금을 받아 출간되었습니다.
* 이 도서의 국립중앙도서관 출판시도서목록(CIP)은 e-CIP홈페이지
   (http://www.nl.go.kr/cip.php)에서 이용하실 수 있습니다. (CIP제어번호 : CIP2006000653)

www.munhak.com